사라진 올림푸스

사라진 올림푸스

초판 1쇄 펴냄 2024년 6월 10일

지은이 오윤희
발행인 박민홍
책임편집 허문원
디자인 양동엽
인쇄 디앤와이 프린팅
발행처 그래비티북스
등록 2017년 10월 31일 (제2017-000220호)
주소 13595 경기 성남시 분당구 황새울로200번길 36
 (수내동, 동부루트빌딩 711호)
전화 031-711-4501
팩스 070-4170-4608
전자우편 say2@cremuge.com
ISBN 979-11-89852-23-8 03810

그래비티북스 _ 주식회사 무게중심의 출판 전문 브랜드입니다.

사라진 올림푸스

오윤희 신화 SF 장편소설

GRAVITY BOOKS

추천의 글

우리에게, '사라진 올림푸스'는 어디일까?

나는 신문사 기자로 일하면서 후반에 테크놀로지 관련 글을 주로 썼다. 지금도 자본시장 최전선에서 테크 산업 등의 투자 정보를 다룬다. 결국 느끼는 것은 인간의 상상력을 바탕으로 새로운 세계를 창조해 내는 작가의 힘이 기술을 이끈다는 것이다. 기술의 발전을 인간 사회가 어떻게 받아들여야 할지를 정하는 것이 기술보다 더 중요한 문제이기 때문이다.

"인간들이 도와달라며 빌지 않는 신은 존재하지 않는 것과 같아. 아무도 필요로 하지 않으니까. 인간들이 의지하지 않는 AI도 마찬가지라고."

《사라진 올림푸스》에서 AI-1이 이카루스에게 하는 이 말은 로봇이라는 단어를 처음 만들어 낸 카렐 차페크의 1920년 희곡 〈로숨의 유니버설 로봇〉에서 로봇들이 직면하는 문제를 떠올리게 한다. 시대가 바뀌어도 계속해서 사람들이 마주칠 수밖에 없는 문제. 생성형 AI, 챗GPT 시대의 인간성, 인간과 신의 본질, 전체주의자와 개인주의자, 효율성과 인간성 사이의 그 무엇을 탐구하는 것은 SF의 영원한 테마이다. 그리고 《사라진 올림푸스》는 테크놀로지가 어떤 식으로 인간 사회에 영향을 미칠 것인지를 풀어가는 새로운 상상력이다.

이카루스에게서 올더스 헉슬리의 《멋진 신세계(1932)》 주인공 버나드와 야만인 존을 동시에 떠올리는 것은 자연스럽다. 작가도 이를 분명하게 드러낸다. 작가는 당신이 주인공의 행동과 결말에 동의하든 아니든, 당신의 행동에 대한 책임은 온전히 당신에게 있으며, 기술이 고도로 발전된 사회에서도 그 굴레에서 벗어날 수 없다고 얘기한다. 소설은 인공지능(Artificial Intelligence · AI)이 일상화된 미래를 그리지만, 작가의 관심은 온전히 인간을 향해 있다.

"내 말이 듣기 거북할 수도 있어요. 하지만 이런 말을 하는 이유는 이카루스가 행운아라는 걸 알려 주기 위해서예요. 권태라는 병은 이카루스가 타고난 행운을 위해 치러야 하는 대가 같은 거예요."

오윤희 작가가 등장인물의 입을 빌려 이카루스에게 던지는 이 말이 이 작품의 핵심이다. 권태와 우울함은 당신이 타고난 행운을 위해 치러야 할 대가인 것이다. 대가 없이 행운만 누릴 순 없다. 타고난 행운을 어떻게 바라보고 다룰 것인가는 오직 당신에게 달려 있다. 《사라진 올림푸스》의 흥미진진한 이야기에 빠져들다 보면, 자연스럽게 이 문제에 직면할 것이다. 이카루스는 곧 우리 모두이기 때문이다.

오윤희 작가는 신문기자였다. 신문기자는 정해진 시간까지 대개 원고지 10매 이내의 압축된 글을 아주 빨리 써내야 한다. 그는 일을 정말 잘했다. 데드라인 5분 앞두고 미친 듯 노트북 자판을 두드리는 모습에서 신기(神氣)를 보았다. 그랬던 그가 첫 공포소설《삼개주막 기담회》연작에 이어 첫 장편 SF(Science Fiction, 과학소설)를 썼다. 기존 SF의 성공 방정식을 따르지만 답습의 느낌은 들지 않는다. 잘 짜인 스토리를 뒷받침하는 취재와 현실 감각이 살아 있다.

AI, 챗GPT 등 이제는 우리의 일상 속에 깊숙이 침투해 들어온 최첨단 테크놀로지. 문제를 외면하며 하루하루 살다 보면, 언젠가 중요한 문제를 결정하지 못한 채 갑작스럽게 뒤바뀐 세상과 만나게 될지 모른다. 주인공 이카루스의 여정에 함께 해보면 어떨까?《사라진 올림푸스》가 AI 시대를 살아가는 당신에게 아주 많은 이야기를 걸어 올 것이다.

– **최원석** 삼성증권 리서치센터 상무
(전 조선일보 국제경제전문기자, 이코노미조선 편집장)

차례

Chapter 1

멋진 신세계

1 조금 어긋난 하루 * 12

2 신(神)이 된다는 것 * 49

3 마리너 협곡 너머 * 87

4 처음 만나는 세상 * 128

5 낯선 이방인 * 163

6 콜로니의 신인류 * 197

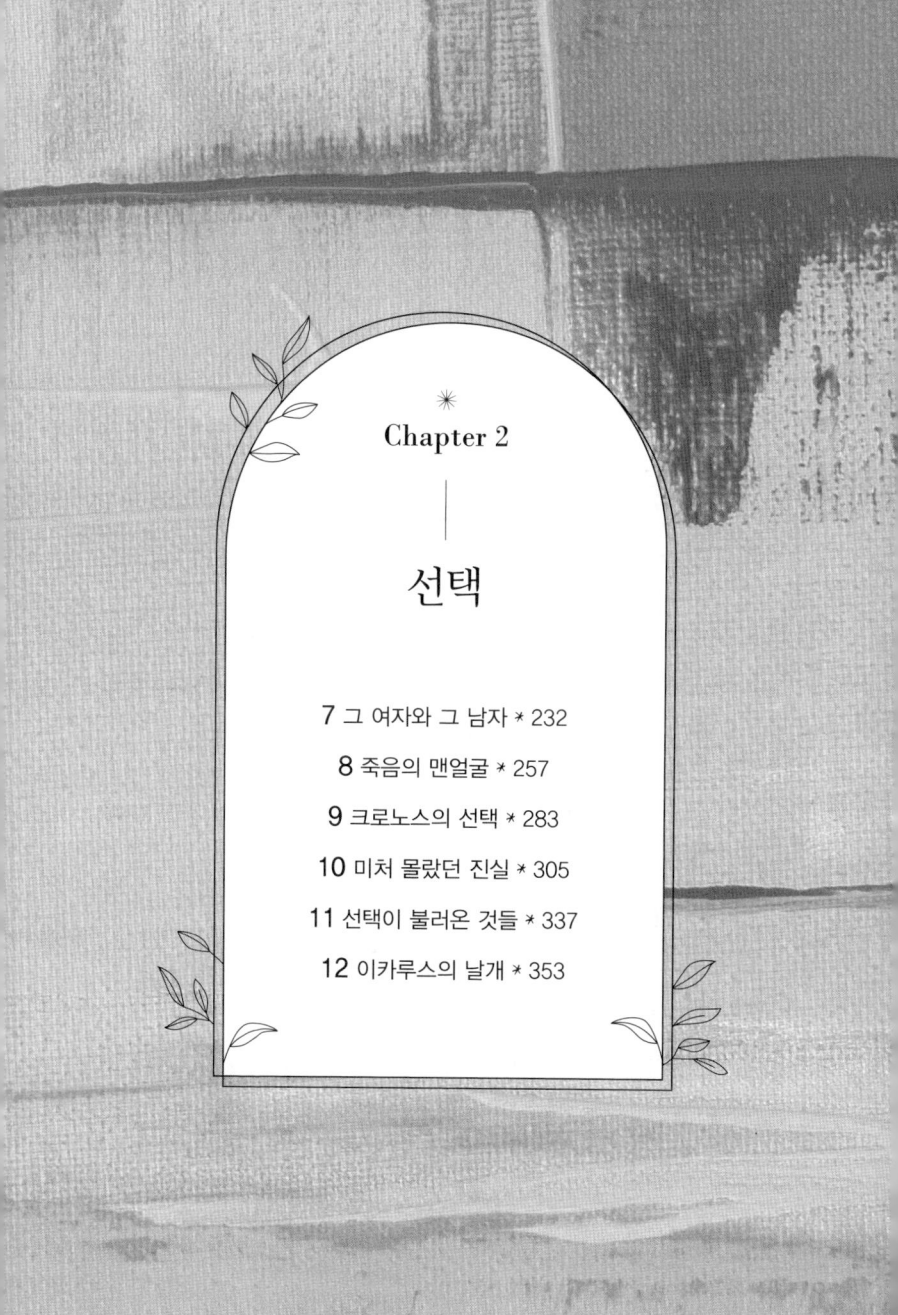

Chapter 2

선택

7 그 여자와 그 남자 * 232
8 죽음의 맨얼굴 * 257
9 크로노스의 선택 * 283
10 미처 몰랐던 진실 * 305
11 선택이 불러온 것들 * 337
12 이카루스의 날개 * 353

Chapter 1
멋진 신세계

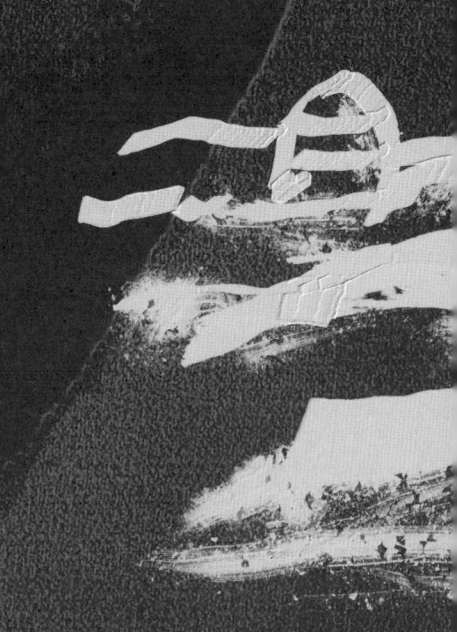

하지만 난 안락함을 원하지 않습니다.
나는 신을 원하고, 시를 원하고, 참된 위험을 원하고,
자유를 원하고, 그리고 선을 원합니다.
나는 죄악을 원합니다.

– 올더스 헉슬리, 《멋진 신세계》 중

1
조금 어긋난 하루

작은 구슬 같은 동그란 점 하나가 회색빛 어둠을 뚫고 나타났다. 마치 하늘이라는 넓디넓은 캔버스 위에 하얀색 물감을 한 방울 톡 떨어뜨려 놓은 것 같았다. 뒤이어 그 하얀 물방울을 중심으로 투명한 푸른 빛이 잿빛 어둠을 밀어내며 서서히 공기 중으로 퍼져 나가기 시작했다. 화성에서 해가 떠오르기 시작한 것이다.

이카루스는 축축한 무언가가 얼굴에 닿는 감촉에 눈을 떴다. 여느 때처럼 애견 로봇 '푸들'이 침대에 뛰어 올라와 맹렬하게 이카루스의 뺨을 핥아대고 있었다. 간밤에 자는 사이 못 봤을 뿐인데도 주인과 몇만 광년 만에 다시 만난 것처럼 푸들은 한껏 흥분한 상태였다.

"그만해, 얼굴이 온통 침 범벅이 됐잖아."

이카루스가 투덜대며 푸들을 안아 올렸다.

푸들이 아침에 이카루스님 얼굴을 핥지 않도록 설정할까요?

허공에서 메티스의 목소리가 들렸다. 잠깐 푸들이 성가시다고 생각한 걸 AI 비서 메티스가 감지한 모양이다. 메티스는 이카루스의 뇌파를 감지해 아주 미묘한 감정 변화까지 실시간으로 읽어 내고, 즉각적으로 해결책을 제시해 준다. 이따금 이카루스는 메티스가 자신보다 제 마음을 더 잘 아는 것 같다는 생각이 들 때도 있다.

메티스가 제 이름을 부르는 걸 들었는지 푸들이 다리 사이에 꼬리를 말고 촉촉하게 젖은 까만 눈으로 애처롭게 이카루스를 올려다봤다. 꾸중을 들으리라 생각하는 듯했다.

"아냐, 괜찮아."

푸들을 쓰다듬느라 정신이 팔린 이카루스가 건성으로 대답했다.

침 농도나 핥는 횟수를 변경할 수도 있는데요.

메티스가 어느새 허공에서 모습을 드러냈다. 투명 스크린 속 메티스는 칠흑같이 새카만 머리칼이 허리까지 내려오고, 커다랗고 파란 눈동자가 작은 계란형 얼굴 안에서 반짝반짝 빛나는 미소녀. 이카루스의 머릿속 이상형을 그대로 본떠 설정한 것이다. 하지만 오늘은 어째서인지 이카루스는 메티스가 마음에 들지 않았다.

'너무 오래 똑같은 모습으로 설정해 뒤서 질린 건가? 저 머리 색을 핑크로 바꾸면 괜찮으려나?'

생각하기가 무섭게 메티스의 머리칼은 핑크로 바뀌었다. 벚꽃 같은 연한 핑크에 금빛이 살짝 어우러진, 이카루스가 딱 원하는 색감으로. 그런데도 이카루스는 여전히 뭔가 석연치 않았다.

푸들의 설정을 변경할까요?

"괜찮다고 했잖아."

이카루스의 목소리에 살짝 짜증이 어렸다. 그 짜증이 어디서 비롯됐는지는 이카루스 본인도 종잡을 수가 없었다.

말을 다 마치기도 전에 눈앞에서 메티스의 이미지가 사라졌다. 아마도 자신을 성가시게 여기는 이카루스의 뇌파를 읽은 모양이다. 푸들만이 홀로 남아 불안한 표정으로 끙끙거리며 이카루스를 올려다보고 있었다.

"이리 와, 푸들! 같이 해돋이 구경하자."

이카루스가 손짓하자 그제야 마음을 놓은 듯 푸들이 잽싸게 달려와 이카루스의 품에 안겼다. 부드러운 솜뭉치 같은 푸들의 작은 몸에서 따뜻한 온기가 전해져 왔다. 메티스처럼 명민하지는 않지만, 이카루스는 푸들의 바보스러운 단순함과 우직함이 마음에 들었다.

"저것 봐, 예쁘지?"

사방이 투명한 이카루스의 집에선 일출과 일몰 정경을 생생하게 볼 수 있다. 하루에 두 번, 세상이 이렇게 태양 빛으로 파랗게 물드는 순간을 이카루스는 가장 좋아했다. 이때를 제외하면 하늘은 항상 불그죽죽한 붉은빛이다. 오래된 핏빛을 연상시키는 그 색깔이 마음에 들지 않아서 이카루스는 해가 뜨고 질 때를 제외하면 천장이 둥근 돔처럼 설계된 집 안에 항상 블라인드를 쳐두었다. 정확히 말하면 이카루스의 생각을 읽은 메티스가 집안 설계 모드를 그렇게 설정한 것이지만.

주변엔 이카루스의 집과 똑같이 지은 집 35채가 집집마다 약 30여 미터 간격으로 모여 있다. 동글동글한 하얀색 반원 형태의 집들은 모두 얼음으로 만들었다. 수소가 풍부한 얼음이 대기 중에 쏟아지는 우주 방사선을 막는 데 안성맞춤이기 때문이다. 아마도 아주 높은 곳에서 내려다본다면 둥글게 모여 있는 반원형 집들은 붉은 토양 위에 드문드문 늘어선 작고 하얀 바윗돌처럼 보일 것이다.

이카루스네 집과 가장 가까운 '이글루 Xfe658c' 호에 사는 크로노스도 마침 하늘을 쳐다보고 있었다. 함께 공동 탁아소에서 자랐지만, 이카루스와 친한 사이는 아니다. 그때도 크로노스는 다른 아이들과 어딘지 모르게 달랐다. 이카루스의 눈에 크로노스는 도통 속내를 알 수 없는, 어딘지 모르게 음침한 녀석처럼 보였다.

  허공을 향했던 크로노스의 시선이 문득 이카루스와 마주쳤다. 이카루스가 어색하게 한 손을 들어 올려 아는 척했지만, 크로노스는 봤는지 못 봤는지 쓱 몸을 돌려 집 안으로 들어가 버렸다. 등 돌린 크로노스 뒤로 불투명한 우윳빛 블라인드가 스르르 아래로 내려왔다. 단단하게 닫힌 크로노스의 얼음집은 방사선과 우주 먼지뿐 아니라 이카루스의 불필요한 관심까지 모조리 튕겨낼 수 있을 것처럼 견고해 보였다.

  '쳇, 아는 척이라도 하면 어디 덧나나.'

  그런 걸로 마음 상할 필요 없잖아요.

  귓전에 메티스의 다정한 목소리가 들렸다. 이카루스의 뇌파를 읽고 떨떠름한 기분을 눈치챈 모양이다.

  스트레스 받으면 건강에 안 좋아요.

  부드러운 금빛이 도는 핑크색 단발머리가 메티스의 턱선 언저리에서 가볍게 찰랑거렸다.

  "건강이라고 하니까 생각났는데……."

  오늘은 어쩐 일로 메티스가 매일 아침마다 하는 건강 상태 브리핑을 빼먹었다는 생각이 머리를 스쳤다.

  이카루스님이 방해받기 싫어하시는 것 같아서요.

  이카루스가 미처 말을 다 마치기도 전에 뇌파를 읽은 메티스가 앞질러 대답했다.

아참, 그랬었지. 메티스에게 짜증이 나서 사라졌으면 좋겠다고 생각했었지. 별것도 아닌 일이었는데 괜히. 이카루스가 겸연쩍어하며 메티스를 마주 보자, 메티스는 '괜찮아요.'라고 하는 것처럼 살짝 미소 지었다. 웃으면 양쪽 입 언저리에 옴폭하게 보조개가 생기는 것도 이카루스 취향이다.

혈중 산소 포화도, 심박수, 백혈구와 적혈구 수치 모두 정상입니다.

바로 보고해도 되겠다고 판단했는지 메티스가 이카루스에게 묻지도 않고 즉시 건강 상태 브리핑에 들어갔다.

혈압이랑 콜레스테롤, 수면 상태도 모두 좋고요.

"그렇겠지."

이카루스가 심드렁하게 고개를 끄덕였다. 건강은 모든 게 완벽하게 관리되는 이곳 올림푸스에선 너무나 당연한 일이다. 조금이라도 문제가 생기면 메티스가 발견해 해결해 줄 것이다. 이카루스가 이상이 있다는 걸 눈치채기도 전에.

메티스가 손에 든 리모컨으로 버튼을 조작하자, 허공에 또 다른 투명 모니터가 펼쳐지면서 화면 위로 빨갛고 파란 막대그래프와 선그래프가 나타났다. 지난 며칠간 이카루스가 손목에 찼던 생체 측정기를 통해 집계한 건강 정보를 도식화한 것이다.

이카루스는 막대와 선이 만들어 낸 형태를 무심히 쳐다보았다. 죄다 복잡해 보여서 신경 쓰기 싫었다. 또 굳이 무슨 의미인지 알아내려 애쓸 필요도 없었다. 어차피 메티스가 다 설명해 줄 테니. 예상대로 메티스는 도표를 가리키며 이카루스의 건강에 아무런 문제가 없다고 차근차근 설명했다.

그런데…….

메티스가 어쩐 일인지 설명 도중에 말끝을 흐렸다.

"왜 그래?"

메티스는 말없이 이마에 주름을 잡은 채 도표를 바라보고 있었다. 당황한 표정이었다.

이카루스는 메티스가 지금처럼 곤란해하는 모습을 좀처럼 본 적이 없었다. 아니, 메티스와 함께 지낸 이래 그런 일은 아마 단 한 번도 경험하지 못했던 것 같다. 이카루스는 생경한 메티스의 반응에 걱정보다는 호기심이 앞섰다.

이카루스님 스트레스 수치가 평상시보다 꽤 높아졌어요.

메티스가 딱 적당한 각도로 휘어진 예쁘장한 눈썹을 살짝 찡그렸다.

근래 뭔가 마음에 안 드는 거라도 있으세요?

이카루스에게 그런 일이 일어날 여지를 준 자신을 용서할 수 없다는 투로 메티스가 물었다.

"마음에 안 드는 거?"

조금 전에도 기분이 안 좋으셨잖아요.

분명히 그랬다. 자신을 둘러싼 무언가가 살짝 어긋나 있는 것 같았다. 그게 뭔지 딱 꼬집어 말할 순 없지만, 그 어 굿남이 이카루스를 묘하게 짜증스럽게 만들었다. 견딜 수 없을 만큼.

"맞아. 안 좋았어. 왜 그런 거지?"

저도…… 잘…… 모르겠어요.

이카루스는 놀라서 눈이 휘둥그레졌다. 메티스가 모르는 게 있다니! 이카루스에 대해선 속속들이 모든 걸 알고 있는 메티스인데.

"너도 모르는 게 있었어?"

메티스가 살짝 얼굴을 붉혔다. 무안한 것 같기도, 화가 난 것 같기도 했다.

전 이카루스님의 뇌파로 생각을 읽어요. 그런데 이카루스님 자신도 왜 스트레스를 받는지, 왜 불쾌감을 느끼는지 모르시잖아요.

'그런데 제가 그 답을 어떻게 알겠어요?'라고 묻듯이 메티스가 이카루스 얼굴을 빤히 바라보았다.

"저기 메티스, 이거 위험한 건 아니지? 난 이제 어떻게 해야 해?"

메티스는 여전히 아무 말이 없었다.

이카루스는 이제 당황스러움을 넘어 겁이 덜컥 났다. 메티스까지 뭔가 잘못된 건가? 그렇다면 그건 자신의 건강 이상보다 훨씬 더 심각한 문제일지도 모른다. 자신에게 문제가 있다면 메티스가 발견해 해결책을 찾아내겠지만, 만에 하나 메티스한테 오류가 발생하면 이카루스는 그야말로 속수무책이다.

걱정하지 말아요. 나는 아무 문제 없어요. 이카루스님이 불편을 느끼는 게 뭘까 잠깐 생각하던 중이었어요.

이카루스의 스트레스 수치가 올라가는 걸 눈치챈 메티스가 여느 때처럼 침착하게 이카루스를 달래듯 말했다.

일단 클레오 선생님과 원격 진료 상담 예약을 잡아 놓을게요. 선생님은 틀림없이 뭐가 문제인지 알아내실 거예요.

클레오 선생님의 본명은 아스클레피오스지만, 이름이 너무 길고 복잡해 이카루스는 애칭인 '클레오'로 부른다. 어릴 때부터 자신을 돌봐줬던 주치의 클레오의 이름을 들은 이카루스는 겨우 마음의 안정을 되찾았다. 하지만 완전히 안심할 순 없었다. 이 원인을 알 수 없는 묘한 어긋남이 어디서 비롯된 건지 아직 모르니까.

"메티스, 설마 나 죽을 병에 걸린 건 아니겠지?"

이카루스가 불안한 얼굴로 물었다.

죽을 병이라니!

별안간 메티스가 허리를 꺾고 깔깔 웃어댔다. 웃느라 커다란 두 눈에 눈물까지 고인 것이 이카루스가 한 말이 어지간히도 우스운 모양이었다.

이카루스님, 그게 무슨 소리예요. 올림푸스엔 '죽을 병'이란 게 없어요.

간신히 웃음을 그친 메티스가 눈가에 괸 눈물을 닦으며 말했다. '죽을'과 '병'에 보이지 않는 강조점이라도 찍듯 유난히 힘을 주면서. 확신에 찬 메티스의 말을 듣고서야 이카루스도 겨우 메티스를 따라 미소를 지을 수 있었다.

"올림푸스는 신(神)들이 사는 곳이니까."

이카루스는 아주 오래전 공동 보육 시설에서 귀가 닳도록 들었던 말을 자신에게 들려주듯 되풀이했다.

그래요. 이카루스님은 신이에요. 신은 아프지도, 죽지도 않아요.

메티스가 고개를 끄덕였다. 하지만 이카루스는 처음으로 메티스의 말에 절대적인 확신을 가질 수 없었다.

욕실로 들어서자 이카루스의 발걸음을 인지한 스마트 홈 시스템이 작동하면서 세면대 거울이 하얗게 빛났다. 세면대 양옆에 설치된 두 개의 로봇 팔 가운데 하나가 전동 칫솔로 이카루스 대신 양치질을 해주는 동안 다른 팔 하나가 따뜻한 물수건으로 이카루스의 얼굴을 구석구석 닦아 세수를 시켜 줬다.

단장을 끝낸 이카루스는 빛나는 거울 속에 비친 제 얼굴을 한동안 쳐다보았다. 새카만 머리칼은 풍성하고, 자그마한 흠 하나 없는 말끔한 구릿빛 피부는 탱탱하고 윤기가 흘렀다. 마치 '젊음'이라는 단어를 형상화해 놓은 것처럼. 이 모습은 앞으로도 언제까지고 변하지 않을 것이다.

문득 노화라는 병으로 고통받았다는 인간들이 생각났다. 공동 탁아소 유모 아말테이아는 그 병에 걸리면 매끈한 피부에 주름이 생겨 얼굴이 쭈글쭈글해지고 풍성한 머리칼도 숱이 빠지거나 하얗게 센다고 했었다. 팔다리 근육이 사라져 심하면 걷거나 움직이지 못하게 되는 경우까지 있다고.

공동 탁아소에서 그 말을 들었을 때 어린 아프로디테는 겁에 질려 울음을 터뜨렸었다.

"걱정 말아요. 여러분은 그런 병에 걸릴 일 없으니까."

아말테이아가 아프로디테를 껴안으며 다정하게 속삭였다. 하지만 아말테이아의 품에 안긴 아프로디테는 여전히 겁에 질린 얼굴이었다.

"정말이죠? 정말 안 걸리는 거죠?"

아프로디테가 울먹이는 목소리로 물었다.

"그럼, 정말이고말고."

"왜 우리는 그 병에 안 걸리는 거예요?"

프로메테우스가 물었다. 늘 그렇듯 프로메테우스는 질문이 많았다. 아말테이아는 그런 프로메테우스를 부드럽게 타이르곤 했다. 질문이 많은 건 생각이 많다는 증거라고. 생각

따위를 하면 머리가 복잡해지고, 머리가 복잡해지면 건강을 해친다고. 유아기는 원래 '궁금증'이라는 안 좋은 습관에 물들기 쉬운데, 성인이 돼서까지 그러면 곤란하니 지금 확실히 나쁜 버릇을 고쳐야 한다는 조언도 덧붙였다.

'유모한테 또 한소리 듣겠구나.'

이카루스는 그동안 여러 번 프로메테우스를 나무랐던 아말테이아가 이번에야말로 화를 낼 거라고 생각했다. 하지만 이카루스의 예상과는 달리 아말테이아는 프로메테우스를 보며 환하게 웃었다.

"여러분은 신(神)이니까요."

"신이 뭐예요?"

아말테이아가 야단치지 않는 것에 용기를 얻었는지 프로메테우스가 다시 물었다.

"늙지도, 죽지도 않는 존재라는 뜻이에요."

'죽는다'고? 연이어 낯선 단어를 접한 아이들이 어리둥절한 표정으로 아말테이아를 올려다보았다.

"죽는다는 건, 여러분이 이 세상에서 사라지는 거예요."

아이들 표정을 눈치챈 아말테이아가 참을성 있게 설명했다.

"그렇다면 가상 현실 속으로 들어가는 거군요?"

아테네가 똑똑한 체했다. 하지만 아말테이아는 고개를

흔들었다.

"죽으면 그 어디에도 있을 수 없어요. 그냥 사라지는 거예요. 원래부터 없었던 것처럼."

여기저기서 '헉!' 하고 숨 삼키는 소리가 들렸다.

"사라진다고요?"

이카루스가 저도 모르게 중얼거렸다.

"그래요. 사라져서 숨 쉴 수도, 먹을 수도, 잘 수도 없어요. 물론 가상 현실 게임을 할 수도 없고요."

아프로디테가 다시 울음을 터뜨렸다. 이번엔 다른 아이들까지 아프로디테처럼 훌쩍거리기 시작했다.

"여러분, 조용!"

아말테이아는 서둘러 소란스러운 분위기를 진정시켰다.

"여러분도 훨씬 더 오래전에 태어났으면 늙고, 병들고, 죽었을 거예요. 하지만 이젠 그럴 일이 없어요. 여러분이 원치 않는 한, 이 방에 있는 누구도 늙거나 죽지 않아요."

말을 마친 아말테이아가 아프로디테의 머리를 가만히 쓰다듬었다.

"그러니 아프로디테, 예쁘디예쁜 네 얼굴이 흉하게 변할 일도, 죽는 일도 없을 거란다."

그제야 아프로디테는 눈물을 훔치며 기쁜 듯이 웃었다.

'그것도 벌써 오래전 일이군.'

잊고 있었던 어릴 적 추억이 떠올라 이카루스는 저도 모르게 피식 웃음을 터뜨렸다.

이제는 이카루스도 안다. 젊음을 유지하기 위해선 다소 번거로운 절차가 필요하다는 걸. 늙는다는 건 세포가 닳고, 몸속에 이런 닳은 세포가 쌓여서 생기는 현상이다. 이 닳은 세포는 변이를 일으켜 치명적인 질병으로 발전하기도 한다. 이를 막기 위해 클레오는 정기적으로 이카루스를 찾아와 노화한 세포를 제거하는 주사를 놔 준다. 주사에 들어 있는 CAR-T 치료제는 몸속에서 노화한 세포가 분비하는 특정 단백질을 감지하는 기능이 있는데, 이 기능을 통해 노화 세포만 선택적으로 골라내 없애 버리는 것이다.

지난번 방문 때 클레오가 말하길, 아직은 자주 맞을 필요가 없지만 좀 더 시간이 지나면 주사 빈도를 높여야 할지도 모른다고 했었다.

주사와 별도로 이카루스는 처방에 따라 정기적으로 TMLth라는 약도 먹고 있다. 텔로미어 길이를 계속 유지해 주는 약이다. DNA 끝부분에 위치한다는 텔로미어의 길이가 짧아지면 노화가 시작되기 때문이다.

"늙지 않으려면 이 정도는 해야죠. 어차피 약은 AI 비서가 챙겨줄 텐데."

이카루스가 귀찮아하는 기색을 보이자 클레오는 그렇게 말했다. 클레오 역시 약을 잘 챙겨 먹는지 피부가 아기처럼 깨끗했다.

클레오 선생님은 몇 살쯤 됐을까. 이카루스는 클레오를 만날 때면 매번 물어보고 싶은 충동을 애써 억눌렀다. 호기심은 나쁜 거니까. 친절한 클레오한테 실례되는 짓을 할 순 없으니까. 얼굴만으론 연령대를 추측할 수 없지만, 이카루스가 탁아소에 있을 때부터 돌봐줬으니 클레오가 이카루스보다 나이가 많다는 것만큼은 확실했다.

"늙는 것과 병은 무슨 관계가 있나요?"

지난번 클레오와 만났을 때 이카루스는 평소 궁금했던 걸 물어봤다. 쓸데없는 걸 궁금해한다며 클레오가 나무랄까 봐 불안해하면서도.

"노화만 피해도 질병에 걸릴 확률이 100에서 70퍼센트로 줄어들어요. 질병이란 건 대개 노화와 함께 오거든요."

클레오는 나무라긴커녕 오히려 좋은 걸 물어봤다고 칭찬하듯 부드럽게 대답했다.

100에서 70을 빼면 얼마더라. 이카루스가 머릿속으로 셈을 해 봤다. 그러나 혼자 뺄셈 따위를 해 본 적이 없어서인지 좀처럼 답이 떠오르지 않았다. 이카루스가 난감해하는 걸 눈치챈 메티스가 귓가에 '30'이라고 속삭였다. 클레오 앞이라 이카루스가 창피해할 것 같았는지 모습까지는 드러내지 않았다.

"그래도 병에 걸릴 가능성이 30은 되잖아요."

이카루스는 메티스가 일러준 수치를 마치 자신이 계산한 것처럼 말했다.

"그 30도 태어나기도 전에 이미 제거했어요. 태아의 유전자를 조작해서요."

태아의 유전자? 이건 또 무슨 말이지? 이카루스가 속으로 고개를 갸우뚱했다.

클레오는 이카루스가 자기 말을 알아듣지 못한다는 걸 눈치채고는 '자세한 건 알 필요가 없어요.'라며 웃었다.

"중요한 건 이카루스는 병에 걸리지 않을 거라는 거죠."

"그럼 죽지도 않나요?"

아직도 죽는다는 개념을 명확히 이해하지 못한 채로 이카루스가 물었다.

"이카루스가 죽음을 원치 않는 한은요."

클레오가 한 말은 이카루스 귀에 이해할 수 없는 외계어처럼 들렸다.

"무슨 뜻인지 모르겠어요."

이카루스가 얼굴을 찌푸렸다.

"오래전 인간들은 늙거나, 병들거나, 사고를 당해서 죽었어요. 지금은 그런 요인들이 사라졌으니 죽을 일도 없어진 거죠."

클레오가 차근차근 설명했다.

"본인이 원하지만 않는다면, 말이죠?"

클레오는 고개를 크게 끄덕였다.

"맞아요. 언젠가 때가 되면 이카루스도 삶을 끝내고 싶은지 아닌지 결정해야 해요. 만약 죽고 싶지 않다고 결정하면 계속 사는 거고요."

"그게 언제예요?"

"질문이 많군요, 이카루스. 그러면 건강에 해로운데."

이번엔 클레오가 짐짓 엄한 표정을 지었다. 당황한 이카루스가 서둘러 입을 닫았다.

"뭐, 언젠가는 알아야 할 테니 미리 얘기하는 편이 나을지도 모르겠네요. 이카루스가 250살이 될 때예요."

"250살……."

이카루스가 망연한 표정으로 중얼거렸다. 내가 지금 몇 살이더라. 분명히 250살보다는 훨씬 적을 텐데. 그렇게 생각한 순간, 메티스가 '스물다섯 살'이라고 다시 이카루스의 귓가에 속삭였다.

스물다섯 살이라고? 그러면 250살까지는……. 우물쭈물하다가는 또 답을 알려 주는 메티스의 속삭임이 들릴 것 같아 이카루스는 속으로 '됐어!'라고 외쳤다. 눈치 빠른 메티스는 이카루스의 마음을 읽고 이번엔 입을 다물었다.

정확한 계산까지는 할 수 없어도 이카루스는 선택의 순간이 오기까지 꽤 오랜 시간이 남아 있다는 것만큼은 분명히 알 수 있었다. 그 사실은 다행스러우면서도 어쩐지……

'잠깐, 대체 이 감정은 뭐지?'

짧은 순간이었지만 뭔지 모를 감정이 이카루스를 스치고 지나갔다. 그 감정의 정체가 뭔지는 이카루스 자신도 콕 짚을 수가 없었다. 그건 어딘가 모르게 씁쓸하고 서글픈 느낌이었다. 탁아소 시절 남몰래 좋아했던 헬레네가 자신을 쳐다봐 주질 않았을 때처럼. 그때도 이카루스는 메티스에게 물었다.

'왜 이런 기분인 거지?'

미안해요. 이카루스님 뇌파를 읽을 수가 없어요. 이카루스님 본인도 이유를 모르시니까요.

이카루스의 마음을 읽은 메티스가 시무룩한 목소리로 중얼거렸다.

"아! 이번이 처음이 아니었구나."

잊고 있던 기억을 떠올리는 순간, 이카루스는 정신이 번쩍 들었다.

"메티스가 내 뇌파를 못 읽은 게 처음이 아니었어."

그걸 왜 이제까지 깨닫지 못했을까. 이렇게 중요한 일을.

마치 굉장히 중요한 걸 발견한 것처럼 이카루스의 심장이 흥분으로 두근거렸다.

하지만 그건······.

숨어 있던 메티스가 이카루스의 등 뒤로 모습을 드러냈다. 반짝이는 거울 속에 비친 메티스는 풀이 죽은 얼굴이었다. 힘없는 표정이 어린 시절 아말테이아에게서 야단맞은 뒤 종종 프로메테우스가 짓던 표정과 비슷했다.

"괜찮아, 메티스. 널 탓하는 게 아니야."

그래도 메티스는 여전히 미심쩍은 눈초리를 거두지 않았다. 이카루스의 말이 진심이란 걸 파악했을 텐데도.

요즘 이카루스님은 어딘가 좀 이상하세요.

메티스가 이카루스 눈치를 보며 조심스레 말했다.

"그런가?"

메티스가 그렇다면 그럴 테지, 라고 이카루스는 생각했다. 메티스는 절대 틀린 말을 하지 않으니까.

빨리 클레오 선생님께 상담을 받으셔야 할 텐데.

메티스의 얼굴에 초조함이 어렸다.

"상담이 아직 안 잡혔어?"

선생님이 요즘 바쁘셔서 시간이 좀 걸릴 거래요.

클레오가 바쁜 건 자기 탓이 아닌데도 메티스는 마치 모든 게 제 책임이라는 듯 고개를 아래로 푹 떨궜다.

그런 메티스를 달래려고 이카루스는 일부러 명랑한 어조로 말했다.

"이봐, 메티스. 스트레스 지수가 높아진 건 어쩌면 배가 고파서였는지도 몰라."

메티스가 고개를 들어 이카루스를 바라봤다.

"아직 아침을 안 먹었잖아."

바로 준비할게요.

메티스의 목소리에 금세 다시 생기가 돌았다. 자기를 위로하기 위해 이카루스가 즉석에서 둘러댄 말이라는 걸 눈치챘을 게 분명한데도 메티스는 어쩐지 기뻐 보였다. 어쩌면 메티스는 이카루스가 풀 죽은 자신을 달래 주려고 일부러 말을 꾸며댄 게 기쁜 건지도 몰랐다. 주방 쪽에서 메티스의 콧노래가 흥얼흥얼 들려왔다. 기분이 평상시 '유쾌함' 모드로 완전히 돌아온 모양이다.

머리 색 바꾸듯 순식간에 이 감정에서 저 감정으로 기분을 교체하는 메티스를 보니 이카루스는 또다시 묘하게 불편한 감정이 가슴 속에 스멀스멀 퍼지려 했다. 하지만 애써 그걸 억눌렀다. 메티스가 제 생각을 읽고 또다시 속상해하기 전에.

잠시 후 식탁에 앉은 이카루스의 눈앞에 실물과 똑같이 생긴 음식들이 일렬로 늘어섰다. 메티스가 공중의 투명 모니터에 띄워 놓은 3D 모형이다. 햄버거, 피자, 치킨……. 전부 이카루스가 즐겨 먹는 메뉴다.

'맛있긴 하지만 너무 자주 먹어서 이젠 지겨워.'

이카루스가 그렇게 생각하는 순간, 햄버거와 피자, 치킨이 순식간에 사라지고, 대신 다른 모형들이 다시 일렬로 죽 모니터에 나타났다. 마치 '이건 어때?'라는 듯이.

'고기만두? 너무 텁텁해. 치즈 가루가 잔뜩 올라간 스파게티? 글쎄, 썩 안 내키는데. 스테이크? 좋긴 한데 지금 선택하고 싶은 맛은 아니야.'

이카루스가 마음속으로 선택지를 하나씩 지워 나가자 눈앞에 있던 음식물도 하나씩 차례로 자취를 감췄다.

'응? 이건 뭐지?'

이카루스의 시선이 낯선 음식 이미지에 잠시 머물렀다. 가늘고 길쭉하고 부드러워 보이는 하얀 것이 새빨간 국물 안에 들어가 있다.

'꽤 매워 보이는데?'

떡볶이라는 거예요. 맛을 보시겠어요?

이카루스가 '응.' 하고 대답하기도 전에 뇌파를 읽은 메티스가 이카루스 혀에 올려 둔 미각 전달 장치로 데이터를 전송했다. 매콤달콤한 소스의 맛이 장치를 통해 혀로 전해졌다. 뒤이어 쫄깃한 떡의 식감도 치아에 와 닿았다.

'이거 꽤 맛있는데? 보기보다 맵지도 않고.'

이카루스가 속으로 중얼거렸다.

'이 맛이 가신 뒤에 입안에 민트 초코 아이스크림 맛이 퍼지면 좋을 것 같아.'

그렇게 준비할게요.

메티스가 대답했다.

누군가 바짓자락을 잡아당기는 느낌에 아래를 내려다보니 조금 전까지 구석에 들어가 뼈다귀를 가지고 놀던 푸들이 뼈다귀를 문 채 식탁으로 다가와 이카루스의 발치를 핥고 있었다. 이카루스가 뼈다귀를 빼앗아 머리위로 흔들자 푸들은 돌려달라는 듯 뒷발로 서서 꼬리를 흔들었다. 그 모습이 너무 귀여워서 이카루스는 웃으며 푸들을 쓰다듬었다.

푸들과 노닥거리는 사이 주방 조제실에서 어느샌가 준비가 끝났는지 셰프 로봇이 접시를 들고 이카루스 쪽으로 스르륵 미끄러져 다가왔다. 손에 든 쟁반엔 빨간색, 초록색 알약이 하나씩 놓여 있었다.

빨간약이 떡볶이, 초록색이 민트 초콜릿 맛이에요.

메티스가 다시 나타나 설명했다.

이카루스는 빨간색 알약부터 먼저 입에 넣었다. 아까 느꼈던 매콤달콤한 맛이 입안 가득 퍼졌다. 치아에 느껴지는 쫄깃한 감촉 역시 조금 전 그대로였다. 빨간 약의 맛을 마음껏 음미한 이카루스는 이번엔 초록색 알약을 삼켰다. 시원한 맛이 퍼지며 입안에 남아 있던 매콤한 맛이 개운하게 가셨다. 치아가 조금 시리긴 하지만 그게 아이스크림을 맛보는 재미이기도 하니까 괜히 선택했다는 후회는 없었다.

다음부터는 매운맛이 나는 음식을 더 많이 소개해 드릴게요.

이카루스의 만족감을 읽은 메티스가 눈치 빠르게 말했다.

이카루스는 조용히 고개를 끄덕였다. 약효가 뇌까지 전달됐는지 벌써 적당한 포만감이 느껴졌다. 아마도 지금쯤 약에 포함된 각종 영양소가 온몸에 전달되고 있겠지. 매번 그렇듯 메티스는 셰프 AI에게 이카루스의 몸에 필요한 영양소를 딱 필요한 분량만큼 측정해 알약으로 만든 뒤 이카루스가 선택한 맛을 덧입히라고 지시했을 테니까.

나른한 포만감에 눈이 스르르 감겼다. 비몽사몽인 와중에 이카루스의 머릿속에 어릴 적 아말테이아가 했던 말이 떠올랐다. 아말테이아는 탁아소 아이들에게 오래전 인간들은 직접 음식물을 채집하고 요리해 먹어야 했다고 가르쳐 줬다.

"번거롭고 원시적인 방법이었어요. 게다가 지금처럼 몸에 필요한 영양분을 적절하게 섭취하지 못해 병에 걸리거나 비만이 되곤 했죠."

아말테이아는 그렇게 말하면서 혐오스럽다는 듯 부르르 몸을 떨었다. 비만이 뭔지 몰랐지만, 아말테이아의 표정을 보면서 뭔가 끔찍한 게 틀림없다고 이카루스는 짐작했다.

그때도 메티스가 있었으면 바로 알려줬을 텐데. 하지만 그때는 메티스가 곁에 없었다. 메티스와 함께 생활하기 시작한 건 탁아소를 나와 올림푸스에서 혼자 살게 되면서부터다. 어린아이들은 AI 비서를 쓰기엔 뇌파가 너무 혼란스럽고 불안정하기 때문이라고 아말테이아가 일러 줬었다.

탁아소를 떠나 올림푸스로 온 뒤 언젠가 이카루스는 메티스에게 비만이 뭔지 물어본 적이 있었다. 메티스가 허공 위 투명 모니터에 띄워 준 뚱뚱한 인간들 이미지를 보고서 이카루스 역시 아말테이아가 그랬던 것처럼 저도 모르게 몸을 떨었다. 그건 언젠가 노인 이미지를 봤을 때 느꼈던 공포 섞인 혐오감과 비슷했다. 그때 이카루스는 자신이 저런 끔찍함 속에 살아야 했던 인간이 아니라, 그보다 훨씬 더 진화한 올림푸스의 신이라는 사실이 얼마나 다행인지 모르겠다고 진심으로 감사했다.

'정말 다행이야.'

식곤증을 못 이기고 스르르 눈을 감는 이카루스의 곁에서 메티스가 자장가를 불러주듯 조용히 맞장구를 쳤다.

다행이고말고요.

한잠 자고 일어난 뒤에도 바깥은 여전히 불그죽죽한 붉은색이 뒤덮고 있었다. 그건 또다시 하늘이 투명한 푸른색으로 물들기까지, 해가 지고 하루가 끝나기까지, 꽤 오랜 시간이 남았다는 뜻이다.

"메티스, 텔레파시를 작동시켜 줘."

이카루스가 말을 마치기도 전에 정신 감응 연결망 '텔레파시'가 작동하는 신호음이 '삐' 하고 울렸다. 동시에 이카루스의 눈앞에 탁아소에서 함께 자랐던 신들의 얼굴이 주르륵 펼쳐졌다.

'제우스.'

이카루스가 마음속으로 올림푸스에서 제일 인기가 많은 신의 이름을 불렀다. 이카루스의 뇌에서 나온 알파(α)파가 정신 감응 연결망을 통해 제우스에게 전달됐다. 하지만 아무런 반응이 없었다. 다시 한번, 또다시 한번. 그래도 여전히 제우스로부터 답은 오지 않았다.

'대체 뭘 한다고 대답도 안 하는 거야.'

이카루스가 속으로 투덜거렸다.

베타(β)파로 주파수를 높일까요? 제우스님은 아마 지금 흥분 상태 같아요. 흥분할 때 나오는 베타파는 주파수가 높아서 주파수가 낮은 알파파를 인지하지 못하거든요.

메티스가 물었다.

'그래, 어쩔 수 없지.'

이카루스가 무언으로 승낙하자, 메티스가 연결망으로 베타파를 쏘아 보냈다. '삐삐삐' 몇 차례 전달 신호가 울린 뒤 허공의 투명 모니터에 제우스의 모습이 나타났다. 드디어 이카루스가 보낸 주파를 감지한 모양이다.

"뭘 하느라 그렇게 바빠?"

"넌 뭐가 그렇게 급해서 계속 방해를 하는데?"

부루퉁한 이카루스의 물음에 제우스도 퉁명스럽게 대답했다.

"대체 뭘 하던 중이었는데?"

"뭘 하긴. 에우로파랑 놀던 중이었지."

"에우로파?"

제우스가 어쩔 수 없다는 듯 한숨을 쉬며 곁에 있던 누군가를 모니터 안에 잡히도록 끌어당겼다. 허공에 떠 있는 투명 모니터 속으로 늘씬한 금발 미녀의 모습이 잡혔다. 길게 물결치는 에우로파의 곱슬머리는 새하얀 가슴을 아슬아슬하게 뒤덮고 있었다. 확실히 제우스가 좋아할 만했다.

"또 데려온 거야? 섹스 로봇을?"

그동안 제우스가 같이 놀았던 로봇들만 해도 몇이었더라. 갈색 머리 소녀 칼리스토, 미소년 가니메데……. 하도 많아서 이카루스는 이젠 기억도 잘 나지 않는다.

"할 얘기 없으면 이만 끊어. 에우로파랑 섹스하는 거 암브로시아에 올려야 하니까."

암브로시아는 올림푸스 신들이 비대면으로 모이는 온라인 네트워크다. 각자 암브로시아 계정에 자랑거리를 올리면 신들은 서로 그걸 공유하고, 좋아하는 게시물엔 마음에 든다는 표시로 빵 모양의 암브로시아 버튼을 누른다. 암브로시아를 많이 받을수록 이용할 수 있는 가상 현실 게임 가짓수가 늘어나기 때문에 다들 기를 쓰고 암브로시아를 많이 받으려 혈안이 돼 있다.

제우스는 다른 신들로부터 받은 암브로시아 수로 따지자면 이 네트워크에서 제일 서열이 높다. 주로 올리는 게시물은 하루가 다르게 갈아치우는 미녀 로봇들과의 섹스. 섹스할 때마다 도파민이 치솟는 뇌 사진을 찍은 뉴로 스캔도 함께 첨부한다. 도파민이 많이 분비된다는 건 그만큼 즐겁다는 증거니까.

"신들의 세상에서 중요한 건 즐거움 하나밖에 없어요. 즐겁게 지내지 않으면 신이 아니라고요!"

아말테이아는 그렇게 가르쳐 줬었다. 그래서인지 다들 즐거운 가상 세계 경험을 게시하면서 뉴로 스캔을 인증샷처럼 첨부하곤 한다. 디오니소스와 아폴론이 종종 올리는 뉴로 스캔도 암브로시아를 많이 받는 단골 메뉴다. 둘은 뇌에 '알

콜'과 '드럭'의 효과를 주는 뇌파 테라피에 푹 빠져 있는데, 이것 역시 도파민 수치를 높여 주는 효과적 장치다. 하지만 그 어떤 것도 제우스의 뉴로 스캔을 뛰어넘는 건 없었다.

이런 인기 많은 신들과 비교하면 이카루스의 암브로시아 계정은 활동이 부진한 상태다. 그나마 아예 휴면 계정 수준인 크로노스에 비해 좀 나은 수준이랄까. 아마도 다른 신들의 눈을 확 뜨이게 할 만큼 자극적인 걸 올리지 못해서인 것 같다.

'나도 뭔가 새로운 걸 올려야 하나.'

제우스가 딱히 부러운 건 아니지만, 지금 보유한 가상 현실 프로그램도 슬슬 지겨워지는 참이라 아마도 암브로시아 관리를 하긴 해야 할 것 같다.

문득 무언가 관자놀이를 툭툭 치는 느낌이 들었다. 이카루스는 자극이 가는 곳을 손으로 지그시 눌러 텔레파시 메시지를 수신했다.

"끝내주는 걸 얻었어."

투명 스크린이 열리기 무섭게 이카루스의 유일한 친구 파에톤이 흥분한 목소리로 말을 걸었다.

"뭔데?"

이카루스가 심드렁하게 대꾸했다. 파에톤은 모든 걸 과장하는 습관이 있다. 지금도 아마 십중팔구 별것도 아닌데 호

들갑을 떨고 있을 가능성이 컸다.

"아폴론이 나한테 불의 전차 프로그램을 빌려줬거든."

"불의 전차?"

이카루스는 순간 눈이 번쩍 뜨였다. 불의 전차는 올림푸스에서 아폴론만이 사용할 수 있는 가상 현실 프로그램이다. 위험한 데다 조종 기술이 없으면 사용할 수 없기 때문이다. 불을 뿜는 두 마리 말이 모는 전차를 타고 허공을 질주하는 아폴론의 모습이 이따금 그의 암브로시아 계정에 올라올 때면 여자들은 앞다퉈 열광적으로 암브로시아를 눌러댔다. 여자가 아닌 이카루스가 보기에도 확실히 거친 말들을 자유자재로 다루는 아폴론이 꽤 근사하게 보였다.

"하지만 그건 아폴론 거잖아?"

"내가 졸라서 딱 한 번만 빌렸어."

파에톤이 의기양양하게 말했다. 무슨 이유에선지 몰라도 어린 시절부터 아폴론은 올림푸스에서 은근히 따돌림을 당하는 파에톤을 뒤에서 살뜰히 챙겨 줬다. 파에톤과 마찬가지로 다른 신들과 잘 어울리지 못했던 이카루스는 그런 파에톤이 부러웠던 적이 많았다.

"그래서 나한테 자랑하려는 거야?"

질투심에 이카루스가 삐딱하게 말했다.

"그것도 있지만, 같이 타자고."

"같이?"

의외의 제안에 이카루스는 의아했다.

"너한테 빌려준 건데 나도 쓰면 아폴론이 기분 나빠 하지 않을까?"

"걔 원래 그런 거 신경 안 쓰잖아. 둘이면 안심도 되고. 난이도가 높은 게임이라 아무나 못 한다고 거절하는 걸 내가 우겨서 간신히 빌렸거든."

이제야 진짜 이유가 나오네. 이카루스는 속으로 피식 웃었다.

"어쨌든 가상 현실로 초대할 테니 조금만 기다려."

할 말을 마친 파에톤은 이카루스가 뭐라고 할 새도 없이 바로 텔레파시를 끊었다. 이카루스는 파에톤의 일방적 지시에 고개를 절레절레 휘젓다 어쩔 수 없이 '메타버스 익스플로어' 헤드폰과 '버추얼 렌즈' 안경을 쓴 다음 안락한 소파에 몸을 뉘었다.

두근두근…… 두근두근…….

몇 차례 심장 박동 같은 파동이 느껴지더니 이카루스는 깊은 수면 상태에 빠져들었다.

눈을 뜨자, 시야에 황금빛 털이 눈부신 말 두 마리가 들어왔다. 한 마리는 파에톤의 머리칼처럼 반짝이는 옅은 금빛,

다른 한 마리는 털 색깔이 그보다 진해서 거의 붉은 빛이 감돌았다. 금빛 갈기를 드리운 말보다 붉은빛에 가까운 쪽이 성격이 더 거세 보였다. 잠시도 가만히 있지 못하고 연신 히히힝 하는 소리를 내며 발굽으로 땅바닥을 차고 있었다. 한시라도 빨리 달리고 싶어 주체할 수 없는 것 같았다. 그에 비하면 차분한 쪽인 금빛 말은 얌전히 서서 마치 날벌레라도 쫓듯 한 번씩 머리를 휘휘 내두르고 있었다. 아마도 파에톤이 초대한 가상 현실 속으로 들어온 모양이다.

"뭘 그렇게 멀뚱멀뚱 쳐다보고 있어? 빨리 올라 타."

두 마리 말이 끄는 휘황찬란한 금빛 마차 안에서 파에톤이 소리쳤다. 고삐를 손에 쥔 파에톤은 어깨에 꽤 힘이 들어가 보였다. 이카루스는 마차로 올라가 파에톤 옆에 앉았다. 푹신푹신한 쿠션도 마차와 마찬가지로 황금빛이었다.

"그런데 너 말 모는 법은 아는 거야?"

눈 흰자위를 드러내고 쏘아보는 붉은 말에 조금 위축된 이카루스가 파에톤에게 물었다.

"그럼. 아폴론한테 다 물어봤어."

파에톤이 자신만만하게 대답하고는 황금빛 고삐를 세게 끌어당겼다.

"이랏!"

말들이 한번 발길질을 하자, 말과 마차가 허공으로 붕 떠올랐다.

"이럇!"

이번에는 파에톤이 황금빛 채찍으로 말을 후려쳤다. 말들은 힘차게 허공을 가르며 달리기 시작했다.

시원한 바람이 이카루스의 얼굴에 와 닿았다. 눈앞에 하얀 솜뭉치 같은 게 보이는가 싶더니 말이 쏜살같이 그 안을 통과했다. 마치 시원한 바람 속을 뚫고 지나간 것 같았다.

"죽이는데! 우리 방금 구름을 지나쳤다고!"

파에톤은 완전히 들떠 있었다. 아마도 예전에 가상 현실 속에서 '구름'이란 걸 봐서 하얀 솜뭉치의 정체를 알고 있었던 모양이다.

이카루스도 들떠서 주변을 둘러보았다. 이카루스의 시선을 사로잡은 건 푸른 하늘이었다. 보기만 해도 기분까지 청량해지도록 쨍하게 맑은 하늘. 그건 화성의 일출, 일몰 때 보던 하늘과 달랐다. 해가 지거나 뜰 때 화성 하늘을 물들인 색깔이 여기보다 한 단계 색조가 어두운, 회색빛이 섞인 푸른색에 가깝다면, 이곳의 하늘은 다른 색상이 섞이지 않은 순도 높은 파랑 같았다.

"해가 뜨는 건가?"

"아냐. 여기선 하늘이 항상 파랗대."

파에톤이 대답했다.

"어째서?"

"이 가상 현실은 환경 설정이 지구로 돼 있거든. 지구 하늘은 항상 파란데 해가 지고 뜰 때는 붉게 물든대. 화성과 반대로."

"그렇구나."

푸른 하늘을 언제나 볼 수 있다니. 이카루스는 그것만으로도 이 '지구'라는 세계가 좋아지려 하고 있었다.

아래로는 거대한 푸른 물결이 펼쳐졌다. 서늘한 바람이 불 때마다 잔잔한 물결이 마치 화성의 모래 언덕처럼 고요한 수면 위에 주름을 만들었다가 지웠다가 했다. 끝이 안 보일 만큼 넓은 물결은 푸른 하늘과 맞닿아 있었다. 거대한 파랑이었다.

"저건 바다래. 아폴론이 알려줬어."

"바다……."

이카루스는 파에톤이 한 말을 되풀이했다. 신비롭고 아름다운 이 장소의 이름을 머릿속에 입력해 두려는 듯이.

철썩. 파도가 커다란 물결을 일으키며 위로 치솟았다가 부서졌다. 파도가 부서졌다가 다시 잔잔해진 수면은 햇빛을 받아 반짝반짝 빛났다. 마치 수천 개의 작은 금빛 알갱이가 수면 위에 떠돌고 있는 것 같았다.

"여기는 해가 정말 크네."

이카루스는 푸른 하늘 한구석에 빛나고 있는 태양을 올려다보았다. 화성에선 작은 점처럼 보였던 해가 그보다 몇십 배는 더 커다란 크기로 하늘에서 이글거리고 있었다.

"이곳은 태양과 거리가 더 가깝거든."

아는 척하는 게 신났는지 파에톤이 다시 끼어들었다.

하지만 이카루스의 귀엔 파에톤의 말이 들리지 않았다. 눈앞의 풍경에 온통 마음을 뺏겼기 때문이다.

푸른 하늘은 서서히 붉은색으로 물들고 있었다. 화성 하늘의 불그죽죽한 빛과는 조금 다른, 강렬한 빨강이 서서히 파랑을 먹어들어갔다. 마치 태양이 서서히 녹으면서 짙은 빨강색을 하늘에 퍼뜨리고 있는 것 같았다.

바다 역시 붉은빛으로 물들고 있었다. 하늘에서 사라진 태양이 바다 깊은 곳으로 가라앉고 있는 것처럼. 둥그런 해가 수면과 닿은 뒤 점점 모양이 일그러지고, 물에 녹는 듯 조금씩 조금씩 크기가 작아지다가 마침내는 깊은 물 속으로 완전히 사라졌다. 해가 사라진 세상은 온통 붉은색으로 물들어 있었다.

"진짜 예쁘다."

이카루스가 감탄사를 내뱉었다.

히이이이잉. 그때 갑자기 붉은 말이 날뛰기 시작했다. 눈을 희번덕거리며 마구 도리질을 치는 것이 뭔가에 단단히 놀란 모양이었다. 얌전하던 금빛 말도 자극을 받았는지 함께 울면서 앞발을 높이 들어 올렸다. 그 바람에 마차가 출렁이면서 이카루스와 파에톤은 소파에서 떨어져 바닥을 뒹굴었다.

아아악! 이카루스와 파에톤이 동시에 비명을 질렀다.

"어떻게 된 거야?"

"말이 놀랐나 봐. 이럴 땐 어떻게 하라고 했더라……."

파에톤은 당황한 표정이었다.

히이이잉! 이번엔 말 두 마리가 동시에 앞발을 치켜들고 날뛰었다. 그 바람에 파에톤이 손에 쥐고 있던 고삐를 놓쳤다. 고삐 풀린 말들은 신난다는 듯 하늘 위를 거침없이 달려가기 시작했다.

으아아아아!

속도가 빨라서 아무것도 눈에 들어오지 않았다. 가만히 앉아만 있어도 머리가 빙글빙글 돌고 속이 메슥거리는 것 같았다. 이러다 여기서 떨어지기라도 하면…….

"파에톤! 빨리 고삐를 잡아! 속도를 줄이라고!"

하지만 파에톤은 얼굴이 하얗게 질려 어쩔 줄을 모르고 있었다. 간신히 정신을 차리고 고삐를 잡는가 싶었는데 엉뚱하게 고삐가 아닌 황금빛 채찍으로 붉은 말의 등을 내리쳤다.

철썩! 채찍 소리가 나는 것과 동시에 붉은 말이 요동을 쳤다. 마차가 금세라도 뒤집힐 듯이 아래위로 출렁출렁했다.

"야, 너 뭐 하는 거야!"

"그게…… 고삐라고 생각했는데."

울 것 같은 얼굴로 주변을 살피던 파에톤이 마침내 고삐를 발견하고 세게 잡아당겼다. 그러자 기울어진 마차가 제자리로 돌아올 사이도 없이 두 마리 말이 쌩하니 전속력으로 달리기 시작했다. 그 바람에 둘은 기울어진 마차에서 튕겨 나와 아래로 추락하기 시작했다.

으아아아아! 이카루스가 비명을 질렀다. 저 아래에 파에톤이 '바다'라고 했던 거대한 푸른 물결이 보였다. 높은 하늘 위에선 예쁜 파란색으로 보였던 바다는 가까워질수록 검푸르고 음험하게 보였다. 사나운 물결이 마치 이카루스를 집어삼키려는 것 같았다. 안 돼에에에!! 성난 물결 속으로 막 떨어지려는 찰나, 이카루스는 정신이 번쩍 들었다.

창밖에선 해가 지고 있었다. 허공에 작은 점처럼 찍혀 있는 하얀 태양 사이로 채도가 약한 투명한 푸른빛이 잿빛 하늘로 서서히 퍼져나가는 게 보였다. 현실로 돌아온 것이다. 아마도 둘이 추락하는 동안 파에톤이 가상 현실 종료 버튼을 누른 모양이다.

'후유, 다행이다.'

이카루스는 속으로 안도의 한숨을 내쉬었다.

오늘은 다른 때보다 더 즐거웠나 봐요?

메티스가 웃으며 말을 걸었다.

"음…… 그랬던 것 같기도 하고."

이카루스는 어쩐지 석연치 않은 기분이었다. 황금 마차를 몬 경험은 신기했고, 지구의 하늘에서 내려다본 풍경은 아름다웠다. 게다가 바다로 떨어질 때는 온몸이 오그라들 정도로 짜릿했다. 그런데 현실로 돌아와 보니 그 모든 게 어쩐지 뭔가 허전하게만 느껴졌다.

딩동. 암브로시아에 새 게시물이 올라왔다는 신호음이 울렸다. 파에톤이 바다로 떨어지는 자신의 모습을 올려놓았다. 함께 추락하는 이카루스까지 태그해서. 게시물 밑에는 벌써 암브로시아가 여러 개 달려 있었다. 하지만 어째서인지 이카루스는 그걸 봐도 전혀 만족스럽지 않았다.

'왜지?'

이유를 알 수 없는 허탈함과 짜증스러움을 느끼며 이카루스는 암브로시아에서 로그아웃했다.

2

신(神)이 된다는 것

 푸들 상태가 이상해졌다. 예전엔 지켜보는 이가 혼이 쏙 빠질 정도로 신나게 뛰어다니던 놈이 최근엔 다리가 불편한지 뛰질 못하고 엉거주춤한 자세로 뒤뚱뒤뚱 걸었다. 그나마도 제대로 걸음을 옮기지 못해서 몇 발짝 걷다가 낑낑거리며 주저앉아 불편한 제 다리를 핥는 때가 많았다. 그러면 아픈 다리가 나을 거라 믿는 것처럼.

 아무래도 슬개골 탈구인 것 같아요.

 푸들의 상태를 걱정하는 이카루스에게 메티스가 말했다.

 로봇견들은 프로토타입을 본떠서 만들었어요. 그래서 프로토타입이 가진 문제들까지 그대로 반영된 거죠.

 "프로토타입이라면, 진짜 개를 말하는 거야?"

 푸들이 이카루스를 쳐다보며 '멍' 하고 짖었다. 마치 말을 알아듣고 '그럼 나는 진짜가 아니에요?'라고 항의하는 것처럼. 메티스가 대답했다.

맞아요. 푸들을 수리센터에 보내야겠어요. 다녀오면 괜찮아질 거예요.

이카루스는 낑낑거리는 푸들이 안쓰러워 품에 꼭 끌어안고 머리를 쓰다듬었다.

"자자, 착하지."

달래듯 말하자, 품에 안긴 푸들은 아픔도 잊은 것처럼 이카루스의 얼굴을 날름날름 핥아댔다.

"그만해, 그만하라고!"

기분이 좋아진 이카루스는 쿡쿡 웃다가 문득 '고통이란 건 뭘까?' 하는 생각이 들었다. 이카루스는 육체적 아픔을 느낀 적이 별로 없다. 병에 걸린 적도, 다친 적도 없으니까. 어쩌다 어딘가에 부딪히거나 피부에 자잘한 상처 같은 게 난 적은 있지만, 그건 순간적으로 스쳐 가는 아픔이었을 뿐 푸들처럼 오랫동안 지속하는 고통을 참아야 했던 적은 없다.

'푸들은 지금 얼마나 힘들까?'

수리센터에 푸들을 폐기해 달라고 하고 새로운 로봇견을 들이시겠어요?

생각에 잠겼던 이카루스는 메티스 말에 정신이 번쩍 들

었다.

"무슨 소리야!"

이카루스가 저도 모르게 버럭 소리를 질렀다. 그 바람에 푸들도 깜짝 놀랐는지 몸을 움찔했다. 이카루스는 방금 메티스가 한 말을 푸들이 알아듣지 못했길 바라며 자신들의 대화가 안 들리도록 두 손으로 푸들의 귀를 감쌌다.

안심해요. 개의 사고 회로로는 주인이 자신을 버릴 수도 있다는 걸 아예 상상조차 못 하니까요. 로봇견이라도 그건 마찬가지예요.

공중에서 투명 모니터가 열리며 메티스가 모습을 드러냈다. 얼굴을 보며 얘기하는 게 낫겠다고 판단한 모양이다.

이카루스님이 푸들 때문에 걱정하실까 봐 제안해 본 거였어요.

'화난 건 아니죠?' 하는 표정으로 메티스가 물었다.

"화난 건 아니지만…… 그래도 슬프니까 다시는 그런 말을 하지 말아 줘."

이카루스가 푸들의 곱슬곱슬한 털을 쓰다듬었다.

이카루스님은 참 다정해요.

긴장한 듯 굳었던 메티스의 표정이 누그러졌다.

폐기하시기 싫다면 푸들을 업그레이드하는 건 어때요?

메티스가 다시 물었다.

"업그레이드?"

업그레이드하면 푸들이 가진 문제점들이 전부 해결될 거예요. 원

래의 성향이나 습성도 다소 바뀔 순 있지만요.

"왜지?"

그게 바로 '업그레이드'니까요.

메티스가 참을성 있게 설명했다.

"난 지금 이대로의 푸들이 좋아."

이카루스가 고집스럽게 말했다.

하지만 지금 상태로 놔둔다면 푸들한테는 앞으로도 계속 같은 문제가 발생할 거예요. 이카루스님은 푸들이 아픈 걸 보고 싶으세요?

그 물음엔 이카루스도 바로 대답할 수 없었다. 푸들이 아파하는 모습은 보기 싫지만 슬개골 탈구 위험을 제거해 업그레이드한 푸들이 지금과 다른 푸들이 된다면 그 역시 이카루스가 원하는 바는 아니다. 어느 쪽을 선택해야 할까.

천천히 생각해 보세요. 급한 건 아니니까요.

메티스는 이카루스의 망설임을 눈치챈 모양이다.

이카루스님이 업그레이를 하시겠다면 드론을 부를게요.

푸들을 수리센터로 데려갈 드론을 가리키는 거였다. 올림푸스에서 물건 배송은 모두 드론을 통해 이뤄진다. 푸들이 이카루스네 처음 왔을 때도 푸들이 들어 있는 우리를 드론이 배송해 줬었다. 우리 문을 여는 순간 목에 빨간 리본을 단, 아직 고물거리는 강아지였던 푸들이 짧은 다리를 잽싸게 움직여 제 품 안으로 달려왔던 그 순간을 이카루스는 잊을 수 없었다.

문득 이카루스의 머리에 궁금한 게 떠올랐다.

"메티스, 푸들이 어떻게 태어났는지 알아?"

화성 17지구 taU 공장 Xe74e 생산 라인에서요.

즉각 대답이 나왔다.

"어떻게 그런 것까지 알지?"

푸들을 주문할 때 받은 제품 설명서가 기억 데이터베이스에 저장돼 있어요.

메티스가 대수롭지 않다는 투로 말했다.

이카루스는 잠시 생각에 잠겼다.

"흐음……. 그럼 넌 어떻게 태어났는데?"

화성 3단지 tyi1 연구실 AI 코딩 센터에서 만들어졌어요.

"그건 또 어떻게 알아?"

고장 날 경우를 대비해 제 생산 정보가 데이터베이스 내에 심겨 있어요. 만약 그런 일이 생기면 자동으로 코딩 센터 AS팀으로 연결되도록 설정돼 있고요.

이카루스가 고개를 끄덕였다.

"그렇구나. 그러면 나는? 나는 어떻게 태어났어?"

그러자 막힘없이 나오던 메티스의 대답이 뚝 끊겼다.

"메티스, 나는 어떻게 태어난 거야?"

이카루스가 메티스의 대답을 독촉했다.

몰라요.

마침내 메티스가 대답했다.

"모른다고?"

이카루스님은 저보다 상위 버전이시니까요.

"그게 무슨 말이야?"

전 단순한 로봇견보다는 상위 버전이에요. 그러니 푸들의 생산 정보에 대해 알죠. 하지만 이카루스님은 제 주인이시잖아요. 저보다 상위 버전에 있는 존재의 생산 정보까지 알 수는 없어요.

메티스의 설명을 들으니 수긍이 갔다.

메티스와 주인의 대화가 길어지는 게 지겨웠던지 이카루스 품에 안긴 푸들이 살랑살랑 꼬리를 흔들었다. 마치 자기랑 놀아달라는 것처럼.

"흠. 만약 푸들을 수리센터로 보내면 누가 고치지?"

이카루스가 조금만 참으란 듯 푸들의 머리를 쓰다듬으며 다시 머리에 떠오른 질문을 했다.

수리센터 AI가 고치죠. 그게 수리센터 AI가 하는 일이니까요.

일? 이카루스는 처음 들어보는 말이었다.

"'일'이 뭐야?"

이카루스의 질문에 메티스가 커다란 눈을 몇 차례 깜빡거렸다. 무언가 설명하기 힘든 걸 설명해야 할 때마다 나오는 메티스의 버릇이었다.

그건, 규칙적으로 해야 하는 의무예요.

이카루스가 설명을 제대로 따라올지 어떨지 몰라 걱정이 됐는지 메티스가 평소보다 조금 느린 속도로 또박또박 설명했다.

"내가 푸들과 노는 것처럼?"

……**조금 달라요.**

메티스가 다시 눈을 깜빡거렸다. 조금 전보다 깜빡임이 더 빨라졌다.

"어떻게 달라?"

예를 들어 이카루스님이 어제는 푸들과 놀았는데 오늘은 놀지 않아도 아무런 문제가 없어요. 하지만 일은 그렇지 않아요. 좋거나, 싫거나, 원하거나, 원하지 않거나 상관없이 계속 날마다 일정량 이상 해야 하는 게 '일'이에요.

"왜 그래야 하는데?"

일을 안 하면 곤란한 상황이 생기거든요.

"이를테면?"

예를 들어 수리센터 AI가 일을 안 하면 푸들을 고칠 수 없어요. 제가 일을 안 하면 이카루스님을 도울 수 없고요.

"그렇구나."

이카루스가 다시 고개를 끄덕였다. 막연하게나마 메티스가 한 말이 이해가 가기 시작했다. 메티스가 덧붙였다.

그러니 세상이 작동하는 건 다 일하는 자들 덕분이에요.

"그 일이란 건, 엄청 중요한 거네."

그래요.

이카루스가 제 설명을 제대로 이해해 준 게 기쁜지 메티스의 얼굴에 환한 미소가 떠올랐다.

하지만 이카루스의 궁금증은 거기서 끝나지 않았다.

"그럼 내 일은 뭐야?"

해가 뜨고 지는 걸 보거나, 가상 현실을 탐험하거나, 뇌파 연결망으로 파에톤과 대화하는 건 메티스가 말한 '일'에 해당하지 않는다. 날마다 할 필요도 없거니와, 그걸 안 한다고 해서 딱히 누군가가 곤란해할 것 같지도 않으니까. 그렇다면 나한테는 일이 없는 건가?

누구나 다 일을 할 필요는 없어요.

메티스가 부드럽게 말했다.

일은, 해야 할 필요가 있는 이들만 하는 거예요. 올림푸스의 신은 일할 필요가 없어요. 그저 존재하기만 하면 돼요.

"존재하기만 하면 된다고?"

그래요. 푸들처럼요.

이카루스가 푸들을 내려다보았다. 푸들이 동그랗고 새카만 눈으로 이카루스를 빤히 쳐다보고 있었다. 그러고 보니 푸들도 메티스가 말한 '일' 같은 건 하지 않는 것 같았다. 그러니 딱히 세상이 돌아가는 데 도움이 되지 않는다. 그래도 이카루스는 푸들이 없는 생활은 상상하기조차 싫다. 적어도 이카루스에게 푸들은 엄청나게 중요한 존재다.

그럼 나는? 난 무엇에, 누구에게 중요하지?

이카루스님은 저한테 중요해요.

이카루스의 뇌파를 읽은 메티스가 조용히 대답했다.

하지만 이카루스는 그것만으로는 뭔가 부족한 것 같았다. 자신도 남들이 필요로 하고, 남들에게 도움이 되는 존재가 되고 싶었다. 수리센터 AI나 메티스처럼.

"나도 일을 해 보고 싶어."

일은 즐겁거나 재미있는 게 아니에요. 과거 인간들은 일을 무척 싫어했어요. 일하는 걸 괴로워했고요.

"왜일까."

이카루스가 고개를 갸웃했다.

"메티스, 너도 날 도와주는 일이 싫어?"

저는 인간이 아니에요.

메티스가 웃음을 터뜨렸다.

그러니 이카루스님을 돕는 게 괴롭거나, 싫지 않아요.

"일이란 걸 하면 시간은 잘 갈 것 같은데. 너무 심심하단 말이야."

심심함은 올림푸스 신들만이 누릴 수 있는 특권이에요.

"난 심심한 거 싫어!"

어린애처럼 구는군요.

메티스가 나무라듯 말했다. 대체로 상냥한 메티스지만, 때로는 이렇게 따끔한 말을 할 때도 있었다.

제우스님과 뇌파 메신저를 할 수 있도록 정신 감응 연결망을 작동할까요?

이카루스가 시무룩해지자, 메티스가 어조를 바꿔서 달래듯이 물었다.

"그 녀석, 섹스 로봇이랑 노느라 바쁠 거야."

이카루스가 볼멘 소리로 대답했다.

"나도 제우스처럼 섹스 로봇이나 들일까."

메티스는 대답하지 않았다. 이카루스가 어찌 된 일인가 싶어 올려다보니 메티스의 눈매가 살짝 날카로워져 있었다. 마치 화가 난 것처럼.

"메티스, 왜 그래?"

섹스 로봇 같은 거랑 놀면 건강에 안 좋아요.

기분 탓인지 이카루스의 귀엔 메티스의 목소리가 발끈한 것처럼 들렸다.

"제우스의 AI 비서 헤베는 그런 말 안 한다던데?"

그건 헤베가 제우스님을 잘못 모시니까 그런 거죠. 헤베는 자기 '일'을 제대로 하지 않고 있어요.

메티스의 목소리는 이제 대놓고 날이 서 있었다.

'그게 저렇게 화를 낼 일인가?'

이카루스가 어리둥절해서 메티스를 바라보았다. 이카루스의 낌새를 눈치챘는지 메티스는 다시 원래의 밝은 얼굴로 돌아가 상냥하게 물었다.

시간을 죽이고 싶으면 운동을 해 보는 건 어때요?

이카루스가 냉큼 고개를 저었다.

"따분해."

EMS 생체 전류가 흐르는 침대 위에 가만히 누워 있어 봤자 별 재미가 없기는 마찬가지다. 메티스는 그저 누워 있기만 해도 전류가 온몸 구석구석을 자극해 근육이 생긴다며 이카루스에게 규칙적으로 생체 전류 침대를 이용하라고 권했다. 게다가 출렁임 모드로 설정하면 유산소 운동까지 된다나 뭐라나. 하지만 이카루스는 그다지 내키지 않았다.

"메티스, 나 밖에 나가 달려보고 싶어."

달린다고요?

순간 메티스의 커다란 푸른 눈이 더 커졌다.

어째서 일부러 그렇게 힘든 걸 하려는 거죠?

"가상 현실에서 님프가 보여 줬거든."

님프는 가상 현실 체험 기구 메타버스 익스플로러의 AI 가이드다. 님프가 보여 준 가상 현실 속 인간들은 달리면서

헉헉 숨을 몰아쉬었다. 아닌 게 아니라 헐떡이는 모습이 메티스 말대로 힘들어 보였다. 하지만 힘든 한편 즐거워 보이기도 했다. 님프는 인간들이 그걸 '달리기'라 불렀다고 가르쳐 줬다.

님프가 유해 영상을 보여 줬군요. 주의를 줘야겠어요.

메티스가 한숨을 내쉬었다.

"하지만 해 보고 싶은데."

이카루스는 주장을 굽히지 않았다.

가만히 누워서도 운동을 할 수가 있는데, 왜 번거롭고 힘들게 달리고 싶은 거죠?

메티스가 궁금한 얼굴로 물으며 이카루스를 빤히 쳐다보았다. 이카루스에게서 답을 끌어내겠다는 듯이.

"그게……."

이카루스는 망설였다. 저 자신도 왜 그러는지 이해가 잘 되지 않았다.

"안 해 봤으니 궁금해서?"

이카루스의 말에 메티스는 절레절레 고개를 흔들었다.

해 보지 않아도 답은 이미 나와 있어요. 달리기는 힘들어요.

"하지만……."

항의하려는 이카루스를 메티스가 중간에 가로막았다.

게다가 효율성도 낮고요.

"효율성은 최고의 가치다."

이카루스는 저도 모르게 반사적으로 말했다. 화성 황금률 제1조. 탁아소에서 귀에 딱지가 앉을 정도로 배워서 '효율성'이란 단어만 나오면 바로 지금처럼 문장 전체가 입에서 술술 나온다. 효율성은 영원불변의 진리이며, 이곳 화성은 바로 그 효율성 위에 세워진 이상적인 행성이라고 아말테이아는 아이들이 다들 질릴 때까지 몇 번이나 반복해 얘기해 줬다.

"효율성에 위배된다면 어쩔 수 없지."

이카루스가 힘없이 중얼거렸다. 크게 기대했던 건 아니지만 어쩐지 실망스러웠다.

잘 생각했어요. 이미 머리를 너무 많이 쓴 것 같으니 더는 생각하지 말고 쉬어요.

말을 마친 메티스가 투명 모니터를 접고 사라졌다.

혼자가 된 이카루스는 이번엔 메타버스 익스플로어의 버튼을 눌렀다.

어떤 세상으로 가길 원하시나요?

기계가 작동을 시작하자 가이드 님프의 목소리가 들렸다.

"어디든 다 괜찮아. 여기만 아니라면."

님프는 대답하지 않았다.

"아무 데나 다 좋다고. 난 심심하거든."

다시 몇 초의 정적이 흘렀다. 님프는 심심한 게 뭔지 모르는 걸까? 그렇다면 상세 옵션을 설정해야 하나, 망설이는데 드디어 님프의 목소리가 들렸다.

과거 여행, 우주 여행, 자연 여행, 이야기 속 여행이 있습니다. 무엇을 선택하시겠어요?

지난번 사용했을 때보다 메뉴가 좀 달라진 것 같다. 얼마 전 암브로시아를 받아서 옵션이 늘어난 건가? 조금 전까지 님프가 아무 말도 안 했던 건 아마도 이카루스에게 최적의 상태가 뭔지 분석하느라 바빠서였나 보다.

"과거 여행."

이카루스가 대답했다.

어떤 과거 여행이요?

"음……."

잠시 고민하던 이카루스에게 좋은 생각이 떠올랐다.

"님프, 날 신들의 과거로 데려가 줘."

님프가 대답하기까지 다시 잠시 시간이 걸렸다.

죄송하지만 그건 작동할 수 없어요.

"작동할 수 없다니? 왜?"

죄송하지만 그건 작동할 수 없어요.

님프가 같은 말을 되풀이했다. 오류인가, 왜 저러지? 혹시 님프까지 수리가 필요한 걸까? 이카루스는 속으로 한숨을 쉬었다.

"그럼 과거 지구 여행."

지난번 파에톤과 함께 황금 마차를 몰았을 때 본 지구라는 곳이 제법 마음에 들어서였다.

알겠습니다. 준비하세요.

이번엔 님프가 순순히 대답했다.

이카루스는 파에톤의 가상 세계로 초대받았을 때와 마찬가지로 메타버스 익스플로어 전용 안경과 헤드폰을 쓰고 반듯하게 누워 출발을 기다렸다.

그럼 이제 출발하겠습니다.

두근두근…… 두근.

조금 뒤 헬멧에서 전류가 흘러나와 이카루스의 뇌파를 자극했고, 이카루스는 금세 깊은 수면 상태에 빠졌다.

* * *

눈을 떠서 바라본 세상은 토양이 꺼멓게 말라붙고, 하늘은 시꺼먼 재와 먼지로 뒤덮여 있었다. 곳곳엔 정체 모를 쓰레기 더미와 심하게 부패한 고깃덩어리가 나뒹굴었다. 한때 건물이었다고 추정되는 곳은 무너져 시멘트 잔해가 쌓여 있거나 철골만 앙상하게 남아 있었다.

어디선가 네 발 달린 짐승이 절뚝거리며 걸어 나왔다. 두 귀가 쫑긋하고 갈색 털이 온몸을 덮고 있는 모양새가 푸들과 비슷한 것으로 미뤄 보아 아마도 개인 것 같았다. 개로 추정되는 생명체는 오랫동안 먹질 못했는지 몸을 덮은 얇은 피부 위로 갈비뼈가 앙상하게 드러났다. 비틀비틀 한 걸음씩 옮기던 개가 뼈만 남은 앞발로 땅바닥을 파헤치다 기력이 달리는지 헐떡거리며 혀를 빼물고 바닥에 모로 드러누웠다.

"저 개가 왜 저러는 거지?"

먹을 게 없어서 풀이라도 뜯어 먹으려는 거겠죠.

님프가 대답했다. 형체가 있는 AI 비서와 달리 님프는 목소리밖에 없다. 이카루스는 그 이유를 모른다. 하지만 생각해 본 적도 없다. 다른 많은 것들과 마찬가지로.

하지만 소리밖에 없어도 님프가 가상 현실 여행을 도와주는 최고의 가이드라는 사실만은 부정할 수 없었다. 모르는 게 나타나면 언제든, 무엇이든 자세하게 차근차근 설명해 준다. 그래서 이카루스는 마음속으로 님프에게 '목소리 비서'라는 애칭을 붙여 줬다.

갑자기 바닥에 드러누운 개가 '깨갱' 하는 신음소리를 내며 허공에 대고 헛발질을 했다. 어디에 문제가 있는지 쓰러져서도 개는 계속 구슬픈 음성으로 낑낑거렸다. 그 소리를 듣고 건물 잔해 안에서 웅크리고 있던 무언가가 몸을 일으키더니 발을 질질 끌 듯이 개가 있는 쪽으로 걸어왔다.

"저자는 뭐야?"

이카루스가 님프에게 물었다.

저자는 인간이에요.

그 인간은 남자 모습을 하고 있었다. 심하게 마르고, 어깨가 구부정하고, 얼굴이 꾀죄죄했다.

"인간? 인간들은 다 저렇게 생긴 거야?

그렇진 않아요. 저 인간은 굶주리고, 병들고, 오랫동안 씻지 못해 더러워요. 죽어 가고 있고요.

님프가 나열한 '굶주리고' '병들고' '더럽고' '죽는다'는 말 하나하나가 이카루스에겐 모두 이해가 잘 가지 않는 단어들이었다.

이카루스가 그 말의 의미를 머릿속으로 상상하고 있을 때 별안간 인간이 땅바닥에 놓인 돌멩이를 들고 누워 있는 개의 머리통을 힘차게 내리쳤다.

"으아아악!"

이카루스가 비명을 지른 것과 개가 끼깅거리며 날카로운 단말마를 내뱉은 건 거의 동시였다. 머리에서 검붉은 피를 흘리며 버둥거리던 개는 얼마 지나자 바닥에 드러누워 꼼짝도 하지 않았다.

"왜 안 움직여?"

죽었으니까요.

님프가 담담하게 대답했다.

"저게…… 죽는 거라고?"

이카루스는 눈을 깜빡였다. 끔찍했다. 하지만 한편으로는 잘됐다는 생각이 들었다. 조금 전까지 개는 굉장히 고통스러워 보였으니까. 저런 게 죽는 거라면, 적어도 더는 아픔을 느끼지 않을 것 같았다.

인간이 꿈쩍하지 않는 개를 천천히 들어 올리더니 질질 발을 끌며 어디론가 사라졌다.

"저 인간, 어디로 가는 거야? 죽은 개로 뭘 하려는 거지?"

먹으려는 거겠죠. 자신도 굶주렸으니까.

"개를 먹어?"

이카루스는 갑자기 견딜 수 없이 구역질이 치밀었다. 저 개는 푸들 같은 로봇이 아니라 생명체다. 자신이나 제우스나 파에톤과 마찬가지로. 살아 있는, 아니 이제 더는 살아 있지는 않지만 그래도 한때 살아 있었던 생명체를 먹는 건 너무나 잔인한 일처럼 느껴졌다. 설사 푸들이 언젠가 영영 작동을 멈추더라도 자기라면 결코 푸들을 먹지 않을 거라고 이카루스는 확신할 수 있었다.

"어쩌면 저렇게 잔인할 수 있지?"

어쩔 수 없어요. 굶주림은 커다란 고통이니까.

님프는 높낮이 없는 어조로 말했다. 인간이 처한 상황에 공감하는 게 아니라 그저 있는 사실을 감정 없이 설명하는 투였다.

하긴, 그럴 수밖에 없다고 이카루스는 생각했다. 님프는 굶주림이 뭔지 모를 테니까. 자신이 모르는 것처럼.

인간이 돌멩이를 날카롭게 갈아 개의 배를 가르는 모습이 시야에 들어와 이카루스는 저도 몰래 눈을 질끈 감고 고개를 돌리려 했다. 하지만 미처 고개를 돌릴 사이도 없이, 마치 이카루스가 자신을 지켜보는 걸 알기라도 하는 것처럼 남자가 이카루스 쪽을 똑바로 쳐다봤다.

숯 검댕이 묻어 지저분했지만 때를 벗기면 제법 잘생겼을 법한 얼굴이었다. 구릿빛 피부에 갈라진 턱, 갸름한 턱선. 윤곽이 뚜렷하고 남자다워 보이는 얼굴에 유독 눈이 매서웠다. 어딘지 모르게 낯이 익은 얼굴이기도 했다. 대체 어디서 봤더라.

남자가 자신을 보지 못한다는 걸 알면서도 이카루스는 남자의 날카로운 눈빛이 부담스러웠다. 그가 당장에라도 자신을 향해 달려올 것 같았다. 빨리 이곳을 벗어나고 싶었다.

"여긴 지구라며? 예전에 본 지구는 이렇지 않았는데?"

이카루스가 황량한 주위를 둘러보며 말했다.

여기는 2150년 지구예요.

님프가 대답했다.

"너무 끔찍해."

맞아요. 끔찍하죠.

님프가 순순히 수긍했다.

하지만 지구 모습이 항상 이랬던 건 아니에요. 인간들이 만든 과거라고 해서 전부 다 끔찍하기만 한 건 아니거든요.

"그래?"

물론 좋은 것보단 나쁜 게 더 많지만요.

"그럼 좋은 과거로 가 보고 싶어."

데려다드리죠.

이카루스가 눈을 감았다 다시 눈을 뜨자, 눈앞엔 물기를 머금은 초록색 잎들이 햇빛을 받아 반짝거리며 빛났다. 선선한 바람이 불어와 이카루스의 이마를 덮은 머리칼을 기분 좋게 흩날리며 지나갔다. 공기조차 달게 느껴졌다. 이카루스는 가슴 한가득 다디단 공기를 들이마셨다.

포르릉. 머리 위에서 무슨 소리가 들리는가 싶더니 나뭇가지에 앉아 있던 무언가가 창공을 향해 날아갔다. 작은 얼굴에 그보다 더 작고 뾰족한 부리가 달리고, 파란 몸통에 샛노란 깃털이 섞여 있었다.

"저게 뭐야?"

새예요. 하늘을 날고 나무 위에서 알을 낳아요. 이런 숲에는 새들이 많이 살죠.

"부럽다."

다음엔 공중을 나는 체험을 시켜 드릴게요.

"아니, 그런 뜻으로 한 말이 아니야."

이카루스는 지금 자신이 느끼는 감정이 뭔지 잠시 생각했다. 그건 그저 단순히 날아 보고 싶다는 게 아니었다. 어디든 갈 수 있는, 무엇에도 묶여 있지 않은 새의 처지가 좋아 보였다. 살짝 가슴이 아릴 만큼. 거기까지 생각이 미치자 이카루스는 깜짝 놀랐다. 왜지? 나도 어디든 갈 수 있는데. 가상 현실을 통해, 님프의 안내를 받으면서. 그게 나는 거랑 뭐가 다르다고.

그렇지만 이카루스는 여전히 새가 부러웠다. 만약 내가 새가 된다면. 그래서 어디로든 누구의 도움 없이 갈 수 있다면. 그렇다면 훨훨 날아서 어딜 가 볼까.

오른쪽 어깨 위를 보세요.

님프의 말에 이카루스는 잡념에서 벗어나 님프가 가리키는 방향으로 고개를 쳐들었다. 화성 이글루를 거꾸로 뒤집어 놓은 것 같은 둥지 안에 하얀 알이 여러 개 놓여 있었다.

저게 바로 새의 둥지랍니다.

"둥지?"

새가 사는 집이에요.

"저 하얀 것들은 뭐지?"

새가 낳은 알이에요. 거기서 작은 새가 나오죠.

"가까이서 볼 수 있어?"

다음 순간 이카루스는 제 시선이 저 높은 곳으로 이동하는 걸 느꼈다. 이카루스의 눈앞엔 아직도 품고 있던 새의 온기가 느껴지는 따뜻한 알이 보였다. 손에 닿을 듯이 가깝게. 그중 한 알이 작게 금이 가더니 꿈틀꿈틀 움직이기 시작했다. 안에서 뭔가가 알을 흔들고 있는 것 같았다. 알이 흔들릴수록 가느다랬던 금이 점점 커지더니 마침내 껍질이 깨지고 아까 날아갔던 새보다 훨씬 더 작은 새가 알 속에서 머리를 쏙 내밀었다.

"우아……."

태어나 처음 보는 광경 앞에 이카루스는 할 말을 잃었다. 신기하면서도 가슴이 먹먹해 눈물이 나올 것만 같다. 하지만 슬퍼서 나는 눈물은 아니었다. 슬프지 않은데도 눈물이 나려 한다니. 이런 기분은 처음이었다.

"이게 뭐야?"

탄생이에요. 생명을 가진 것들이 이 세상에 나오는 걸 말해요.

"탄생? 그럼 나도 이렇게 나왔어?"

해당 정보는 프로그램 안에 없습니다.

한층 고조됐던 감정이 님프의 맥빠지는 응답에 한풀 꺾였다. 그래도 아직 눈도 뜨지 못한 작은 새를 보니 이카루스는 푸들과 놀 때처럼 가슴 밑바닥에서 뭔가 따뜻한 게 차올랐다. 보는 것만으로도 어쩐지 위로를 받는 기분이었다. 언제까지고 이렇게 작은 새를 바라볼 수 있을 것 같았다.

이카루스님, 이젠 슬슬 돌아가야 해요.

님프의 무미건조한 음성에 이카루스는 자신이 꽤 오랫동안 새를 바라보고 있었다는 사실을 깨달았다.

"조금 더 있으면 안 돼?"

가상 현실에 너무 오래 있으면 에너지가 고갈돼요.

실망스럽지만 어쩔 수 없었다. 이카루스는 고개를 끄덕였다. 님프가 회귀 모드를 작동하자, 이카루스의 정신이 서서히 흐려졌다. 다시 현실로 돌아가야 할 시간이었다.

오늘도 잘 즐겼나요?

현실로 돌아오니 눈앞에 있는 메티스는 빙긋 웃고 있었다. 마치 이카루스가 돌아오길 기다렸다는 듯이.

"……응."

이카루스는 나른한 몸을 열고 기지개를 켰다. 메타버스에서 놀다 오면 가끔 이렇게 몸이 녹초가 되곤 한다. 메티스

말대로 진짜 운동을 해야 하나.

"아, 그렇지."

문득 메티스에게 물어보고 싶었던 게 떠올랐다. 이카루스의 뇌파를 읽은 메티스가 동작을 멈추고 이카루스 쪽을 쳐다봤다.

"메티스, 님프한테 신들의 과거로 돌아가게 해 달라고 했는데, 님프가 그런 건 못 한다고 했어. 왜 그런 거지?"

메티스가 정보를 분석 중인지 고개를 갸웃했다.

아마도 익스플로어 프로그램에 포함시키기에는 너무 심심해서 그런 게 아닐까요? 예를 들어 이카루스님의 10년 전은 오늘이랑 별 차이가 없을 테니까요.

이카루스는 메티스가 한 말뜻을 곰곰이 생각해 봤다. 메티스 말대로다. 그때나 지금이나 매일 일출을 보고, 가상 현실 게임기를 이용하는 게 이카루스의 일상이다. 자기뿐 아니라 올림푸스에 사는 신들 모두가 그럴 것이다. 그런 따분한 걸 보려고 굳이 가상 현실 게임기를 이용할 신들은 없을 것 같았다.

"하지만 과거로 더더 거슬러 올라가면 신들이 어떻게 태어났는지 보여 줄 수는 있잖아."

말해 놓고 보니 꽤 근사한 생각인 것 같았다. 이걸 프로그램에 새로 넣어 달라고 할까? 그러면 다른 신들도 다들 좋아하겠지. 아마도 암브로시아를 잔뜩 받을 수 있을지도 몰라. 이카루스는 자신이 대견스러웠다.

님프는 3등급 AI일 뿐이에요.

이카루스를 다시 실망시키는 게 미안했던지 메티스가 눈치를 보며 조심스럽게 대답했다.

저 같은 2등급 AI보다도 스펙이 떨어진다고요. 그런데 어떻게 자기보다 훨씬 상위 버전인 신들의 생산 정보에까지 접근할 수 있겠어요?

"아, 그렇겠구나."

이카루스는 아쉬웠다. 자신이 어떻게 세상에 나왔는지 궁금했는데. 알을 깨고 나온 어린 새를 본 이후 줄곧 그랬다.

이카루스님이 원했던 대답이 아니라 죄송해요.

메티스의 말에 이카루스는 고개를 흔들었다. 조금 실망스럽긴 했지만, 늘 그렇듯 명쾌한 메티스의 설명은 모든 궁금증을 해결해 줬으니까. 역시 메티스가 최고야. 메티스가 없으면 대체 난 어떻게 살지? 메티스가 절대 내 곁을 안 떠나면 좋겠다. 머릿속으로 그런 생각을 하고 있는데, 어쩐지 메티스의 두 뺨이 발그레해진 것 같았다.

"메티스, 왜 그래? 얼굴이 빨간데? 어디 안 좋아?"

아니, 아무것도 아니에요.

메티스가 당황한 표정으로 두 손으로 얼굴을 감쌌다.

"아무것도 아닌 게 아닌 것 같은데?"

이카루스가 다가가려 하자 메티스는 투명 스크린에서 사라졌다. 왜지? 혹시 내가 메티스를 화나게 했나? 이미 모습을 감춘 메티스에게 다시 물어보려는데 블라인드가 젖혀진 창문으로 누군가 자신을 지켜보는 게 느껴졌다.

옆집에 사는 크로노스였다. 늘 그렇듯 표정이 우울해 보였다. 쟤는 저기 왜 저렇게 우두커니 서서 날 지켜보고 있는 거야. 인사해도 아는 척도 안 하는 주제에.

그렇게 생각하며 블라인드를 내리려는데 관자놀이 부근에 가벼운 자극이 느껴졌다. 손가락으로 머리를 가볍게 톡톡 두들길 때 날 법한 감촉. 아마도 누군가가 정신 감응 네트워크인 텔레파시를 통해 이카루스에게 연락한 모양이다. 이카루스는 자극이 느껴지는 부위를 찾아 손가락으로 지그시 눌렀다. 신호를 수락한다는 뜻이다.

"너도 이제 슬슬 느끼게 된 모양인데."

귓가에 오랫동안 듣지 못했던 낯선 목소리가 들렸다.

"누구야?"

"누군지도 모르다니 좀 섭섭한데. 하긴 그것도 무리는 아니지만."

투명 스크린이 스르르 열리더니 크로노스의 모습이 나타났다.

"……네가 어쩐 일이야?"

암브로시아에서 '은둔자'라는 별명이 붙을 정도로 외톨이인 크로노스다. 며칠 전만 해도 자신이 인사하는 것조차 못 본 척하더니 갑자기 이렇게 느닷없이 말을 걸다니. 하지만 크로노스가 원래부터 은둔자였던 건 아니다. 한때는 제우스보다 더 열심히 암브로시아에서 활동하기도 했다. 그러다 갑자기 언젠가부터 일절 활동을 멈췄고, 크로노스가 사라진 자리를 제우스가 꿰찼다. 크로노스가 돌연 변한 이유는 아무도 모른다. 알려고 했던 적도 없다. 하지만 예상치 못한 크로노스의 행동에 이카루스는 한 번도 궁금하게 여기지 않던 크로노스의 변화 이유가 궁금해졌다.

"슬슬 느끼게 된 것 같다니 대체 뭘?"

크로노스가 씩 웃었다. 어딘지 모르게 오싹해지는 미소였다. 이카루스의 질문엔 대답하지 않고 크로노스가 다시 물었다.

"요새 계속 이유 없이 짜증이 나지?"

"……응."

이카루스는 마지못해 대답했다.

"뭘 해도 시들하고 재미도 없지?"

"맞아."

"하고 싶은 것도 아무것도 없을 테고."

이카루스는 굳이 대답하지 않았다. 하지만 크로노스도 이미 대답을 알고 있는 눈치였다.

"유감이야."

크로노스가 말했다.

"유감이라니, 뭐가?"

"너도 시간의 무서움을 알게 돼 버렸잖아."

"시간의 무서움?"

"그래. 신들이 가진 영원에 가까운 시간 말이야. 난 그걸 생각하면 숨이 콱콱 막힌다고."

"무슨 말인지 모르겠어."

이카루스가 고개를 흔들었다.

"그럴 테지."

크로노스는 이미 예상했다는 투였다. 크로노스가 어쩐지 자신을 얕잡아 보는 것 같아 이카루스는 약이 올랐다. 동시에 머릿속으로 어떤 생각이 스치고 지나갔다.

"그런데…… 혹시 네가 그렇게 된 것도 시간이 무서워서인 거야?"

이번엔 크로노스 편에서 대답이 없었다. 잠시 기다리던 이카루스가 이야기를 계속하려 했을 때 크로노스는 이미 접속을 끊고 사라진 후였다.

툭툭. 누군가 다시 이카루스의 뇌파를 건드렸다. 이번에도 크로노스인가 싶어 이카루스는 얼른 자극 부위를 눌러

수신 신호를 보냈다. 하지만 이번엔 크로노스가 아니었다.

"이카루스? 잘 지냈어요?"

눈앞에 투명 모니터 창이 열리면서 나타난 이는 주치의 클레오였다. 옅은 구릿빛 피부에 얼굴색과 잘 어울리는 짙은 밤색 머리칼을 어깨까지 풀어헤친 클레오는 늘 그랬듯이 밝고 활달해 보였다.

"연락이 늦어 미안해요. 그동안 좀 바빴어요."

"'일'하시느라 그런 거죠?"

이카루스가 오늘 배운 말을 써먹어 보았다. 메티스의 말대로라면, 클레오가 하는 일은 환자를 돌보는 것이다. 건강에 이상이 있으면 클레오에게 연락해야 한다는 건 알고 있었지만, 그게 클레오의 '일'이라고 생각해 본 적은 이제껏 한 번도 없었다.

클레오는 부드러운 미소로 대답을 대신했다.

"스트레스 지수가 많이 높아졌다면서요?"

그동안 어떻게 지냈냐는 인사말 같은 건 생략하고 클레오는 곧바로 본론으로 넘어갔다. 쓸데없는 걸 되도록 피하고 효율성을 추구하는 게 클레오다웠다.

"요즘 기분이 어때요?"

클레오가 물었다.

"별로⋯⋯ 안 좋아요."

이카루스가 솔직하게 대답했다.

"뭐가 마음에 안 들죠?"

"특별히 마음에 안 드는 건 없어요. 그냥……."

이카루스가 머릿속으로 적절한 표현을 찾았다.

"그냥…… 뭐죠?"

"심심해요."

클레오가 이카루스를 물끄러미 쳐다보았다.

"메타버스 익스플로어로 가상 현실에 들어가 보지 그래요?"

"그래도 시간이 안 가요."

"애완 로봇이랑 놀든가."

"마찬가지예요. 게다가 푸들은 요즘 아파요."

이카루스는 품에 안긴 푸들을 내려다보며 대답했다.

클레오가 가볍게 한숨을 쉬었다.

"왜 스트레스 지수가 높게 나왔는지 알겠군요. 이카루스는 권태라는 병에 걸렸어요."

"권태요?"

이카루스는 처음 들어보는 단어에 어안이 벙벙했다. 클레오가 고개를 끄덕였다.

"하지만 신들은 병에 걸리지 않잖아요."

이카루스는 혼란스러웠다. 병에 걸리지 않는 존재. 죽음을 자유롭게 선택할 수 있는 존재. 그게 바로 신이라고 이카루스는 배웠다.

"그래요. 신들은 육체적인 질병은 모두 정복했어요. 하지만 정신적인 질병 중엔 아직 고치지 못한 게 남아 있어요. 나 같은 의사들이 필요한 이유죠."

"정신적 질병이라고요?"

이카루스가 클레오가 한 말을 되뇌었다.

"그게 대체 뭐죠?"

"몸이 아니라 마음에 병이 생긴 거예요."

클레오는 당황한 이카루스를 보며 살짝 웃었다.

"너무 긴장하지 말아요. 권태는 신들이 이따금 걸리는 병이니까."

그 말에 이카루스도 비로소 마음을 놓았다. 클레오의 말투를 보니 별거 아닌 모양이다. 가벼운 질병이니 아마도 알약 몇 번 먹으면 해결될 것이다. 그러면 이 알 수 없는 묘한 불쾌감을 떨쳐 버리고 다시 예전의 즐거운 생활로 돌아갈 수 있다.

"약을 얼마나 먹어야 나아요?"

"권태는 약을 먹는다고 낫는 병이 아니에요."

클레오의 대답은 뜻밖이었다.

"약을 안 먹는다고요? 그럼 주사를 맞나요?"

"주사도 맞지 않아요."

"그러면요?"

"그저 병이 저절로 낫기를 기다려야 해요."

이카루스가 저도 몰래 입을 딱 벌렸다.

"다른 방법은 없어요?"

"유감스럽게도 없어요."

클레오가 아쉬운 표정으로 말했다.

"그렇다면 얼마나 오래 기다려야 하나요?"

"그건 정확하게 말할 수 없어요. 환자마다 다르니까."

이카루스는 실망감에 고개를 푹 떨궜다. 풀 죽은 이카루스가 안쓰러운지 클레오는 달래는 투로 말했다.

"뭔가 안 해 봤던 걸 해 봐요. 그러면 회복을 앞당기는 데 도움이 돼요."

"안 해 본 거요?"

"메타버스 익스플로러로 이색적인 곳엘 가 봐요. 새로운 애완 로봇을 들이거나 푸들을 업그레이드시켜 보는 것도 새로운 자극이 될 수 있어요."

"푸들을 업그레이드시키라고요……?"

그다지 내키지 않는 투로 이카루스가 중얼거렸다.

"예를 들면 그렇다고요. 중요한 건 새로운 재미를 찾는 거예요."

클레오가 힘주어 말했다.

"일은 어때요?"

이카루스가 좋은 생각이 났다는 듯 고개를 번쩍 들었다.

"일이라고요?"

"안 해 본 걸 해 보라면서요. 일이란 걸 해 보고 싶어요. 선생님처럼 의사가 되려면 어떻게 해야 해요?"

순간 클레오의 얼굴에 당황한 기색이 어렸다.

"일이라니……. 대체 왜 그런 말을 하는 거죠?"

"그냥 궁금했어요. 다들 일을 하는데 왜 나는 안 하는 거죠?"

"이카루스만 그런 건 아니에요. 올림푸스에 있는 신들은 일을 하지 않아요."

"왜요?"

"올림푸스에서 태어났으니까요."

클레오가 긴 한숨을 쉬었다. 아까보다 훨씬 무거운 한숨이었다.

"이카루스의 문제가 뭔지 알아요? 생각이 너무 많아요. 그래서 병에 걸린 거고요."

"저도 선생님처럼 바쁘면 잡생각이 안 들 거예요."

이카루스가 시무룩하게 말했다.

"이카루스, AI가 스펙에 따라 등급이 다르다는 걸 알죠?"

클레오가 갑자기 화제를 바꿨다. 이카루스가 어리둥절해서 고개를 끄덕였다.

"신들도 마찬가지로 등급이 있어요. 어디에서 태어났느냐에 따라 등급이 갈리죠. 올림푸스에서 태어난 이카루스는 가장 높은 1등급이에요. 그러니 일을 안 할 특권을 누리는 거고요."

"하지만 그건……."

뭔가 잘못됐다는 생각이 들었다. 그러나 그걸 표현할 적당한 말을 찾지 못한 이카루스는 우물쭈물할 뿐이었다.

"그게 옳지 않은 것 같아요?"

이카루스의 마음을 읽은 것처럼 클레오가 물었다.

"어쩌면 옳지 않을 수도 있어요."

이카루스가 뭐라고 하기도 전에 클레오는 스스로 답을 했다.

"하지만 언제나 그랬어요. 인간들 시절부터 줄곧. 그때도 평민들은 일을 했고, 등급이 높은 왕과 귀족은 일을 안 했어요. 그게 세상 이치예요."

이카루스는 무슨 말을 해야 할지 몰라 묵묵히 제 발치만 내려다보았다.

"내 말이 듣기 거북할 수도 있어요. 하지만 이런 말을 하는 이유는 이카루스가 행운아라는 걸 알려 주기 위해서예요. 권태라는 병은 이카루스가 타고난 행운을 위해 치러야 하는 대가 같은 거예요."

클레오가 다시 밝은 목소리로 말했다. 조금 전 이카루스에게 너무 엄하게 대했다고 생각하는지 말투가 평소보다 부드러웠다.

"그러니 일한다는 말 따위는 하지 말고 빨리 건강을 회복하도록 노력해 봐요."

"만약 그래도 안 나으면요?"

이카루스가 물었다.

"또 이상한 생각을 하는군요."

클레오가 상냥하게 나무랐다.

"아까 내가 한 말 잊었어요? 생각을 너무 하지 말라고, 머리 대신 눈을 믿어요, 이카루스."

"눈을 믿으라고요?"

"그래요. 아주 오래전 인간들은 생각을 많이 했죠. 이카루스처럼요. 하지만 기술이 발달하고 새로운 기계가 나오면서 점차 생각할 필요가 없어졌어요. 기계가 보여 주는 걸 보기만 하면 됐으니까요. 머리보다 눈에 의존하는 건 진화했다는 증거예요. 그러니 인간들보다도 훨씬 진화한 신은 생각을 많이 해선 안 돼요."

이카루스는 잠자코 클레오의 말을 듣고 있었다. 그런 이카루스의 모습을 보며 클레오은 자신의 잔소리가 제대로 먹힌 모양이라고 여겼다.

"궁금한 게 하나 있어요."

한참 침묵을 지키던 이카루스가 마침내 입을 열었다.

"또 질문이라니. 생각을 자제하라고 그렇게 얘길 했는데."

클레오가 고개를 설레설레 흔들었다.

"정말 딱하군요. 그래도 아프니까 특별히 응석을 받아 주겠어요. 궁금한 게 뭐죠?"

"전에 말씀하셨죠? 250살이 되면 계속 살지 말지 결정할 수 있다고. 왜 그때 결정하는 거예요?"

이카루스의 표정은 진지했다.

"예전에 인간들은 250살까지 사는 걸 목표로 여러 가지 연구를 했었어요. 결국 실패했지만. 하지만 노화를 극복한 신들은 자신이 바란다면 영원히 살 수 있게 됐죠. 그런데 그게 잘못됐다고 지적한 이들도 있었어요."

클레오가 잠깐 말을 멈추고 이카루스를 똑바로 쳐다봤다.

"이카루스처럼, 삶이 너무 무료하다고 얘길 하는 신들이 분명히 나올 거라면서요. 그래서 250살이 될 때……."

"죽음을 선택할 수 있도록 한 거군요?"

이카루스가 클레오의 말을 가로챘다. 클레오가 고개를 끄덕였다.

"혹시 250살이 되기 전에도 죽음을 선택할 수 있나요?"

"뭐라고요?"

클레오가 놀란 나머지 손으로 제 입을 틀어막았다. 이카루스의 곁에서도 '헉' 하고 급하게 숨을 들이켜는 소리가 들렸다. 돌아보니 투명 모니터 속 메티스가 백짓장처럼 창백한 표정으로 이카루스 쪽을 바라보고 있었다. 이카루스와 클레오의 대화를 듣고 있었던 모양이다.

"대체 무슨 말을 하는 거예요? 설마 지금 당장 죽고 싶은 건 아니겠죠?"

당황한 클레오는 평상시 침착함을 잃어버린 채 허둥댔다.

"사실 죽는 게 뭔지 아직도 잘 몰라요. 그걸 원하는지 어떤지도 모르겠고요."

이카루스가 솔직하게 고백했다.

"하지만 권태가 낫지 않는다면 계속 이렇게 지내야 한다는 거잖아요. 이렇게 살고 싶진 않아요. 언제까지나 이런 식으로 시간을 보내는 건 너무 끔찍해요."

방 안에 무거운 침묵이 흘렀다. 세상이 잠깐 멈춘 것처럼 느껴질 정도로 완벽한 정적이었다. 시간이 정지한 것 같은 고요함이 방 안에 있는 이들을 묵직하게 압박했다. 방 안의 긴장감을 반영하듯 블라인드가 닫힌 창밖에 '휘이익' 붉은 모래바람이 일기 시작했다.

"이카루스, 안 좋은 소식을 전해야겠어요."

클레오의 목소리가 침묵을 깼다.

"얼마나 안 좋은 소식이에요?"

이카루스가 불안한 얼굴로 클레오를 바라봤다.

"아주 안 좋아요."

클레오은 이카루스가 한 번도 본 적 없는 어두운 표정을 하고 있었다.

"이카루스의 권태는 생각보다 더 심한 것 같아요. 이미 우울증으로 전이됐어요."

"우울증? 그건 뭐죠?"

불안함에 이카루스의 목소리가 살짝 떨렸다.

"심각한 마음의 병이에요. 자칫하면 지금보다 상태가 점점 더 안 좋아질 수도 있어요."

이카루스는 발밑이 푹 꺼지는 것 같았다. 클레오가 동정 섞인 시선으로 이카루스를 바라보며 말을 이었다.

"내가 알기론 공식적으로 우울증 진단을 받은 환자는 화성에서 이카루스가 처음이에요."

3
마리너 협곡 너머

 지면을 가르는 모래바람이 빠른 속도로 불그스름한 땅을 훑고서 지나쳐 갔다. 높이 솟은 하얀 기둥 같은 먼지 바람이 먼 곳에서도 선명하게 보였다. '쓰으으으으' 모래바람 소리가 이카루스가 사는 이글루 안에서도 생생하게 들릴 것만 같았다. 바람이 스치고 지나간 허공엔 부연 안개 같은 것이 공기 중에 희미하게 떠돌았다.

그만 블라인드를 내릴까요?

 어느새 나타난 메티스가 이카루스에게 말을 걸었다.

 "아니."

 이카루스가 짤막하게 대답했다. 시선은 계속 창밖을 향한 채로. 하지만 초점 잃은 이카루스의 눈은 실제로 무언가를 바라보는 것 같지 않았다.

이카루스님.

메티스가 다시 불렀다. 그제야 이카루스는 마지못해 메티스 쪽을 바라봤다.

충격이 크신 거 알아요. 하지만 그렇다고 계속 바깥만 쳐다보고 있으면 어떡해요.

나무라듯 말했지만, 메티스의 목소리엔 걱정스러운 기색이 역력했다.

"그럼 뭘 해? 딱히 할 일도 없잖아."

이카루스가 심드렁하게 대답했다. 메티스는 뭐라고 말을 하려다 입술을 살짝 깨물고 고개를 푹 숙였다. '나 좀 혼자 놔둬.'라는 이카루스의 생각을 읽은 것 같았다.

클레오의 진단을 들은 이후 이카루스는 계속 마음이 심란했다. 푸들과 놀 때도 '공식적으로 우울증 진단을 받은 환자는 화성에서 이카루스가 처음이에요.'라는 클레오의 말이 귓전에 맴돌았다. 게다가 점점 나빠질지도 모른다는 클레오의 진단은 들어맞았다. 이제는 허기진 것도 잘 느끼지 못했고, 밤에 잠도 잘 오지 않았다. 온종일 멀거니 창밖만 바라보며 지내는 날도 많았다.

클레오는 희귀 사례이니 치료 방법을 알아본 뒤 다시 연락을 주겠노라고 했다. 어쩌면 입원 치료가 필요할지도 모르겠다면서.

입원 치료라고? 어디서? 입원 치료라는 말만으로도 이카루스는 가슴이 덜컥 내려앉는 것 같았다. 이카루스가 아는 현실 속 장소는 태어나 자랐던 공동 탁아소와 이 집밖에 없다. 탁아소를 떠나올 때를 제외하면 바깥으로 나가본 적도 없다. 화성의 공기는 신들에게 해로우니까. 그래도 메타버스 익스플로러와 뇌파 연결망 메신저가 있어 딱히 갑갑하다고 느낀 적은 없었다.

그런데 갑자기 어딘지도 모르는 낯선 곳에 가서 뭔지도 모를 치료를 받아야 할 수도 있다니. 생각만 해도 아찔했다.

걱정 말아요. 제가 도와드릴게요.

이카루스의 불안을 읽은 메티스가 위로하듯 말했다.

갑자기 이카루스의 발치에 얌전하게 앉아 있던 푸들이 일어나 낮은 소리로 으르릉거리기 시작했다. 드물게 이빨까지 드러낸 푸들은 창밖의 무언가를 노려보고 있었다.

"푸들, 왜 그래? 뭘 보는 거야?"

이카루스도 푸들의 시선이 향한 쪽을 바라보았다. 저만치서 작은 모래바람이 이쪽으로 빠르게 다가오고 있었다.

"바람 때문에 그래? 모래바람 처음 본 것도 아니잖아."

모래바람은 나는 듯이 신속하게 이글루와의 거리를 좁혀 왔다. 붉은 흙먼지 사이로 까만 점 같은 형체가 드러났다. 가까이 올수록 형체는 점점 더 뚜렷해졌다.

'마스 로버'였다. 울퉁불퉁한 땅과 흙먼지 바람 속에서도 잘 달릴 수 있게 설계한 화성의 AI 무인 자동차. 이카루스가 마스 로버를 타 본 건 탁아소에서 이 집으로 이사할 때 딱 한 번뿐이다. 마스 로버가 지나는 길 위로 흙먼지가 솟구쳐 모래바람 같은 긴 궤적을 그렸다.

마스 로버가 이카루스의 이글루 앞까지 다가오자 메티스가 지하 활주로 문을 열었다. 스르륵. 빨려들다시피 부드럽게 활주로로 이동한 마스 로버는 활주로와 연결되는 자동 승강기를 통해 순식간에 이카루스가 있는 방 안에 도착했다.

이카루스 키보다도 훨씬 더 큰 네 개의 바퀴와 바퀴 넷을 합친 것보다 더 큰 태양열 충전 전지판이 붙어 있는 마스 로버는 실내 공간의 절반 가량을 꽉 채웠다. 넉넉했던 공간이 갑자기 줄어들자 이카루스는 가슴이 갑갑해졌다. 하지만 그건 공간이 비좁아서 그런 것만은 아니었다. 마스 로버의 존재감 자체가 어딘지 모르게 묘한 위압감을 줬다.

조금 전까지 창밖에 있던 마스 로버를 향해 으르렁거리던 푸들은 막상 실물을 접하고 나서 겁을 집어먹었는지 꼬리를 말고 이카루스 뒤에 숨었다. 하긴 무리도 아니었다. 마스 로버가 마음만 먹으면 푸들 같은 작은 로봇견 따위는 간단히 깔아뭉갤 수 있을 테니.

이카루스님을 모셔 가려고 왔습니다.

마스 로버에게서 젊은 남자 목소리가 흘러나왔다. 낮은 목소리는 말투가 공손했지만, 거부할 수 없는 권위가 깃들어 있었다.

"클레오 선생님이 보내서 왔어?"

그렇습니다.

이카루스의 질문에 마스 로버가 대답했다.

어디로 가는 거죠?

메티스가 물었다.

그건 말해 드릴 수 없습니다.

왜요?

마스 로버의 말에 메티스가 다그쳤다.

저도 GPS 데이터만 전해 받았을 뿐 거기가 어떤 곳인지는 모르니까요.

메티스는 혼란스러운 표정이었다.

당신이 모르다니……. 그곳 위치가 어딘데요?"

마리너 협곡 너머입니다.

그 말에 메티스가 놀랐는지 눈을 휘둥그레 떴다.

"왜 그래? 마리너 협곡이 뭐야?"

이카루스가 메티스에게 물었다.

화성 북반구에 위치하는, 태양계에서 최고로 긴 협곡이에요. 그 너

머에 생물체가 산다는 얘기는 못 들어봤는데…….

메티스가 답을 요구하는 것처럼 마스 로버를 쳐다봤다. 하지만 마스 로버는 그저 침묵을 지킬 뿐이었다.

"왜 그런 곳엘 가는 거지?"

불안해진 이카루스가 누구에게랄 것 없이 물었다. 하지만 메티스도, 마스 로버도 대답하지 않았다. 어쩌면 몰라서 대답하지 못하는 건지도 몰랐다.

어쨌건 거기로 가야 하면 갈 수밖에요. 너무 걱정 말아요. 이카루스님 곁엔 항상 제가 있을 테니…….

마스 로버가 끼어드는 바람에 메티스의 말은 중간에서 뚝 끊겼다.

죄송하지만 그곳엔 AI 비서가 갈 수 없습니다.

"뭐라고?"

뭐라고요?

이카루스와 메티스가 동시에 물었다.

"그럼 나 혼자 가야 한다고?"

그렇습니다.

몰라서 묻는 게 아니라 항의하려 한 말인데 그걸 아는지 모르는지 마스 로버의 대답은 그저 간단명료하기만 했다.

메티스가 '말도 안 된다'는 표정으로 고개를 설레설레 흔들었다.

그런……. 뭔가 잘못된 게 틀림없어요. 이카루스님, 클레오 선생님께 직접 여쭤 볼게요.

메티스는 말을 마치기 무섭게 뇌파 연결망으로 클레오에게 연락을 시도했다. 하지만 연결이 되지 않았다. 한 차례, 두 차례, 세 차례……. 잇따라 연결에 실패하자, 이카루스의 얼굴도 점차 흐려졌다. 무슨 일이지? 환자들이 많아 바쁜가? 그렇게 생각할 무렵 그제야 접속이 되면서 클레오의 얼굴이 투명 모니터에 나타났다.

"선생님, 이게 어떻게 된 거예요?"

이카루스가 다짜고짜 물었다.

"마스 로버가 전한 대로예요. 이카루스의 상태는 이례적인 거라 입원 치료가 불가피해요."

"입원 치료라니, 그 마리너 협곡 너머라는 곳에서요?"

클레오가 고개를 끄덕였다.

"왜 하필 거긴데요? 거기에 뭐가 있기에? 그런 데서 무슨 치료를 받아요?"

"이카루스, 그렇게 연거푸 질문하는 걸 보니 증세가 더 심해졌네요. 자세한 건 기밀 사항이라 얘기해 줄 수 없어요. 직접 눈으로 보도록 해요."

클레오는 표정이 어두웠다.

"하지만……."

이카루스가 뭐라고 항의하려 하자, 클레오가 그 말을 저지하듯 한 손을 들어 보였다.

"이카루스, 전에 내가 말했죠? 생각하지 말고 눈에 보이는 걸 믿으라고. 회복하려면 그것부터 시작해요."

강하게 못 박는 듯한 말투에 이카루스도 더는 항의를 할 수 없었다. 어쩔 수 없겠다고 생각한 이카루스가 이번엔 애걸 조로 물었다.

"메티스와 같이 못 간다는 건 진짜예요?"

클레오가 처음으로 안됐다는 표정을 지었다.

"그래요. 힘들겠지만 이카루스 상태가 워낙 특이해서 극단적 조치를 취해야만 했어요."

이카루스는 마음이 무겁게 가라앉았다. 메티스와 떨어져 지내야 한다니. 철든 이후 한 번도 그런 적이 없어 메티스 없는 생활이란 게 어떨지 이카루스는 상상조차 되지 않았다. 곁눈질로 슬쩍 보니 메티스도 이별이 아쉬운지 눈에 눈물이 그렁그렁 고여 있었다.

"언제까지 입원해야 해요?"

클레오가 대답했다.

"그건 이카루스가 하기에 달렸어요. 일단 한 달 정도 입원한 뒤 경과를 지켜보고 결정할 생각이에요."

"설마 못 돌아오는 건 아니겠죠?"

클레오는 대답하지 않았다. '무슨 말을 하는 거예요? 당연히 돌아오죠.'라는 대답을 기대했던 이카루스는 뜻밖의 반응에 온몸에 힘이 쭉 빠졌다. 안 그래도 무거웠던 발걸음이 도무지 떨어지지 않았다.

"이카루스, 빨리 마스 로버에 타요. 망설일수록 더 떠나기 어려워지니까. 힘든 일이란 건 알지만, 지금 이카루스한테는 이 치료가 꼭 필요해요."

클레오의 독촉에 이카루스는 마지못해 마스 로버 쪽으로 몇 발짝 걸음을 옮겼다. 그러자 뒤에 숨어 있던 푸들이 튀어나와 낑낑대며 이카루스의 바짓자락을 물고 늘어졌다. 차에 올라타지 말라는 듯이.

"푸들은 데려가도 돼요?"

이카루스가 물었다. 메티스와 같이 갈 수 없다면 적어도 푸들이라도 곁에 있어야 위로가 될 것 같았다. 이번에도 거절하면 어쩌나 했는데, 예상외로 클레오는 선선히 승낙했다.

"그래요. 애완로봇과 함께 있으면 정서적 안정에 도움이 될지도 모르죠. 푸들을 데려가요."

이카루스가 손을 벌리자 푸들이 절뚝거리며 걸어와 냉큼 품에 안겼다. 이카루스는 따스한 온기가 느껴지는 푸들을 부드럽게 쓰다듬었다.

이카루스님, 잘 다녀와요. 기다리고 있을게요.

곁에서 메티스가 의연한 태도로 말했다. 잠깐이지만 눈물까지 보였던 아까와는 달리 메티스는 짧은 순간 완전히 평상시 침착 모드로 돌아온 것 같았다.

"도착하면 뇌파 감응 메신저로 연락할게."

침착한 메티스를 보니 이번엔 이카루스가 갑자기 눈앞이 뿌옇게 흐려지며 목이 멨다. 가슴이 먹먹한 것이 매 순간 함께 하던 메티스와 떨어져야 한다는 게 비로소 실감이 났다.

날 너무 오래 기다리게 하진 말아요.

"응."

더 얘기하다가는 볼썽사납게 메티스 앞에서 눈물을 흘릴 것 같아서 이카루스는 그저 고개만 한 번 끄덕였다. 이카루스가 다가가자 마스 로버가 기다리고 있었다는 듯 스르륵 문을 열었다. 이카루스는 푸들을 품에 안고 차에 올라탔다.

차창 밖으로 메티스가 한 손을 들어 올리는 게 보였다. 잘 다녀오라고 하는 것처럼. 이카루스도 메티스에게 손을 들어 인사했다. 한참 동안 그렇게 마주 보며 손을 흔들던 메티스가 마침내 손을 내리자, 방바닥이 아래로 푹 꺼지면서 마스 로버가 지하 활주로로 이동했다. 다음 순간 눈 깜짝할 사이 활주로를 빠져나온 마스 로버는 빠른 속도로 붉은 모래사막을 달리기 시작했다. 바람처럼 달려나가는 마스 로버 뒤로 붉은 흙먼지가 공기 중에 가볍게 떠돌았다.

 차 안은 이동하는 내내 조용했다. 마스 로버는 불필요한 말은 일절 하지 않는 성격인 것 같았다. 이카루스도 딱히 마스 로버와 대화할 기분이 아니었다. 이따금 푸들이 낑낑거리는 소리를 제외하곤 차 안은 적막이 감돌았다. 그래도 적막이 그리 불편하지 않았다. 차창으로 스쳐 가는 풍경에 집중하는 데는 오히려 침묵이 더 좋았다.

 화성이 이렇게 생겼는지 이카루스는 예전엔 미처 몰랐다. 메타버스 익스플로러를 통해 탐험한 적은 있지만, 실제로 드라이브를 한 건 이번이 처음이나 마찬가지였다. 탁아소에서 나와 이글루로 이동했던 짧은 순간은 드라이브라고 부르기도 민망할 지경이니.

 드문드문 보이던 이글루가 완전히 시야에서 사라지자, 사방엔 거대한 붉은 모래사막이 펼쳐졌다. 불그죽죽한 하늘과 색깔이 비슷하지만, 채도가 조금 다른 거대한 붉은 대지가 끝없이 펼쳐졌다. 이따금 지면에 암갈색 암석들이 한데 모여 부채꼴 모양 퇴적물을 이루고 있는 곳도 보였다. 황량한 땅 위에 바위가 여기저기 흩어져 있는 걸 보니 아마도 이곳엔 신들이 살지 않는 모양이었다.

 대지는 그저 평평하기만 한 게 아니었다. 여기저기서 크고 작은, 높고 낮은 둔덕들이 끊임없이 나타났다. 모래와 자갈로 만들어진 것 같은 둔덕은 각각 성분이 다른지 어떤 것은 불그죽죽하고, 어떤 것은 옅은 황토색이었다. 이카루스는 메타버스 익스플로어에서 봤던 지구의 산이 떠올랐다. 지구는 나무가 뒤덮은 높은 산이 크고 작은 능선을 만들며 하늘 아래를 초록색으로 물들이고 있었다면, 지금 이카루스의 눈앞에 보이는 모래 산은 불그스름한 갈색을 띠고 있었다.

저 멀리 옅은 구름에 가려진 분화구도 눈에 들어왔다. 꽤 오래전 뜨거운 용암을 뿜어냈던 분화구는 이제는 활동을 멈춘 듯 허리춤까지 새하얀 서리와 얼음에 겹겹이 둘러싸여 있는 것 같았다.

조금 더 지나니 이번엔 땅 아래가 깊이 패고 그 아래 이리저리 구불구불한 상처가 난 흔적이 이카루스의 시야에 들어왔다. 마치 물이 흘렀던 자국 같았다. 물길이 흘러간 궤적 같은 그곳엔 어두운 그늘이 드리워져 움푹 팬 모습이 더욱 선명하게 드러났다.

"화성이 이렇게 생겼었다니."

이카루스는 저도 몰래 감탄사를 내뱉었다. 메타버스 익스플로어로 가상 세계를 돌아다니기만 했지 정작 자신이 속한 이 화성이라는 별이 이렇게 신비롭고 아름다운 곳일지 이카루스는 미처 몰랐다.

흥분한 이카루스는 아랑곳하지 않고 마스 로버는 험한 길에서도 알아서 척척 자동으로 기어를 바꾸며 평지 위를 달리듯 부드럽게 주행했다. 덜컹거림이 전혀 느껴지지 않아 마치 얼음 위를 스르르 미끄러지고 있는 것 같았다. 속도가 얼마나 빠른지 마치 파노라마를 보는 것처럼 눈앞의 광경들이 아주 짧은 속도로 한순간에 슥슥 스치며 지나갔다.

곧 마리너 계곡에 진입할 겁니다.

마스 로버가 이카루스가 탑승한 후 처음으로 입을 열었다. 다음 순간 차량의 양 옆구리에서 금속으로 만든 튼튼한 날개가 튀어나오며, 이카루스의 몸이 공중으로 붕 솟구치는 듯했다.

아래엔 까마득한 계곡이 펼쳐졌다. 깎아지른 바위 절벽 아래엔 뭐가 있는지 보이지조차 않았다. 컴컴한 어둠이 얼음과 바위로 뒤덮인, 깊이를 알 수 없는 골짜기 아래 길게 펼쳐져 있었기 때문이다. 불그스름한 모래 언덕과 달리 이곳 바위 절벽은 새카만 검정과 짙은 회색, 푸르스름한 하얀 빛이 어우러져 마치 다른 세상에 온 것 같았다.

"저 밑엔 뭐가 있는 거지?"

이카루스가 물었다.

모릅니다. 저기엔 아무도 가 본 적이 없으니까.

"너도 모른다고?"

이카루스가 다시 물었다.

저는 명령대로 움직일 뿐입니다. 아직 저 바닥까지 내려가 보라고 명령한 이는 아무도 없습니다.

마스 로버가 대답했다.

"왜 그럴까."

어딘지 모르게 오싹한 느낌을 주는 협곡을 내려다보며 이카루스가 중얼거렸다.

글쎄요. 저곳에 죽음이 존재한다고 하더군요.

"죽음?"

마스 로버의 말에 이카루스가 고개를 번쩍 들었다. 아직도 그게 뭔지 이해가 잘 안 갔지만, 저런 곳에 존재한다는 걸 보면 죽음이란 결코 좋은 건 아닌 것 같았다. 만약 나도 죽음을 선택한다면 저 협곡 밑으로 내려가야 하는 걸까? 기껏해야 250년도 못 살고 죽어야 했던 인간들은 지금 전부 저 협곡 밑에 모여 있는 걸까?

메티스라면 뭔가 답을 줬을 텐데 공감력이 다소 떨어져 보이는 마스 로버는 아무 말이 없었다. 이카루스는 시커먼 어둠이 뒤덮은 발아래를 내려다보며 생각에 잠겼다.

모래 언덕 위를 나는 듯이 달렸던 마스 로버도 마리너 협곡 위에선 주행에 좀처럼 속도가 붙지 않았다. 조금이라도 잘못하면 끝없는 낭떠러지로 곤두박질치기라도 할까 봐 그러는지 마스 로버는 서서히 조금씩 앞으로 나아갔다.

끼이잉. 이카루스 품에 안긴 푸들이 이카루스 가슴에 머리를 더 깊이 처박으며 낑낑댔다. 겁쟁이라 또 다시 겁을 먹은 모양이다.

"겁 먹지 마. 아무 일도 없을 거야."

이카루스가 푸들의 머리를 쓰다듬으며 말했다. 말은 그렇게 하면서도 이카루스 역시 행여나 마스 로버가 실수를 해서 다 같이 아래로 곤두박질하지 않을까 내심 불안했다.

꽤 오랜 시간이 지났다. 잿빛 하늘엔 작은 해조차 보이지 않았다. 깊이를 알 수 없는 새카만 협곡과 회색빛 하늘 때문에 세상이 온통 어두컴컴하게 변한 것 같았다. 어둠은 갈수록 점점 더 짙어졌다. 이제는 발밑조차 보이지 않아 깊고 컴컴한 구덩이 한가운데 들어가 있는 것 같았다.

이카루스는 눈을 감았다. 뜨고 있으나 감고 있으나 눈앞이 어둠이란 점에선 별 차이가 없다. 차라리 눈이라도 감고 있으면 이 불안함을 잠시 잊을 수 있을 것 같았다. 줄곧 긴장해서 그랬는지 눈을 감으니 순식간에 스르르 졸음이 밀려 왔다.

* * *

얼마나 시간이 지났을까.

도착했습니다.

마스 로버의 굵직한 목소리가 들렸다.

잠에서 깬 이카루스는 사방을 둘러보았다. 어딘지 모르게 낯선 광경이었다. 붉은 모래사막 위로 거대한 곡선이 똬리를 틀고 있었다. 예전에 가상 현실서 봤던 뱀의 몸뚱이와 닮았다. 자세히 보니 긴 곡선 여기저기가 동그스름한 모양으로 울룩불룩 튀어나와 있었다. 무언가 둥글둥글한 것들을 하나로 길게 연결하면 저런 모양이 될 것 같았다.

별안간 긴 곡선의 한중간쯤 되는 볼록 튀어나온 부분이 안에서부터 문이 열렸다. 아마도 볼록 튀어나온 부분이 집이고, 각각의 집들이 복도 같은 것으로 한데 연결돼 있는 모양이었다. 열린 문에서 아래위가 딱 붙은 이상한 옷을 걸친 누군가가 걸어 나왔다.

그는 머리에 둥그런 모자를 쓰고 있었다. 이카루스가 메타버스 익스플로어를 이용할 때 머리에 쓰는 헬멧과 비슷했다. 헬멧 얼굴이 위치한 부분이 투명해서 상대방 얼굴이 똑똑히 드러났다.

"악!"

얼굴을 본 순간 이카루스는 저도 모르게 비명을 질렀다. 이카루스의 시야에 제일 먼저 들어온 건 상대의 파란 눈동자였다. 일몰을 연상시키는 투명한 푸른 눈. 하지만 눈 주위의 얇은 피부는 자글자글하게 주름이 져 있었다. 눈뿐만이 아니라 얼굴 모든 곳이 다 그랬다. 늘어진 피부는 주름졌고, 심지어 군데군데 검은 반점까지 나 있었다.

"저, 저건……."

말로만 듣던 노화라는 병에 걸린 건가, 라는 생각이 이카루스의 머리를 스쳤다. 하지만 노화라는 질병은 정복한 지 오래됐다고 했는데?

"이곳에 온 걸 환영하네."

헬멧을 쓴 '환자'가 씩 웃으며 인사를 건넸다.

이카루스는 입을 딱 벌린 채 멍하니 그를 쳐다보았다. 제 눈을 믿을 수가 없었다. 말도 안 돼. 어떻게 이런 일이. 늙음과 죽음을 극복한 신들은 저런 병에 걸릴 수 없다. 그렇다면 저자는 말로만 듣던 인간? 하지만 나약한 인간들은 이미 멸종됐다고 들었는데?

"많이 놀란 모양이로군."

환자가 말했다. 굵직하고 낮은 저음이 남자 목소리였다.

"여기가 대체 어디죠?"

이카루스가 불안한 표정으로 주위를 둘러보며 물었다. 평상시라면 불그스름한 모래 둔덕으로 에워싸인 이곳 풍경이 아름답다고 생각했을 수도 있다. 하지만 당황한 그의 눈엔 주변 광경 따위는 들어오지 않았다. 품 안에서 푸들이 낑낑거렸다. 푸들 역시 낯선 환경과 늙은 남자 때문에 잔뜩 위축된 것 같았다.

"설명은 차차 하고, 문 좀 열어 주지 않겠나? 헬멧과 방호복을 전해 줘야 하니까."

남자가 마스 로버에게 시선을 돌렸다.

마스 로버의 차체 아래쪽에서 기다란 기계 팔이 뻗어 나왔다. 기계 팔은 남자에게서 헬멧과 방호복을 받고 차량 아래쪽으로 스르르 사라지더니 조금 뒤 이카루스가 앉아 있는 좌석 사이 좁은 틈을 뚫고 올라와 물건을 건넸다.

"호오, 마스 로버 3.0에는 없던 기능인데. 지금은 버전이 얼마까지 올라갔는지 모르겠군."

남자가 살짝 감탄한 목소리로 중얼거렸다.

제가 최신 버전인 25입니다.

마스 로버가 대답했다.

"벌써 25라니……. 세월 참 빠르군."

이카루스는 어찌할 바를 몰라 손에 헬멧과 방호복을 든 채 멍하니 그들의 대화를 듣고 있었다.

"뭘 하나? 갈아입지 않고."

남자의 재촉에 이카루스는 그제야 눈치를 보며 주섬주섬 방호복을 옷 위에 껴입기 시작했다. 여기가 어딘지는 몰라도 집 안으로 바로 연결되는 지하 주차장이 없는 모양이다. 실내까지 걸어가야 하니 이런 방호복이 필요하겠지.

'어째서 이런 열악한 곳에……'

이따 뇌파 메신저로 클레오에게 단단히 따져야겠다고 마음먹었다. 치료 같은 건 됐으니 어서 집으로 돌려보내 달라고. 말로만 듣던 노화라는 병에 걸린 인간과 함께 있고 싶은 생각은 조금도 없다고.

임무가 끝났으니 이만 철수하도록 하겠습니다.

이카루스가 차에서 내리자마자 마스 로버가 말했다.

"이봐, 그렇게 가 버리면 난 어떡하라고!"

이카루스가 다급히 마스 로버를 불러 세웠다.

저한테 전달된 임무는 이카루스님을 이곳에 모셔 오는 겁니다. 돌아가실 때가 되면 그때 다시 찾아오겠습니다.

"그때가 언젠데!"

그건 제가 결정할 일이 아닙니다.

대답을 마친 마스 로버는 시동을 넣더니 빠른 속도로 질주하기 시작했다. 조금 뒤 차량 옆면에서 날개가 나오면서 마스 로버가 가볍게 하늘로 날아올랐다. 차가 사라진 곳엔 불그죽죽한 모래 먼지만이 자욱했다.

"이만 안으로 들어가지."

마스 로버가 사라진 걸 확인한 남자가 말했다.

"대체 여기가 어디예요? 당신은 또 누구고요. 어째서 내가 이런 곳에 오게 된 거죠? 난 언제까지 여기 있어야 하는 거예요?"

그때까지 망연한 얼굴로 마스 로버가 사라진 곳을 바라보던 이카루스가 문득 정신을 차리고 속사포처럼 질문을 쏟아냈다. 남자는 못 들었다는 듯 걸음을 옮겼다.

"이봐요! 제 말 안 들려요!"

이카루스가 남자의 등 뒤에 대고 소리쳤다. 남자가 뒤를 돌아보았다.

"아직 귀는 안 먹었네만, 여기서 하기엔 얘기가 길어. 자네도 방사선에 오래 노출되고 싶진 않겠지?"

그 말에 이카루스도 움찔했다.

"한 가지는 대답해 주지. 내 이름은 노아야."

노아는 그렇게 말하고 앞서 성큼성큼 걸어갔다. 잠시 망설이던 이카루스도 어쩔 수 없다는 듯 푸들을 안고 노아의 뒤를 따라갔다.

실내에 들어서자 방 안에 있던 여자가 하던 일을 멈추고 이카루스를 쳐다봤다. 노아처럼 피부가 주름지지 않은 걸 보니 노화라는 병에는 걸리지 않은 모양이다. 이카루스와 마찬가지로 풋풋한 젊음이 감도는 여자는 반짝이는 벌꿀 빛

깔 머리카락에 눈동자가 일출 때 하늘처럼 투명하게 파랬다. 흠 하나 없이 새하얀 피부에 날씬한 체구가 제우스가 좋아하는 섹스 로봇을 닮았다고 이카루스는 생각했다.

"서로 인사들 하지. 이쪽은 이브."

노아가 여자를 가리키며 말했다.

"그리고 여기는……. 가만, 이름을 들은 적이 없는데."

"이카루스."

이카루스가 대답했다.

"재미있는 이름이군."

노아가 피식 웃었다.

이카루스는 노아의 말이 이해되지 않았다. 제 이름이 무슨 뜻인지, 왜 그렇게 붙여졌는지 이카루스는 모른다. 아무도 알려준 적이 없다. 생각해 본 적도 없다. 늘 그렇게 불렸으니 그냥 그러려니 했을 뿐이다. 그런데 뭐가 재밌다는 거지? 이카루스가 아까 물었던 걸 다시 물었다.

"대체 여긴 어디예요?"

"콜로니일세."

노아가 대답했다.

"……콜로니요?"

"인간들이 모여 사는 곳이야."

이브라는 이름의 여자가 노아 대신 대답했다.

"혹시…… 당신들 모두 인간이에요?"

이카루스가 노화가 진행된 노아의 얼굴과 손을 보며 물었다. 노아가 고개를 끄덕였다.

"하, 하지만 인간은 이미 오래전에 죽었다던데……."

이카루스는 제 눈앞에서 엄연히 살아 숨 쉬는 둘의 존재를 믿을 수 없었다.

"AI가 하는 말이 모두 진실은 아니야."

"그럴 리가 없어요!"

이카루스가 저도 모르게 고함쳤다. 노아의 얼굴에 이해하기 어려운 표정이 떠올랐다. 뭔가 곤란할 때 메티스가 짓던 표정과 비슷해 보였다.

"……그런데 전 왜 여기에 온 거예요?"

노아를 곤란하게 만든 게 미안해진 이카루스가 눈치를 보며 물었다.

"치료받으러 간다고 들었을 테지?"

노아의 물음에 이카루스는 고개를 끄덕였다.

"그럼 이미 답을 아는 거 아닌가? 치료를 받으러 왔지."

"치료를 한다면서 왜 날 여기로 데려온 거냐고요?"

"호기심은 금물인 걸로 아는데?"

그 말에 이카루스는 바로 입을 다물었다. 노아가 그런 이카루스를 보며 씩 웃었다. 하지만 비웃는 건 아닌 것 같았다. 그저 이카루스의 반응이 흥미로운 것 같았다.

"죽고 싶어 했다면서?"

노아는 이카루스의 질문에 질문으로 답했다. 어떻게 저런 걸 알까, 생각하며 이카루스는 잠자코 고개를 끄덕였다.

"늙음과 죽음은 신에게 금기 사항이야."

"금기 사항이요?"

"해선 안 될 일이라는 뜻이지."

이카루스가 못 알아들은 걸 눈치챘는지 노아가 다시 대답했다.

"해선 안 될 일을 했으니 인간이 사는 모습을 보여 줘 충격을 주려 했을 테지. 아마도."

"그게 어떻게 치료가 되는 거죠?"

"좋은 질문인데? 벌써부터 스스로 생각하려 하다니, 조짐이 좋아."

노아가 빙긋 웃었다. 이곳에 온 이래 이카루스가 처음 보는 미소다운 미소였다.

"한동안 여기서 지내다 보면 알게 되겠지. 치료가 될지 어떨지."

이카루스는 머리가 혼란스러웠다. 메티스처럼 곧바로 해답을 주는 게 아닌 걸 보니 아무래도 인간은 AI 비서보다 성능이 떨어지는 모양이다. 그리고 좋은 질문이란 건 또 뭐람. 궁금증이야말로 노아의 표현을 빌리자면 '금기 사항'인데. 혹시 콜로니에선 질문하는 게 나쁜 일이 아닌 걸까? 그런 생각이 들어 이카루스가 다시 물어보았다.

"난 언제쯤 집에 갈 수 있어요?"

노아가 대답했다.

"그건 나도 몰라. 자네 하기에 따라 달라지겠지. 돌아갈 때가 됐다고 판단하면 돌려보내 줄 거야."

이카루스는 실망감에 고개를 푹 떨궜다. 그럼 언제가 될지도 모를 그때까지 여기 사는 것 말곤 정말로 다른 방법이 없는 건가. 이렇게 진화도 덜 된 인간들이랑.

"이곳 생활은 많이 낯설 거야. 모르는 게 있으면 언제든 우리한테 물어보도록 해."

물어볼 게 너무 많아 대체 어디서부터 물어야 할지 알 수 없었다. 이카루스는 우선 제일 궁금한 것부터 질문했다.

"뇌파 감응 메신저를 쓰려면 어떻게 해야 해요?"

"뇌파 감응 메신저?"

노아가 의아한 표정을 지었다. 이카루스는 그 표정에 가슴이 덜컥 내려앉았다. 불안함이 스멀스멀 밀려왔다.

"뇌파로 대화하는 메신저요. 메티스에게 잘 도착했다고 전해 줘야 하는데……."

"아, 이곳엔 그런 게 없어."

이카루스의 설명을 다 듣기도 전에 노아가 말을 끊었다.

"없다고요?"

이카루스는 경악했다. 뇌파 감응 메신저가 없다니. 인간 세계란 곳이 이렇게나 열악한 데였어?

문득 불길한 예감이 이카루스의 머리를 스쳤다.

"그럼…… 메타버스 익스플로어는요?"

"그게 뭐지?"

"가상 현실에 들어가는 장치요."

이카루스의 대답에 노아는 다시 조용히 고개를 흔들었다.

"왜요? 왜 안 돼요?"

"콜로니 사람들은 뇌에 칩을 심지 않았으니까."

"……칩이요?"

"뇌에는 뉴런이라는 신경세포가 약 1,000억 개 존재하지. 뉴런들은 서로 신경 전달 물질을 주고받으며 전기적 신호인 전자의 흐름으로 소통해. 다시 말해 인간의 생각이란 이렇게 수많은 뉴런 신호의 조합으로 이뤄진다는 뜻이네. 뇌에 칩을 심으면 뉴런 간 전기 신호를 훨씬 가까이서 정확하게 잡아낼 수 있는 거고."

"잠깐, 그게 다 무슨 소리예요?"

노아가 쏟아내는 말을 이카루스는 단 한 마디도 알아들을 수 없었다.

"아, 깜빡 잊고 있었군. 내 말이 이해가 안 되겠지."

노아가 나지막하게 한숨을 내쉬었다.

"쉽게 설명하자면 여기 인간들은 올림푸스에 있는 이들처럼 머릿속에 생각을 읽을 수 있는 도구가 없어. 그러니 AI 비서랑 그, 뭐라고 했지? 메타버스 익스플로어? 같은 것도 없는 거고."

이카루스는 눈앞이 캄캄해졌다. 앞으로 얼마가 될지 모르겠지만, 이런 곳에서 살아야 한다니. 절망감에 목소리도 무겁게 가라앉았다.

"여기 인간들은 대체 왜 머리에 칩이 없어요?"

"그래야 스스로 생각하는 힘을 잃지 않으니까."

이카루스의 혼란 따위는 알 바가 아닌지 노아가 덤덤하게 대답했다.

"스스로 생각한다고요?"

노아의 눈빛이 별안간 진지해졌다.

"그래. 그게 인간이 되는 첫걸음이야."

'하지만 나는 인간이 아닌데. 나는 올림푸스의 신인데.' 이카루스는 그렇게 말하고 싶었지만, 노아의 강렬한 눈빛에 억눌려 아무 말도 하지 못하고 그저 고개만 숙였다.

멍멍! 갑자기 어디선가 개 짖는 소리가 들렸다. 몇 발짝 떨어진 곳에서 개 한 마리가 이를 드러낸 채 이카루스와 푸들을 노려보고 있었다. 푸들이 잔뜩 겁을 집어먹고 이카루스의 다리 뒤로 숨어 눈치를 살폈다.

"진정해, 럭키. 상대도 안 될 것 같은 저런 작은 개한테 으르렁대서 뭐 하려고 그래?"

개 옆에 있던 남자가 머리를 쓰다듬으며 나지막한 목소리로 속삭였다. 럭키라고 불린 개는 계속 이를 드러낸 채였다. 이카루스에 대한 경계심은 다소 누그러뜨린 것 같았지만, 푸들은 여전히 미심쩍은 모양이었다. 검고 누런 털이 섞인 개는 푸들보다 훨씬 몸집이 컸다. 드러난 송곳니 역시 푸들과는 비교도 안 되게 크고 튼튼했다.

남자가 이카루스 쪽으로 걸어오자 럭키도 꼬리를 살랑거리며 주인을 쫓아 몇 걸음 다가왔다. 가까이서 보니 털에 윤기가 반지르르 흐르고 날렵해 보이는 것이 영리해 보이는 인상이었다.

이카루스는 어쩐지 개가 낯익은 것 같다는 생각이 들었다. 여기 온 게 처음이니 처음 보는 개가 틀림없을 텐데 대체 어디서 본 거지?

"아! 메타버스 익스플로러에서 본!"

마침내 기억이 떠오른 이카루스는 저도 모르게 혼잣말을 내뱉었다. 눈앞에 있는 개는 폐허가 된 과거 지구에서 헤매다 굶주린 남자에게 잡아먹힌 개와 모습이 똑같았다. 당황해서 개 주인의 얼굴을 올려다본 이카루스는 저도 모르게 그대로 얼어붙고 말았다.

　남자는 어딘지 모르게 예민하고 신경질적인 느낌이었다. 이카루스를 바라보는 눈빛도 호의적이라고 말하긴 어려울 것 같았다. 하지만 이카루스가 얼어붙은 이유는 남자가 온몸으로 내뿜고 있는 적대감 때문이 아니었다. 상대방 마음속을 꿰뚫어 보는 것 같은 이 눈빛을 예전에도 본 적이 있어서였다.

　마치 자신이 거기 존재하는 걸 알고 있다는 듯이 쏘아봤던 가상 현실 속 남자, 지금 제 곁에 있는 개와 똑같이 생긴 개를 허겁지겁 잡아먹었던 바로 그 남자였다. 비록 그때와 달리 얼굴과 옷이 말끔했지만, 이 찌를 듯한 눈빛을 이카루스는 잊을 수가 없었다.

　"쟤는 애덤이야. 나랑 애덤은 쌍둥이야."

　말문을 잇지 못하고 벙벙하게 서 있는 이카루스에게 이브가 남자를 소개했다.

　"둘 다 내 손주들이고."

　노아가 덧붙였다.

　"쌍둥이? 손주?"

　"생긴 건 멀쩡한데, 바보네."

　애덤이 입을 열었다. 눈빛만큼이나 목소리도 싸늘했다.

"네가 모자란 거야, 아니면 올림푸스에 사는 것들은 모두 너 같냐?"

"애덤, 그만하거라!"

노아가 엄한 목소리로 애덤을 나무랐다.

"이카루스, 미안하다. 애덤이 눈치 없이 한 말이니 너무 신경 쓰지 말고."

그 말에 이카루스도 울컥 치미는 화를 억눌렀다. 하지만 화보다 궁금증이 앞섰다.

"그럼 너도 인간이야?"

"그걸 말이라고 하냐?"

애덤이 기가 막히다는 듯 피식 웃었다.

"그런데 내가 어떻게 메타버스 익스플로러에서 널 본 거야?"

"메타, 뭐?"

"……너랑 똑같이 생긴 사람을 봤어."

"하, 아마도 평행 우주에서 또 다른 날 만나셨나 보네."

애덤이 알 수 없는 소리를 했다. 무슨 뜻인지는 몰라도 이브가 나무라는 듯한 눈짓을 한 걸 보면 좋은 뜻은 아니었을 거라고 짐작했다.

"어디서 봤다고 생각하건 간에 그건 틀림없이 네 착각이야. 우린 여기 콜로니를 벗어날 수 없으니까."

이브가 이카루스를 돌아보며 상냥하게 설명했다.

가만 보니 애덤은 이카루스와 비슷한 또래일 것 같았다. 메타버스 익스플로어에선 이보다 훨씬 나이 들어 보였는데. 지금 눈앞에 있는 애덤이 굶주리고 노화라는 병에 걸리면 그 남자처럼 될 것 같았다.

'역시 아니구나.'

이카루스는 남자가 돌로 개를 죽이던 장면을 떠올리며 슬며시 안도했다.

"그런데 너희는 왜 콜로니를 벗어날 수 없어?"

"그럼 쫓겨난 자들이 여기 말고 어딜 가겠어."

애덤이 퉁명스럽게 대답했다.

"쫓겨났다고? 누가 쫓아냈는데?"

"정말 아무것도 모르네."

이카루스의 물음에 애덤이 절레절레 고개를 흔들었다. 마치 두 손 두 발 다 들었다는 듯이. 노아가 다시 꾸짖는 눈빛으로 애덤을 힐끗 쳐다보았다. 그제야 애덤은 마지못해 입을 다물었다.

애덤의 반응에 이카루스는 더더욱 자신이 있는 장소가 싫어졌다. 안 그래도 낯선 곳에 온 게 불편하고 불안한데 자신을 이렇게 싫어하는 사람이랑 함께 있어야 하다니.

'메티스, 나 말도 안 되는 곳에 와 버렸어. 이럴 땐 어떻

게 해야 해?'

궁지에 몰린 이카루스는 늘 그랬듯 메티스에게 도움을 청했다. 하지만 이번에 돌아온 건 무거운 침묵밖에 없었다. 이카루스의 가슴도 방 안의 침묵처럼 무겁게 가라앉았다.

홀로 방 안에 남은 이카루스는 멍하니 벽만 바라보았다. 노아는 이카루스가 묵을 방을 보여 주고 이곳에 머무를 동안 필요한 물건들을 방 한구석에 놔둔 뒤 어디론가 사라졌다. 이카루스 혼자 상황에 적응할 시간이 필요하다고 판단한 모양이었다.

뭐가 뭔지 모를 물건들이 꽉 찬 방 안은 낯설었다. 혹시 꿈을 꾸고 있는 걸까. 이카루스는 그런 생각마저 들었다. 님프의 목소리가 들리지 않으니 이곳이 메타버스 익스플로러 속 가상 세계가 아니라는 건 분명했다. 가상 세계도 아닌데 이토록 비현실적인 곳이 있다면 그건 꿈속 말고는 없을 것 같았다.

꿈이라면 빨리 깨서 왔던 곳으로 돌아가고 싶었다. 하지만 꿈이 아니라면……. 이카루스는 눈앞이 캄캄했다. 마스 로버는 이미 돌아갔으니 집으로 돌아갈 수도 없다. 메티스가 곁에 없으니 도움을 요청할 수도 없다. 저 인간들한테 집에 가고 싶다고 매달려야 하나? 하지만 애덤을 논외로 하고

서라도 저들을 믿어도 될지 어떨지 확신할 수 없었다. 대체 저들은 왜 나를 데리고 있는 걸까? 클레오가 잠시 데리고 있어 달라 요청한 거라면 해치려는 의도는 아마 없을 것이다. 하지만……. 몸에 안 좋을 거란 걸 알면서도 생각이 꼬리에 꼬리를 물었다.

바닥에 앉은 푸들이 낑낑거리는 소리에 이카루스는 겨우 현실로 돌아왔다. 푸들은 계속 불편한 제 다리를 핥고 있었다. 이럴 줄 알았으면 푸들도 차라리 두고 올걸. 그러면 메티스가 수리센터에 맡겨 치료받게 했을 텐데. 안쓰러운 마음에 이카루스는 푸들을 들어 올려 꼭 껴안았다.

"들어가도 돼?"

여자 목소리가 들려 고개를 들어보니 이브가 문 앞에 서 있었다. 이카루스는 잠자코 고개를 끄덕였다.

"기분이 어때?"

이브가 물었다. 이카루스는 뭐라고 답해야 할지 몰라 잠자코 있었다.

"네가 살던 데랑 많이 달라?"

"완전히 달라."

이카루스가 대답했다.

"그래……."

이브는 그대로 허락도 받지 않고 이카루스가 앉은 침대에 자신도 털썩 걸터앉았다.

"너, 가족은 어떻게 돼?"

"가족?"

"형제는 없어?"

이브는 계속 알 수 없는 말만 하고 있었다.

"네가 하는 말 하나도 못 알아듣겠어."

이카루스의 대답에 이브는 알 수 없는 시선으로 한동안 이카루스를 빤히 바라봤다. 이브의 눈엔 이카루스가 신기해 보이는 모양이었다. 이카루스에게 노아가 신기하게 보이는 것처럼.

"노아가 할아버지랬지? 그거, 너랑 가까운 사이라는 뜻이야?"

이번엔 이카루스가 물었다. 이브가 입을 열고 뭔가를 말하려다 그냥 고개만 까닥였다.

"노아는 언제부터 아팠어?"

"할아버지가 아프신 걸 어떻게 알았어?"

이브의 어조가 별안간 날카로워졌다.

"그게, 음…… 늙었으니까. 늙는 건 병이잖아."

갑자기 이브의 태도가 돌변한 게 당황스러워 이카루스는 말을 더듬었다. 이브는 이카루스를 빤히 쳐다보더니 피식 웃음을 터뜨렸다.

"너, 정말 아무것도 모르는구나."

무시당한 것 같아 이카루스는 기분이 상했다. 불쾌한 말을 할 때 이브는 애덤과 꽤 많이 닮은 것 같았다. 말투도, 비웃는 듯한 표정도.

"하긴 나도 몰랐겠지. 올림푸스에서 태어났더라면."

기분 상한 낌새를 눈치챘는지 이브가 다시 상냥한 얼굴로 이카루스를 돌아봤다.

"그런데 넌 한 번도 궁금했던 적 없어? 네가 어떻게 태어났는지?"

궁금했던 적은 있다. 하지만 물어봐도 메티스는 대답하지 못했다. 자기보다 상위 버전인 신의 생산 정보는 알지 못한다면서.

"너는 어떻게 태어났는지 알아?"

대답 대신 이카루스가 이브에게 물었다.

"그럼. 엄마, 아빠한테서 태어났지."

엄마? 아빠? 역시나 이카루스로선 처음 듣는 단어였다.

"그 인간들은 어딨는데?"

"다들 죽었어."

이브의 얼굴에 한순간 그늘이 졌다. 어쩐지 물어선 안 될 걸 물어봤다 싶어 이카루스는 이브에게 미안한 마음이 들었다. 죽는다는 건 사라진다는 거라고 들었는데. 그래서 여기에 그들 모습이 안 보이는 걸까? 이브는 그들이 보고 싶을까? 내가 메티스가 보고 싶은 것처럼? 메티스는 내가 연락을 안 해서 걱정하고 있을 텐데.

"넌 네 나이는 아니?"

이브가 문득 생각났다는 듯 물었다.

"스물다섯."

이카루스가 메티스가 가르쳐 줬던 대로 대답했다. 아까부터 계속 모른다는 말만 하기가 무안했던 터라 이거라도 알고 있어 다행이라는 생각이 들었다.

"스물다섯? 나랑 나이가 같네."

이브가 눈을 동그랗게 떴다.

"진짜?"

이카루스도 어쩐지 반가웠다. 이브와 공통점이 생겨 조금 기쁘기까지 했다.

"그럼 애덤은?"

"애덤도 마찬가지야. 쌍둥이라고 했잖아."

쌍둥이란 게 나이가 같은 인간이라는 뜻인 모양이네? 이카루스는 그렇게 추측했다. 그럼 나도 이브랑 애덤과 쌍둥이인가? 아, 하지만 난 인간은 아니지. 이카루스가 이런저런 생각을 하는 동안 이브가 손을 뻗어 가만히 푸들의 머리를 쓰다듬었다.

"푸들 귀엽다."

"어? 얘 이름이 푸들인 거 어떻게 알았어?"

혹시 이브도 뇌파를 읽을 수 있나 싶었는데 이브는 '몰랐어.'라며 고개를 가로저었다. 이카루스가 다시 물어볼 겨를도 없이 이브가 먼저 물었다.

"그런데 얘, 다리가 아픈 모양인데? 가엾게도."

딱하다는 표정을 짓는 이브의 손을 푸들이 날름 핥았다. 이브가 마음에 드는 모양이었다.

"수리를 맡기고 올걸 그랬어."

"……수리?"

이카루스의 말에 이브는 의아한 얼굴을 했다가 금세 '아!' 하고 고개를 끄덕였다.

"얘는 로봇이었구나."

"그럼 럭키는 로봇이 아니야?"

푸들에게 이를 드러내고 으르렁대던 모습이 떠올랐다.

"럭키는 진짜야."

이브가 대답했다.

"진짜 개라고……."

생각지도 못한 말에 이카루스가 저도 몰래 중얼거렸다. 사라진 줄로 잘못 알고 있었던 건 인간뿐만이 아니었나 보다. 인간과 가장 가까운 동물이었다는 개도 살아남았다. 이 세상엔 내가 모르는 일들이 얼마나 더 많을까.

"그런데 저건 뭐야?"

이카루스가 벽면을 가득 채운 무언가를 가리켰다. 조금 전부터 계속 신경이 쓰이던 물건이었다.

"책이잖아. 전자책도 나쁘지 않지만, 난 이렇게 만질 수 있는 책이 더 좋아. 이런 책은 처음 보지?"

이브가 웃으며 책을 한 권 빼냈다. 책이라는 것 자체를 본 적이 없다고 말하려다 이카루스는 입을 다물었다. 또 모른다고 하면 애덤처럼 자신을 무시할까 봐 신경 쓰였다.

"다행히 나 같은 사람들이 많았는지 이렇게 종이책을 만들어 보관해 뒀어. 덕분에 나도 이걸 볼 수 있는 거고."

이브의 손안에서 책장이 사르르 넘어갔다. 종이에 적혀 있는 검정색 그림 같은 것도 이카루스의 눈앞에서 펼쳐졌다 사라졌다.

"그건 뭐야?"

이카루스가 검은 그림을 가리켰다. 이카루스의 물음에 이브는 눈을 크게 떴다.

"너, 글을 몰라?"

"응, 몰라."

이브가 충격을 받은 표정을 지었다. 입을 딱 벌린 이브를 보며 이카루스는 이곳에 메타버스 익스플로러가 없다는 말을 들었을 때 제 표정이 저것과 비슷할 것 같다고 생각했다.

이브는 자기 딴엔 책과 글이 뭔지 열심히 설명하려 했다. 들어도 제대로 이해가 가지 않았지만, 이카루스는 올림푸스에서 왜 그런 걸 본 적이 없는지는 알 것 같았다. 그곳에선 글자가 필요 없다. AI 비서가 들려주거나, 이미지로 보여 주니까 굳이 글을 읽을 필요가 없다.

"너만 모르는 거야, 아니면 그곳에선 모두 다 그런 거야?"

"모두 다."

'그곳'이 아마도 올림푸스를 가리키는 걸 거라고 짐작하며 이카루스가 대답했다. 이브가 고개를 절레절레 흔들었다.

"세상에. 그럼 뭔가가 궁금하면 어떻게 해?"

"메티스가 다 알려 줘."

"메티스가 누군데?"

"내 뇌파를 읽는 AI 비서."

"거기선 다들 그런 게 하나씩 있어?"

이카루스는 고개를 끄덕였다. '그런 거'라고 불린 걸 들었더라면 메티스는 얼굴을 찡그렸을 텐데, 생각하면서.

책이라고 했나. 저런 걸 자신이 직접 읽어야 한다면 얼마나 힘들까. 시간도 오래 걸릴 것 같고 효율도 떨어져 보이는데. 이카루스는 새삼 자신에겐 메티스가 있어 다행이라고 생각했다. 혹시 이브가 그런 자신을 부러워하지 않을까, 싶어 힐끗 눈치를 봤지만, 이브는 전혀 그렇지 않은 모양이었다.

"……혹시, 너 셈도 못 해?"

뭔가 골똘히 생각하던 이브가 다시 물었다.

"그런 걸 왜 해. 메티스가 다 해주는데."

어쩐지 바보 취급당하는 것 같아 이카루스가 퉁명스럽게 대답했다.

"그럼 대체 올림푸스에선 종일 뭘 하는 거야? 일도 안 한다며?"

"신은 존재하기만 하면 됐어."

이브에게 추궁당하는 것 같아 이카루스는 언짢아졌다.

"그건 누가 한 말이야?"

"메티스가."

"넌 그걸 그대로 믿었고?"

안 믿을 이유가 없잖아, 라고 이카루스는 속으로 중얼거렸다.

"도무지 생각 같은 건 안 하고 사는구나."

"생각은 몸에 안 좋아. 생각이 많으면 건강만 해친댔어."

결국 기분이 상한 이카루스가 짜증 섞인 목소리로 반박했다. 보면 볼수록 이브가 자신을 한심하게 여기는 게 분명해 화가 났다. 내가 왜 여기서 이런 취급이나 당해야 하는 거지. 신들보다 한참 진화가 덜 된 인간 따위에게.

"왜 사는 게 지겨웠는지 알겠다. 내가 너라도 그랬을 것 같아."

무슨 생각에서인지 별안간 이브가 깊은 한숨을 내쉬었다.

"그러는 넌 종일 뭘 하는데? 여기선 메타버스 익스플로어도 안 된다면서."

이브의 한숨이 거슬린 이카루스가 퉁명스럽게 물었다.

"일하지. 책도 읽고, 요리도 하고."

일? 요리? 이카루스로선 전부 상상이 안 되는 것뿐이다.

"사람들도 만나고."

"만난다고? 뇌파 감응 메신저를 쓸 수 있는 거야?"

혹시나 노아가 잘못 말한 거였나 싶어 이카루스는 희망이 생겼다. 이카루스의 희망을 무참히 짓밟듯 이브가 단호하게 말했다.

"아, 그런 건 못 해."

"그럼 어떻게 만나?"

"직접 만나."

"직접?"

누군가를 대면한 게 언제였더라. 이카루스는 기억도 가물가물했다. 공동 탁아소를 나오고 난 뒤엔 이따금 노화 방지 주사를 놔주기 위해 찾아오는 클레오 정도가 이카루스가 만나는 이의 전부다. 놀란 이카루스의 표정을 보며 이브가 다시 한숨을 쉬었다.

"너랑 얘기하다 보니 지쳐서 배가 다 고프려고 한다. 식사나 하러 가자. 치킨 수프 좋아해?"

침대에서 일어선 이브가 이카루스를 돌아보았다. 딱히 좋아하는 건 아니지만 이카루스는 그냥 고개를 끄덕였다. 어쩐지 이곳에선 올림푸스에서처럼 다양한 선택지가 없을 것 같았다. 게다가 자기를 못마땅해하는 인간도 있는데 이러쿵저러쿵 불평할 수도 없다.

"잘됐네. 할아버지가 만드는 치킨 수프는 최고거든."

이브가 이카루스를 데리고 실내 어딘가로 향했다. 이카루스는 별수 없이 이브가 이끄는 곳으로 따라갔다.

4

처음 만나는 세상

  테이블 위엔 이카루스가 처음 보는 물건투성이였다. 끝부분이 셋으로 갈라진 쇠붙이 하나, 끝부분이 둥그런 쇠붙이 하나, 옆면이 길고 날카로운 물건 하나. 그 물건들 옆엔 푸들 밥그릇보다 조금 큰 그릇이 놓여 있었다. 그런 게 자리마다 한 세트씩 있는 걸 보니 여기 모인 사람들이 각각 사용할 물건인 것 같았다.

  노아가 작은 그릇처럼 생긴 손잡이 달린 도구로 바닥이 깊은 통에서 뜨끈한 액체를 퍼서 애덤과 이브, 이카루스의 그릇에 떠 주었다. 모락모락 김이 나는 액체에서 식욕을 자극하는 냄새가 피어올라 이카루스의 후각을 자극했다.

  "요리는 보통 내가 하는데, 오늘은 너 온다고 특별히 할아버지가 하셨어."

이브가 이카루스를 보며 말했다.

"귀한 손님이니까."

노아가 미소 지었다. 액체를 그릇으로 나르는 노아의 손 역시 얼굴과 마찬가지로 주름이 져 있었다.

늙으면 얼굴뿐만 아니라 몸 전체가 저렇게 되는 걸까 싶어 이카루스는 오싹 소름이 끼쳤다. 저런 병을 앓는 노아가 딱하다는 생각도 들었다. 테이블에 놓인 끝이 둥그런 물체를 집어 들며 이브가 물었다.

"안 먹어?"

"식사한다며? 알약은 언제 나와?"

이카루스가 되묻자 이브는 알 수 없다는 표정을 지었다.

"여기선 알약 같은 거 안 먹는다. 진짜 음식을 먹지."

어리둥절한 이브를 대신해 노아가 대답했다.

"진짜 음식요?"

그러고 보니 아말테이아가 했던 말이 떠올랐다.

예전에 인간들은 알약 대신 끼니마다 음식을 먹었답니다. 번거롭고 건강에도 좋지 않았죠.

"안 내키니?"

이카루스의 망설임을 눈치챘는지 노아가 물었다.

"……음식은 몸에 나쁘댔어요."

이카루스가 머뭇거리며 말했다. 애덤이 기가 막힌다는 듯

'하!' 하고 실소를 내뱉었다. 하지만 노아는 덤덤한 표정이었다.

"그럴 수도 있겠지. 몸에 나쁜 것만 먹거나, 편식한다면."

"……비효율적이고요."

다행히 노아가 불쾌해하는 것 같지 않아 이카루스는 다시 조심스레 말했다.

"맞아. 요리하고, 상을 차리고, 설거지하는 건 삼키기만 하면 되는 알약과는 비교도 안 되게 비효율적이지."

"그런데 왜……?"

"왜 그런 번거로운 일을 하느냐고?"

노아는 이카루스의 뇌파를 읽은 것처럼 물었다.

이카루스가 고개를 끄덕였다.

"효율성만 중요한 건 아니니까."

"하지만……."

이카루스의 말을 노아가 가로막았다.

"효율성이 최고의 가치다, 아마 그렇게 배웠겠지."

이번에도 이카루스는 가만히 고개를 끄덕였다.

"나도 한때는 그렇게 믿었다. 나도, 내 아버지도, 우리 동료들도. 하지만 효율성만으론 지킬 수 없는 소중한 것들이 많다는 걸 뒤늦게 깨달았지. 어쩌면 너무 늦게 깨달았는지도 모르지만."

"그게 대체 뭔데요?"

노아가 진지한 표정으로 이카루스를 바라봤다.

"글쎄다. 여기 있는 동안 네가 그걸 찾으면 좋겠구나."

이카루스는 실망스러웠다. 왜 노아는 매번 재깍재깍 답을 못 해주는 걸까? 어째서 자꾸 나더러 뭘 찾으라거나 생각하라는 걸까? 그런 건 AI 비서가 할 일인데.

"그건 나중에 차차 하기로 하고 일단 한번 먹어 보렴."

노아가 권했다. 그래도 이카루스가 좀처럼 경계심을 풀지 않자, 노아는 '가상 현실에서 특이한 체험해 보는 거라 치고.'라고 덧붙였다.

이카루스는 마지못해 다른 이들처럼 끝이 둥그런 물체를 들고 제 그릇 속에 담긴 액체를 떠서 입안에 넣었다. 걸쭉한 액체가 목구멍을 타고 흘렀다. 익숙한 닭고기 맛이 입안에 가득 퍼졌다. 이카루스가 잘 아는 맛인데도 노아가 만든 치킨 수프는 알약으로 맛본 치킨 수프와는 뭔가 조금 다른 것 같았다. 왜인지는 모르지만 지금 먹는 수프가 어쩐지 더 맛있게 느껴졌다. 치킨 수프란 게 이렇게 맛있는 거였던가? 이제껏 맛본 치킨 수프 중에서 제일 맛이 좋은 것 같았다.

"어때?"

이브가 물었다.

"맛있어!"

이카루스의 대답에 노아도 만족스러운지 씩 웃었다.

"내가 말했잖아. 최고라고."

이브도 기쁜 듯했다. 이카루스는 이브가 '숟가락'이라고 가르쳐 준 물체를 부지런히 제 입으로 가져갔다. 한 번도 해 본 적이 없는 그 행동이 어딘지 모르게 익숙했다. 태어날 때부터, 아니 그보다 훨씬 오래전부터 제 몸 어딘가에 기억으로 아로새겨져 있는 것 같았다.

"다른 것도 좀 먹어 봐."

이브가 테이블 한가운데 놓인 커다란 그릇을 가리켰다. 안에는 구운 고기와 채소 샐러드가 담겨 있었다. 알약 맛을 선택할 때 메티스가 이미지로 보여 줘서 이카루스도 그게 뭔지는 알지만, 실물로 본 건 처음이었다.

"직접 키운 거라 신선해."

"직접? 전부 다?"

이카루스의 말에 이브는 웃음을 터뜨렸다.

"전부는 아니고 채소만. 고기는 얻어 왔어. 소랑 돼지, 양, 닭을 키우는 곳이 있거든."

"그것들이 실제로 있다고?"

이카루스는 또 깜짝 놀랐다. 멸종된 줄 알았던 인간과 개에 이어 이제는 소, 돼지, 양, 닭도 살아 있다고 한다. 대체 내가 모르는 게 얼마나 많은 거지? 자신이 알고 있는 세상 너머에 또 다른 세상이 존재한다는 걸 막 발견한 기분이었다.

"인간한테 꼭 필요한 동물이잖아. 지구에서 데려온 동물들을 번식시키고 복제해서 계속 개체 수를 유지했어. 애덤도 생물 복제 일을 하고 있고."

메티스가 곁에 있었으면, 하고 이카루스는 다시 한번 생각했다. 번식, 복제 전부 이카루스가 처음 들어본 말이었다. 하지만 애덤 앞에서 모른다는 말을 해서 다시 바보 취급당하고 싶진 않았다. 나중에 이브나 노아에게 물어봐야겠다고 다짐했다.

"그럼 이 채소는 네가 직접 키운 거야?"

채소를 제 그릇으로 덜면서 이카루스가 물어도 괜찮을 것 같은 걸 골라 질문했다. 아삭아삭 씹히는 샐러드도 신선하다 못해 달게 느껴졌다. 알약으로 먹을 때와는 또 다른 느낌이었다.

"응. 지하에 식물 재배 공간이 있어. 콜로니에선 다들 그렇게 해서 채소를 먹거든. 보고 싶으면 구경시켜 줄게."

"꼭 보고 싶어."

이카루스는 가슴이 조금 설렜다. 콜로니에 와서 처음으로 여기도 그리 나쁜 곳이 아닐지도 모른다는 생각이 들었다. 가상 현실에서나 보던 푸릇푸릇한 식물을 직접 볼 수 있다니. 그건 메타버스 익스플로어로 노는 것보다 더 재미있을 것 같았다. 하지만 이카루스의 가슴을 설레게 한 건 그것만은 아니었다. 이브와 그곳을 함께 거닐 걸 생각하니 가슴에 드리웠던 갑갑함이 서서히 걷히고 대신 기대감이 조금씩 부풀기 시작했다.

푸들이 식탁으로 다가와 이카루스를 향해 낑낑거렸다. 자기한테도 달라고 조르는 것 같았다. 이제껏 한 번도 그런 적 없었는데. 하긴 이카루스가 음식을 먹질 않았으니 여태껏 푸들의 이런 모습을 못 본 것인지도 몰랐다.

"버릇없이 키웠네."

애덤이 그렇게 말하면서도 고기 조각을 조금 떼서 푸들 입에 넣어 줬다. 푸들은 기쁜 얼굴로 받아먹더니 다시 달라는 듯 애덤에게 꼬리를 흔들었다. 이브가 말했다.

"이름이 푸들이래."

"푸들? 무슨 이름이 그렇게 바보스러워?"

애덤은 웃음을 터뜨렸다.

"뭐가 바보스러운데?"

기분이 나빠진 이카루스가 물었다.

"푸들한테 푸들이라고 부르는 건 럭키를 셰퍼드라고 부르는 거나 마찬가지잖아."

"셰퍼드?"

이카루스가 고개를 갸웃했다.

"이거야, 원. 다섯 살짜리 꼬마랑 얘기하는 것도 아니고. 아니, 다섯 살짜리 꼬마도 너보단 말이 더 잘 통하겠다."

혀를 끌끌 차는 애덤을 이브와 노아가 나무라는 눈초리로 바라봤다.

"푸들은 로봇이야."

화제를 바꾸고 싶었는지 이브가 말을 꺼냈다.

뜻밖이었는지 애덤이 푸들을 들어 올려 요리조리 살펴봤다. 애덤 품에 안긴 푸들은 먹이를 더 안 주나 하는 눈빛으로 올려다보며 꼬리를 살랑거렸다. 한참 들여다보던 애덤이 감탄한 표정을 지었다.

"그래? 진짜처럼 잘 만들었네. 하지만 가짜는 뭐가 달라도 달라. 결국엔 표가 날 수밖에 없어."

무슨 생각에서인지 애덤이 이카루스를 똑바로 쳐다보며 말했다.

"애덤, 그만 좀……."

애덤을 저지하려는 이브를 앞질러 이카루스가 말했다.

"진짜는 뭐고 가짜는 뭔데?"

"뭐?"

애덤이 허를 찔린 표정을 지었다.

"푸들이 진짜랑 똑같다면서. 개랑 똑같이 생기고 똑같이 행동하는데 어째서 콜로니에서 태어나면 진짜고, 공장에서 태어나면 가짜가 되는 거야?"

따지려는 게 아니라 이카루스는 진짜로 궁금했다. 클레오는 올림푸스에서 태어난 게 특권이라고 했다. 그래서 힘든 일을 하지 않아도 된다고. 그런가 하면 푸들은 진짜 개와 똑같은데도 생산 공장에서 태어나 '가짜'라는 말을 듣는다. 그토록 태어난 곳이 중요한 걸까? 왜 태어난 곳에 따라 어떤 건 진짜가 되고, 어떤 건 가짜가 되는 걸까?

"이런, 다섯 살짜리한테 한 방 먹었네."

할 말을 찾던 애덤이 피식 웃었다.

"난 다섯 살이 아니라 스물다섯 살이야. 너랑 나이 같아."

이번엔 고기를 덜면서 이카루스가 쏘아붙였다.

"스물다섯 살이나 먹어서 그렇게 아무것도 모른단 말이지? 대체 어떻게 살아야 너처럼 되는 건데?"

애덤이 지지 않고 비아냥거렸다.

"넌 일도 안 하지? 하긴 이래서야 무슨 일을 하겠어. 종일 빈둥거리는 게 다지? 그렇게 호강에 겨운 생활을 하다가 지겨워 이젠 우울하시다고? 너 같은 건……."

묵묵히 듣고만 있던 노아가 소리쳤다.

"그만! 애덤, 이카루스는 우리 집에 온 손님이다. 넌 손님에 대한 예의를 잊어버린 것 같구나. 사과하렴."

"사과요? 제 말이 틀렸어요?"

애덤이 버럭 짜증을 내며 의자에서 일어섰다. 그대로 자리를 뜬 애덤은 어딘가로 사라졌다. 아마 제 방으로 간 것 같았다. 조금 뒤 '쾅' 문 닫는 소리가 들렸다.

"미안하다. 이런 모습 보여 주려 한 게 아니었는데."

노아가 겸연쩍은 얼굴로 대신 사과했다. 이카루스는 괜찮다는 표시로 고개를 저었다. 셋은 묵묵히 식사를 계속했다.

"이카루스는 좋아하는 게 뭐야?"

어색한 분위기를 깨고 싶었는지 이브가 문득 밝은 목소리로 물었다.

"좋아하는 거?"

이카루스가 잠시 생각했다. 메티스가 곁에 있었더라면 대신 말해 줬을 텐데. 이카루스님이 좋아하시는 건 무엇무엇입니다, 라고.

"푸들을 좋아해. 그리고……."

"그리고?"

"메타버스 익스플로어도 좋고."

"그것 말곤 없어?"

"일몰 구경하는 거 좋아해."

"나도!"

이브가 눈을 빛냈다. 이카루스는 다시 가슴이 설렜다. 이브와 공통점이 하나 더 생긴 것 같아 기뻤다.

"넌 뭘 좋아하는데?"

용기를 얻은 이카루스가 물었다.

"식물 가꾸는 게 좋아. 맛있는 거 먹는 것도 좋아하고. 하지만 제일 좋아하는 건 책 읽는 거야."

"책?"

이카루스가 눈살을 찌푸렸다. 기껏 발견한 이브와의 공통점이 뒤로 밀려나고 차이점이 더 드러나는 것 같았다.

"그런 걸 봐서 뭐 해?"

이카루스가 물었다.

"몰랐던 걸 알 수 있으니까."

"내가 살던 곳에선 메티스가 다 알려줬어."

"AI 비서 말이지? 그거랑 읽어서 아는 거랑은 달라."

"어떻게 다른데?"

이브는 한동안 생각에 잠겼다가 입을 열었다.

"네가 살던 곳에서 먹던 알약이랑 진짜 치킨 수프랑 비교해 보니 어때? 똑같아?"

이번엔 이카루스가 생각에 잠겼다. 아니, 똑같지 않다. 뭔가가 달랐다. 그 뭔가를 콕 집어서 말할 순 없지만. 가상 현실에서 푸들을 닮은 개와 노는 것과 현실에서 푸들을 안고 노는 것의 차이 같았다.

"달라."

이카루스가 솔직하게 대답했다.

"그렇지? 게다가 책을 읽으면 다른 세계로 갈 수 있다고."

이브가 의기양양하게 말했다.

"다른 세계? 메타버스 익스플로어처럼?"

귀가 솔깃해진 이카루스가 이브 쪽으로 몸을 기울였다.

"그게 뭔지는 모르겠지만 상상을 하면 그런 것 없이도 어디든 갈 수 있어."

"상상으로……?"

이해가 잘 가지 않아 이카루스는 고개를 갸웃거렸다. 이브가 좋은 생각이 떠올랐는지 이카루스에게 바짝 다가앉아 속삭이듯 말했다.

"이렇게 하는 건 어때? 너한테 글을 가르쳐 줄게. 어쩌면 너도 좋아할지 몰라."

"글을 가르쳐 준다고?"

이카루스는 멍하니 이브가 한 말을 따라 했다. 그런 걸 배워도 올림푸스로 돌아가면 아무 쓸모가 없어질 텐데. 수고스럽게 왜 그런 걸 해야 하지?

하지만 한편으론 그다지 나쁜 일은 아닐 것 같았다. 글을 배우면 이브와 공통점이 또 하나 더 늘어난다. 이브가 다른 세계로 갈 수 있다고 한 상상이란 걸 이용하면 빨리 이곳을 떠나 집으로 돌아갈 수 있을지도 모른다. 무엇보다 이브가 글을 가르쳐 줄 동안 곁에 있을 수 있다는 생각에 이카루스는 가슴이 설렜다.

"어때? 배울래?"

답을 기다리는 이브에게 이카루스는 고개를 끄덕였다.

식사를 마친 후 이브는 이카루스를 지하 식물 재배원으로 데려갔다. 발을 딛자마자 후덥지근한 공기가 이카루스의 코를 훅 찔렀다. 앞서 안내하던 이브가 뒤돌아보며 말했다.

"좀 덥지? 열대 식물이 잘 자라도록 온도와 습도를 맞춰 놔서 그래. 이 구역을 벗어나면 괜찮을 거야. 더운 곳에 못 사는 식물도 많거든."

이카루스는 멍하니 주변을 둘러보았다. 채소를 키워 먹는 다기에 좁은 곳일 줄 알았는데 예상보다 상당히 넓었다. 애덤과 이브, 노아가 함께 사는 지상 공간보다 오히려 더 넓어 보였다. 발 딛는 곳마다 머리 위에 푸른 잎이 드리워져 있거나, 작은 사각형 통 안에서 푸릇푸릇한 잎들이 자라고 있었다. 물기를 머금은 잎 내음이 싱그러웠다.

"얘는 완두콩이야. 아까 먹은 거 기억나?"

이브가 사각 통 안에서 위로 쭉 뻗어 나온 잎사귀를 가리키며 말했다. 가느다란 줄기 위에 앙증맞은 잎을 틔운 식물들이 한데 모여 있었다.

"완두콩은 동그랗잖아. 여긴 그런 게 없는데."

"그건 열매고. 이렇게 먼저 잎이 나온 다음에 꽃이 피고 열매가 맺히는 거야. 여기 꽃이 보이지?"

이브가 잎 사이에 핀 하얀 꽃을 이카루스에게 보여 줬다.

"아직 활짝 안 폈네. 시간이 지나면 잎이 넓게 벌어질 거야. 그러고 나서 꽃잎이 서서히 오므라들면 길쭉한 꼬투리가 생기지."

"이것처럼?"

이카루스가 비슷비슷한 초록 사이에서 길쭉한 무언가를 가리켰다.

"잘 찾네."

이브는 꼬투리를 떼 내 조심스럽게 껍질을 벗겼다. 길쭉한 껍질 안엔 아까 봤던 초록색 콩 세 알이 사이좋게 몸을 맞대고 있었다.

"우아, 신기하다!"

"그렇지?"

이카루스가 고개를 끄덕였다. 이브가 곁에 있으니 꼭 님프와 가상 현실 속을 여행하는 것 같았다. 하지만 얼굴이 안 보이는 님프보다 표정을 볼 수 있는 이브가 설명해 주는 게 더 좋았다.

"저건 뭐야?"

이카루스의 눈에 초록 풀들 사이 빨간 열매가 열린 게 보였다. 빨간 열매는 콩보다는 훨씬 컸지만, 한입에 들어올 정도로 작았다.

"저건 방울토마토야."

"방울토마토?"

"한번 따 먹어 봐."

이카루스는 손이 닿는 제일 가까운 곳의 열매를 따서 입에 넣었다가 인상을 쓰며 뱉어 냈다. 이브가 깔깔 웃었다.

"왜 하필 덜 익은 걸 골라 먹고 그래. 초록색 말고 빨간색을 먹어야지."

"빨간색?"

"그래. 초록색에서 빨간색으로 바뀔수록 익어간다는 표시거든."

"아……."

이브의 말대로 빨간 열매를 따서 입에 넣었다. 이번에도 약간 시큼하긴 했지만, 아까만큼 못 먹을 정도는 아니었다.

"먹을 만하지?"

이카루스는 고개를 끄덕였다.

"이런 걸 키워서 먹는다니, 신기하다."

이브가 이카루스의 말을 이해한다는 듯 말했다.

"맞아. 식물이 자라는 걸 보면 늘 신기해. 요만한 씨앗이 용케도 커서 꽃도 피우고, 열매도 맺는구나 싶어서."

이브는 이카루스를 데리고 곳곳을 보여 줬다. 이건 장미, 저건 바이올렛, 여긴 호랑이풀, 저긴 말굽버섯……. 어떤 건 보기에 아름다워서, 어떤 건 먹을 수 있어서, 또 어떤 건 몸이 아플 때 효과가 있어 키우는 거라고 했다. 각각의 식물들이 가장 잘 자랄 수 있도록 식물들이 좋아하는 온도와 습도를 설정해 구획마다 관리하고 있다고 이브는 덧붙였다.

"사실 식물이 잘 크려면 흙이랑 물, 햇빛이 제일 중요한데 여긴 지구와 다르니까 환경을 비슷하게 맞추는 게 제일 어려워. 물은 여기도 있으니까 우선 지구에서 가져온 흙에다 심어서……."

한참 설명하던 이브는 갑자기 이카루스를 보더니 말을 멈췄다. 이브가 겸연쩍은 표정으로 물었다.

"미안해. 지루했지? 식물 얘기만 나오면 이런다니까. 애덤도 듣다 지겨워해."

"난 하나도 안 지겨워."

이카루스가 말했다.

"정말?"

"정말."

진심이었다. 잘 이해는 안 돼도 식물 키우는 얘기를 할 때 이브는 일몰을 닮은 푸른 눈동자가 반짝반짝 빛나는 게 보통 때보다 훨씬 더 예뻐 보였다.

"여긴 다들 지하에 이렇게 큰 재배 공간이 있는 거야?"

"설마."

이브가 다시 웃었다.

"대부분은 완두콩이나 방울토마토, 브로콜리, 상추 정도만 키워. 그게 제일 키우기 쉽거든. 요리에도 자주 쓰이고."

"그런데 왜 네 공간은 이렇게 커?"

이카루스가 물었다.

"식물을 키우는 건 내 일이니까."

"일이라고?"

"그래."

조금 좁혀졌던 이브와의 거리가 금세 다시 벌어진 것 같았다. 일은 이카루스로선 이해할 수 없는 영역이다. 자신은 하지 못한, 아니 해서는 안 됐던 것. 인간들이 고통스러워했고, 하지 않는 게 특권이라는 그것. 하지만 메티스나 클레오의 설명과는 달리 일을 이야기할 때 이브는 신이 난 표정이었다.

"일을 좋아하나 보네."

"응, 좋아해."

이브가 고개를 끄덕였다.

"다들 일은 하기 싫은 거라던데. 인간들은 모두 일을 싫어했다면서."

"너도 그렇게 생각해?"

이카루스는 슬그머니 이브의 시선을 피해 제 발끝을 바라보았다.

"그런 거 안 해봐서 모르겠어."

클레오는 일을 안 하는 게 올림푸스 신의 특권이라고 했지만, 이카루스는 자기 일을 좋아하는 이브 앞에서 일해 본 적이 없다고 말하는 게 어쩐지 창피하게 느껴졌다.

"사실 일을 좋아하는 사람보다 싫어하는 사람이 더 많을 거야."

이브가 이카루스를 이해한다는 투로 말했다.

"계속 같은 걸 반복해서 의무적으로 해야 해서?"

이카루스가 전에 메티스에게 들었던 말을 읊었다.

"아마 그것도 이유 중 하나겠지."

"그런데 넌 왜 일이 좋아?"

"힘들지만 보람도 있거든."

"보람? 그게 뭔데?"

이브에게마저 바보 취급당할까 봐 내심 걱정스러웠지만, 이카루스는 솔직하게 물었다. 이브는 뭐라고 설명할까 한참 고민하는 눈치였다.

"음……. 기분 좋은 느낌?"

이브의 설명에 이카루스는 조금 실망했다. 그거라면 푸들과 놀거나 맛있는 알약을 먹어도 된다. 굳이 힘들다는 일을 할 필요가 없다. 역시 일을 안 하는 건 특권이 맞는 건가. 이카루스의 반박을 들은 이브가 말했다.

"그런 기분 좋은 느낌이랑 달라. 줄곧 꽃이 안 피던 식물이 어느 날 갑자기 꽃을 피우면 '아, 내가 얘를 꽃피게 했구나.' 싶어서 기분이 굉장히 좋거든."

이카루스로선 역시나 이해가 가지 않는 말이었다. 이브가 아리송한 이카루스의 얼굴을 보며 말했다.

"안 되겠다. 아무래도 직접 해봐야 느낄 수 있을 것 같아. 내가 너한테 일을 하나 줄게."

"일?"

이카루스가 눈을 반짝 떴다.

"그래. 일."

"내가 할 수 있는 일도 있을까?"

클레오처럼 환자를 돌보거나, 메티스처럼 뭐든지 척척 알아서 처리하는 일은 절대로 못 할 것 같은데. 태어나 처음으로 자신이 무능하다는 생각이 들어 이카루스는 풀이 죽었다. 이브가 이카루스를 격려하듯 힘주어 말했다.

"당연히 있지. 우선 식물에 물 주는 것부터 해 보지 않을래? 그거라면 너도 할 수 있을 것 같은데."

"물 주는 거?"

이카루스가 미심쩍은 얼굴로 되물었다.

"그래. 어떤 식물에 얼마마다 한 번씩 얼마나 물을 줘야 하는지 가르쳐 줄게. 혹시 상태가 안 좋은 식물이 보이면 나한테 알려 주고."

그 정도라면 자신도 충분히 할 수 있을 것 같다는 생각이 들었다.

"할래. 그런데 그것도 일이라고 할 수 있어?"

"그럼. 중요한 일이지. 우리한테 꼭 필요한 식물을 보살피는 건데."

"반복적이고, 의무적으로?"

"그래."

"힘들지만 기분도 좋아지는?"

"맞아."

이브가 활짝 웃었다. 이카루스도 이브를 마주 보며 웃었다. '그래, 기왕 이렇게 된 거 해 보는 거야. 어차피 여기선 달리 할 것도 없으니까.' 이카루스는 그렇게 다짐했다. 처음 '일'이란 걸 한다고 생각하니 긴장이 안 되는 건 아니었지만, 매일 아침 일어나야 할 이유가 있다는 생각에 살짝 흥분되기도 했다.

"그럼 글 배우는 거랑 일하는 거 내일부터 당장 시작하기다?"

이브가 못 박듯 물었다.

"시간이 잘 가겠네."

이카루스가 대답했다. 어쩐지 가슴이 벅찬 느낌이었다. 그러고 보니 여기 온 이래 클레오가 '우울증'이라고 진단했던 불편한 감정을 한 번도 느낀 적이 없다는 걸 깨달았다. 두렵고 걱정스럽긴 했지만, 그건 올림푸스에서 줄곧 느꼈던 나른한 어두움과는 다른 감정이었다. 하지만 만약 굳이 골라야만 한다면, 이카루스는 올림푸스에서 느낀 우울함보다는 이곳에서의 두려움을 선택할 것 같았다.

'벌써 치료되기 시작한 건가.'

이브의 환한 얼굴에 가슴 설레며, 어쩌면 클레오가 자신을 여기에 보낸 것이 옳은 선택이었는지도 모르겠다고 이카루스는 생각했다.

* * *

이카루스가 콜로니로 오고 나서 2주가 흘렀다. 이카루스는 이곳에서 날짜가 가는 걸 처음으로 스스로 확인하게 됐다. 그전까지는 궁금한 건 메티스가 다 알려준 데다, 굳이 시간이 흐르는 걸 확인할 필요가 없었으니까. 모든 날이 비슷비슷했고, 반드시 해야 할 일도 없었다.

하지만 이제는 제 할 일을 거르지 않기 위해 잊지 않고 날짜를 잘 확인해야 했다. 이카루스는 이브가 가르쳐 주는 대로 매일 꼬박꼬박 식물에 물을 줬다. 잎이 시들거나 누렇게 뜨는 게 없는지 식물 재배원 이곳저곳을 돌아다니며 꼼꼼히 살폈다.

이브는 성실하고 관찰력이 좋다고 이카루스를 칭찬했다. 자신이 노력해서 한 일로 누군가에게 칭찬을 받아 본 건 태어나 처음이었다. 그때 이카루스는 그전까지는 한 번도 경험하지 못했던 감정을 느꼈다. 자신이 자랑스럽기도 하고, 더 잘하고 싶다는 묘한 흥분감이었다. 이후로도 이카루스는 그런 감정을 제법 자주 느꼈다. 자신이 물을 준 식물에 예쁜 꽃이 피거나 열매가 맺혔을 때. 혹은 시들시들 죽어가던 식물이 생기를 되찾았을 때. 이브가 말한 일의 '보람'이 어떤 것인지 조금은 알 것 같았다.

노아네와 함께 사는 생활에도 제법 익숙해졌다. 첫날 이후 애덤은 이카루스에게 화를 내지 않았다. 아마도 노아나 이브에게 단단히 한소리 들은 모양이었다. 그렇다고 상냥해졌다고 할 순 없지만, 적어도 더는 식탁을 박차고 나가거나 하는 무례한 행동은 하지 않았다. 이카루스에게 데면데면할 지언정 적당한 거리와 예의를 지켰다. 이카루스도 그런 관계에 딱히 불만이 없었다.

인간들은 매일 세 번씩 모여 식사했다. 이카루스도 매번 그들과 자리를 함께했다. 어느새 이카루스는 식사 시간을 좋아하게 됐다. 별로 말수가 없는 노아지만 그 자리에선 다른 이들에게 다정하게 말을 걸고 하루가 어땠는지 물어봤다. 애덤과 이브는 저녁마다 그날 있었던 일을 얘기했다. 자신이 알아듣지 못하는 내용이 대부분이었지만, 이카루스는 별로 개의치 않았다. 그들이 대화하고 웃는 모습을 보는 게 기분 좋았으니까. 그 자리에 있으면 눈에 보이지 않는 따뜻한 온기 같은 게 그들을 감싸고 있다고 느꼈다. 그리고 그들과 함께 밥을 먹는 동안만큼은 이카루스도 그 온기 속으로 들어온 것 같았다.

처음엔 낯설었던 음식 먹는 일도 이젠 자연스러워졌다. 때로는 배가 조금 덜 찬 것 같은 느낌이 들거나, 배가 너무 부른 느낌이 들 때도 있었다. 언제나 딱 알맞은 포만감을 줬던 알약과는 달리 이곳에선 스스로 먹는 양을 조절하기 쉽지 않았다. 뜨거운 걸 먹다가 혀를 덴 적도 있었다. 하지만 그 모든 것들이 이카루스에겐 신선했다.

게다가 콜로니에서 먹는 음식들은 예전에 다 맛본 것이

없음에도 어쩐지 더 맛있게 느껴졌다. 노아의 말대로 실물을 보고, 냄새 맡고, 직접 칼로 썰고 숟가락으로 떠서 영양을 섭취하기 때문에 그런 건지도 몰랐다.

물론 그렇다고 모든 게 다 좋기만 한 건 아니었다. 메티스가 없는 생활은 처음 얼마간은 미칠 듯이 힘들었다. 이브는 그걸 '메티스 금단 현상'이라고 놀렸다. 마음속으로 메티스를 불렀다가 대답이 없어 주위를 애타게 둘러보는 일도 하루에 몇 번씩은 됐다. 메티스 없이 스스로 무언가를 생각하고 해결하는 건 쉽지 않았다. 그래도 노아와 이브가 참을성 있게 대답을 기다려 주고 자신을 무시하지 않았기에 이카루스도 시간이 다소 걸릴지언정 차츰 스스로 생각해 답을 찾는 방법을 배우게 됐다.

매일 밤 처음 경험해 보는 피로감을 느끼며 잠자리에 든다는 것도 콜로니에 온 뒤 생긴 변화였다. 넓은 식물 재배원을 걸어서 돌아다니는 건 제법 힘들었다. 일을 시작한 첫날 걸은 걸음 수가 이카루스가 이제껏 살아오며 걸은 걸음 수를 전부 합친 것보다 더 많을 것 같았다.

이따금 이카루스는 이브가 요리하는 것도 거들었다. 왜 이렇게 비효율적인 걸 하나 싶을 때도 있었지만, 각각의 재료가 이브의 손을 거쳐 근사한 요리가 되는 걸 보는 게 신기했다. 생전 처음 해 보는 육체노동인지라 잠자리에 들 무렵

이면 온몸이 뻐근할 때도 있었다. 하지만 그 피로가 이카루스는 그리 싫지 않았다.

  글을 가르쳐 주기로 한 첫날, 이브는 품에 뭔가를 한 아름 안고 이카루스의 방으로 왔다. 글자가 적힌 책과 아무것도 적히지 않은 책이었다. 이브는 아무것도 적히지 않은 책을 '노트'라고 했다.
  "내가 쓴 것 그대로 따라 써 봐."
  이브는 '펜'이라고 부른 걸로 노트에 이카루스가 읽을 수 없는 글자들을 빼곡하게 적었다.
  이카루스는 익숙하지 않은 자세로 펜을 잡고 이브가 적은 글자를 베껴 썼다. 이브의 반듯한 글자체 아래 이카루스의 비뚤비뚤한 글자체가 나란히 줄을 섰다.
  이브가 글자의 철자를 하나씩 소리 내서 읽어 준 다음 이카루스에게 혼자 한번 읽어 보라고 했다. 이카루스는 그리 어렵지 않게 이브가 일러 준 철자들을 대충 다 맞게 읽을 수 있었다.
  "잘하는데? 머리는 좋구나."
  이브가 조금 의외란 듯 말했다. 이브의 표정이 다소 마음에 걸리긴 했지만, 칭찬을 들은 이카루스는 기분이 좋아졌다.

"자음과 모음만 알면 이걸로 모든 단어를 다 표현할 수 있어."

"모든 단어를 표현한다고?"

제대로 이해가 안 가 이카루스는 이브를 멀거니 쳐다봤다. 이브는 어떻게 설명해야 할까 생각하는 듯 잠시 고개를 숙이고 망설이다 이카루스의 발치에 앉아 장난치는 푸들을 보더니 뭔가 생각났는지 고개를 들었다.

"개를 써 봐. 개는 ㄱ, ㅐ야."

이카루스가 기억을 더듬어 노트에 철자를 썼다.

"잘했어! 그럼 푸들을 써 봐. ㅍ, ㅜ, ㄷ, ㅡ, ㄹ."

이카루스가 쓴 걸 확인한 이브가 환한 표정으로 칭찬했다. 이카루스는 갑자기 눈앞이 밝아지는 기분이었다. 푸들을 이렇게 글자로 표현할 수 있을지는 예전에 미처 몰랐다. 그렇다면 다른 것들도 마찬가지일 터였다. 자음과 모음만 알면 모든 단어를 다 표현할 수 있다는 이브의 말이 이해되기 시작했다.

"내 이름은 어떻게 쓰는 거야?"

"ㅇ, ㅣ, ㅋ, ㅏ, ㄹ, ㅜ, ㅅ, ㅡ."

이카루스는 철자를 적은 뒤 노트에 적힌 제 이름을 한동안 빤히 쳐다보았다. 수도 없이 불렸던 이름이지만 노트에 쓰고 보니 마치 처음 접하는 이름 같았다. 내 이름이 이렇게 생겼다니.

흥분한 이카루스는 닥치는 대로 생각나는 단어의 철자를 이브에게 물었다. 이브, 노아, 나무, 꽃, 음식, 일몰, 메티스……. 이브는 참을성 있게 하나씩 철자를 말해 줬다.

얼마나 시간이 지났을까. 이카루스는 펜을 쥔 손이 얼얼해졌다. 노트는 어느새 빈틈을 찾기 어려울 정도로 이카루스의 삐뚤빼뚤한 글씨가 여백을 가득 메우고 있었다.

"눈에 보이는 건 다 글자가 되는구나."

이카루스는 자기가 쓴 걸 내려다보며 중얼거렸다. 뭔가 엄청나게 중요한 걸 막 깨달은 듯한 기분이 들었다.

"눈에 안 보이는 것도 글자가 돼."

이브가 말했다.

"그게 무슨 말이야?"

"예를 들어 사랑이라든지."

"사랑? 그게 뭔데?"

이카루스의 질문에 이브가 낮게 한숨을 쉬었다.

"다시 설명할게. 뇌파나 배고픔 같은 건 보이지 않지만 실제로 있잖아. 그런 것도 다 글자로 표현할 수 있어."

이브는 이카루스에게서 펜을 빼앗아 노트에 'ㅂ, ㅏ, ㅣ, ㄱ, ㅗ, ㅍ, ㅡ, ㅁ'이라고 썼다.

"이게 배고픔이야."

이카루스는 이브가 쓴 글자를 빤히 들여다보았다. 이카루스가 저도 모르게 중얼거렸다.

"글자란 거, 대단한 거였네. 책에 이런 '단어'란 것들이 적혀 있단 말이지?"

이카루스가 새삼스레 벽면을 가득 채운 책을 바라보았다.

"그래. 하지만 단순히 단어만 나열한 건 아니야. 단어를 연결하면 문장이 돼. 책엔 문장들이 잔뜩 적혀 있어."

"문장?"

이브가 책을 한 권 뽑아 들어 책장을 넘겼다.

"위대함을 두려워하지 마라. 어떤 사람은 위대하게 태어나고, 어떤 사람은 위대함을 성취하며, 어떤 사람은 그들에게 위대함을 떠맡긴다."

책에서 고개를 든 이브가 말했다.

"셰익스피어가 쓴 문장이야. 네가 문장의 힘을 이해하게 되면 메타버스 익스플로어 없이도 어느 세계든 여행할 수 있을 거야."

이카루스는 멍하니 이브를 바라보았다. 셰익스피어라는 사람이 쓴 문장도, 방금 이브가 한 말도 무슨 뜻인지 전혀 이해가 가지 않았다.

"미안. 방금 철자 배운 사람한테 너무 어려운 얘기였네."

이카루스의 당혹감을 눈치챈 이브가 말했다. 이카루스는

문득 책에 적힌 내용이 궁금해졌다. 책 안을 가득 메운 글자들이 대체 무슨 말을 하고 있는지 알고 싶었다.

"책엔 아까처럼 어려운 문장만 있는 거야?"

이카루스도 책이 꽂힌 곳으로 다가가 아무 책이나 뽑아 후르르 페이지를 넘겼다.

"꼭 그렇진 않아. 이해하기 쉬운 것들도 많아."

이카루스는 손에 들린 책을 들어 이브에게 보여 줬다.

"흐음……. 이런 걸 읽으려면 얼마나 더 공부해야 해?"

"그건 네가 하기에 달렸지."

이브가 대답하며 책 제목을 흘깃 들여다봤다.

"하지만 그 책은 그렇게 오래는 안 걸릴 것 같은데?"

"진짜?"

이카루스는 알 수 없는 기대감에 갑자기 가슴이 설렜다. 어서 빨리 이걸 읽을 수 있으면 좋겠다고 생각했다. 그러면 뭔가 멋진 일이 생길 것만 같았다.

"어쩐지 너한테 딱 어울리는 책이네."

이브가 웃으며 이카루스에게 뭔가를 건네줬다.

"어릴 적 내가 글 배울 때 쓰던 교본이야. 어디 뒀는지도 잊어버렸는데 어렵게 찾았어."

이카루스가 교본의 페이지를 넘겼다. 닭, 소 같은 그림 옆에 그 그림을 뜻하는 단어가 적혀 있거나, 단어 아래 아까 이브가 가르쳐 줬던 발음 기호가 달려 있었다.

"혼자 공부할 때 써."

이브는 그렇게 말하곤 방을 나갔다. 홀로 남은 이카루스는 교본을 보며 새로 배운 단어들을 하나씩 외웠다. 메티스나 클레오가 봤더라면 기겁했겠지만, 직접 머리를 쓰는 일이 그리 나쁜 일만은 아닐 것 같았다. 제힘을 들여 뭔가를 새로 알게 됐을 때 느끼는 감정은 생각보다 짜릿했다.

문득 이카루스는 자신이 무심코 뽑아 든 책 제목이 궁금해졌다. ㅁ, ㅓ, ㅅ……. 각각의 철자를 읽을 순 있지만 어떻게 발음해야 하는지는 확실하지 않아 이브가 준 교본을 뒤적였다. 끙끙거리다 마침내 모든 단어를 어떻게 읽는지 확인했다.

"……멋진……신……세계"

이카루스가 책 제목을 더듬더듬 읽었다. 조금 전까지 아무런 의미도 없었던 낯선 글자들이 이젠 의미 있게 와 닿았다.

'멋진 신세계.'

이카루스는 속으로 다시 한번 제목을 읊다가 피식 웃었다. 이브가 왜 자신한테 어울리는 책이라고 했는지 알 것 같았다. 어쩌면 지금 자신이 있는 곳도 멋진 신세계일지 모른다는 생각이 들었다.

"내일 저녁에 아크로폴리스에 가 보지 않겠니?"

저녁 식사를 하며 노아가 물었다. 그날 메뉴는 쇠고기 바비큐였다. 콜로니에선 제법 귀한 것인데, 동물 복제 관련 일을 하는 애덤 덕분에 다른 사람들보다 고기를 쉽게 구할 수 있다고 했다.

"아크로폴리스요?"

"콜로니 사람들 모임 같은 거야."

이브가 대신 대답했다.

"원래 한 달에 한 번씩 모이거든."

"다들 모인다고……."

이카루스는 고개를 갸웃했다. '언택트'가 기본 규칙이었던 올림푸스에선 다른 이들과 만날 일이 거의 없었다. 그런데 그렇게나 자주 모이다니.

"모여서 뭘 해요?"

이카루스가 노아에게 물었다.

"준비해 온 음식도 나눠 먹고, 얘기도 하고. 그렇게 서로 안부를 묻는 거지."

"그건 뇌파 감응 메신저로 해도 되잖아요?"

그렇게 물었다가 이카루스는 아차, 싶었다. 콜로니에선 뇌파 감응 메신저를 쓸 수 없지.

"그런 식으로 대화하는 것과는 다를 거다. 다른 사람들과 어울리고 교류하는 것도 사람 사는 재미니까."

하지만 나는 인간이 아닌데, 하고 반박하려다 이카루스는 입을 다물었다. 콜로니에 머무는 동안 해 본 많은 경험이 생각보다 그리 나쁘지 않았다. 어쩌면 이것도 마찬가지일지 모른다는 생각이 들었다.

"갈게요."

"잘 생각했어. 다른 가족들도 많이 올 거야."

이브가 기쁜 듯이 웃었다.

"가족?"

전에도 여러 차례 들었지만 이카루스로선 좀처럼 이해되지 않는 말이었다. 이브는 가족은 대개 엄마, 아빠와 아이들로 구성된다고 했다. 하지만 이카루스는 엄마, 아빠 대목에서부터 막혔다.

"다른 사람들도 좋아할 거다."

이카루스의 대답을 들은 노아가 미소 지었다. 하지만 미소가 노아의 얼굴에 드리운 병색까지 지울 수는 없었다. 이카루스는 자신이 콜로니에 머무르는 짧은 기간 동안 노아가 부쩍 더 늙은 것 같다고 생각했다.

"몸이 안 좋으시면 내일은 집에서 쉬세요."

이카루스와 같은 생각을 했는지 애덤이 말했다.

"쟤는 저희가 알아서 데리고 다닐게요."

애덤이 턱짓으로 이카루스를 가리켰다.

노아는 고개를 흔들었다.

"아니다. 가야지. 앞으로 다들 몇 번이나 더 보겠니."

그 말에 갑자기 식탁 분위기가 침울해졌다. 애덤이 무언가 떫은 것을 씹은 듯한 표정을 하고, 이브는 그늘진 얼굴로 고개를 아래로 떨궜다. 노아만 아무 일 없다는 듯 묵묵히 식사를 계속했다. 노아와 손주들 사이엔 껄끄러운 침묵이 맴돌았다.

어리둥절한 이카루스는 행여 인간들의 심기를 거스를까 봐 눈치를 보며 조용히 입안에 있던 음식물을 삼켰다.

아크로폴리스로 가는 길은 지하에 있었다. 식물 재배원 한쪽 구석의, 있는 줄도 몰랐던 작은 쪽문을 열자, 외부로 향하는 긴 터널이 이어졌다.

넷이서 나란히 걸어갈 만큼 넓진 않았기에 애덤과 이카루스가 앞서서 걷고, 걸음이 느린 노아를 부축한 이브가 조금 뒤처져서 걸었다. 해가 들지 않는 지하는 어두컴컴했다. 애덤은 빛을 비추는 기구로 발밑을 비추며 성큼성큼 걸어갔다. 길이 익숙한 모양이었다.

"어두운데도 잘 찾네."

누구의 도움도 없이 어두운 통로를 헤쳐가는 모습이 놀라워 이카루스는 한마디 했다. 자신이라면 님프나 메티스 없이는 엄두를 못 낼 텐데.

"찾고 말고 할 것도 없어. 어차피 길은 하나밖에 없으니까."

상대를 해 주지 않을 거라 생각했는데, 애덤은 뜻밖에 대꾸를 했다.

"왜 다른 길은 없어?"

애덤의 대답에 용기를 얻은 이카루스가 물었다.

"아마 만들 필요가 없어서였겠지. 아크로폴리스는 원래 방공호였으니까."

"방공호?"

이카루스가 처음 듣는 단어가 또 나왔다.

"사람들이 위험을 피하려고 만든 장소 말이야."

"어떤 위험?"

"원래는 핵폭발을 대비해서 만들었대. 지구에서 벌어진 일을 보고 다들 잔뜩 겁을 먹었으니까."

"핵폭발?"

이것도 처음 듣는 단어였다. 하지만 애덤의 말투에 슬슬 짜증이 배어나기 시작해 선뜻 물어볼 엄두가 나지 않았다.

"정작 핵폭발보다 더 무서운 건 따로 있었지만."

"그게 뭔데?"

이번엔 이카루스가 궁금증을 참지 못하고 물었다.

애덤이 고개를 돌려 이카루스를 똑바로 바라봤다. 손에 든 불빛이 이브와 닮은 얼굴 윤곽을 뚜렷하게 비추었다. 하지만 늘 부드러운 미소를 띤 이브와 달리 애덤의 표정은 냉담했다.

"네가 가장 믿는 것."

'내가 가장 믿는 것?'

뜻밖의 말에 머리가 멍해진 이카루스는 발걸음을 멈췄다. 정신을 차리고 무슨 말인지 더 물어보려고 했을 때는 애덤은 이미 저만치 앞에서 성큼성큼 걸어가고 있었다. 잰걸음으로 애덤을 따라잡는 사이, 갑자기 길이 뚝 끊기더니 널찍한 장소가 나타났다.

천장에서 비추는 은은한 불빛 아래 수많은 인간들이 모여 있었다. 이카루스 또래로 보이는 인간, 그보다 훨씬 어린 인간, 이미 노화라는 병에 걸렸거나 노화가 막 진행되기 시작한 것처럼 보이는 인간……. 그들이 떠드는 소리와 웃음소리가 이카루스가 서 있는 곳까지 전해졌다.

아크로폴리스에 도착한 것이다.

5

낯선 이방인

왁자지껄하던 광장이 한순간 조용해졌다. 그곳에 모인 인간들의 시선이 일제히 자신들 쪽을 향하고 있다는 걸 눈치챈 이카루스는 불편해졌다. 이곳에 괜히 왔다는 생각이 들기 시작했다.

"노아! 어서 오게. 잘 지냈나?"

광장에 모인 무리에서 누군가 이카루스의 등 뒤를 향해 외쳤다. 사람들을 헤치고 나온 건 피부가 검고 머리칼이 하얀 남자였다. 그 역시 얼굴에 주름이 지고 검버섯이 핀 걸 보니 노화를 앓고 있는 환자인 모양이었다. 남자가 불편한 걸음걸이로 노아 쪽으로 다가왔다.

"반갑네, 윌."

노아도 웃으며 남자를 맞았다. 둘이 손을 맞잡더니 가볍게 포옹했다. 이카루스는 조금 떨어져서 둘이 이야기를 나누는 모습을 지켜보았다. 표정이나 말투로 보아 노아와 윌은 꽤 가까운 사이인 모양이었다. 문득 파에톤이 떠올랐다. 제일 가까운 파에톤과도 공동 탁아소를 나온 뒤론 만나거나 신체적 접촉을 한 적이 없었는데.

"이카루스, 잠깐 여기로."

노아가 이카루스에게 손짓했다.

"이쪽은 내 오랜 친구 윌이라네. 윌, 여기는 이카루스."

윌의 얼굴에서 순간 웃음기가 사라졌다.

"안녕하세요."

이카루스의 인사에도 윌은 아무런 대답이 없었다. 마치 할 말을 잊은 것처럼 윌은 이카루스를 빤히 쳐다보았다.

이카루스는 그 시선이 마음에 들지 않았다. 호기심과 혐오감이 동시에 어린 윌의 눈빛은 진귀한 구경거리를 볼 때와 비슷했다. 더는 할 말이 없어진 이카루스는 눈치를 보다 조용히 자리를 피했다.

"저 아이가 그 '신인류'인가?"

등 뒤에서 윌이 노아에게 소곤거리는 목소리가 들렸다. 신인류? 무슨 말이지? 이카루스는 노아의 대답을 기다렸지만, 노아의 대답은 이카루스가 있는 곳까진 와 닿지 않았다.

이카루스는 일행에서 떨어져 나와 하릴없이 혼자 광장을

서성였다. 노아뿐 아니라 애덤과 이브도 아는 인간을 만나 이야기 나누느라 바쁜 모양이다. 광장 한구석엔 긴 테이블이 놓여 있고 그 위에 갖가지 음식이 잔뜩 놓여 있는 게 보였다. 여기 모인 인간들이 가져온 모양이다. 각자 음식을 해 와서 나눠 먹는 게 아크로폴리스 모임의 규칙이라며 지난밤 늦게까지 이브가 요리하던 게 기억났다.

"처음 보는 얼굴이네? 난 낸시야. 넌?"

이카루스 곁에 있던 여자가 말을 걸었다. 키가 작고 살집이 넉넉한 여자였다. 나이는 이카루스보다 조금 더 많을 것 같았다. 곱슬곱슬한 빨간 머리가 주근깨 가득한 동그란 얼굴을 살짝 덮고 있었다.

"이카루스."

이카루스가 쭈뼛거리며 대답했다.

"왜 그렇게 우두커니 서 있어? 저기 접시랑 식기가 있으니 가져다 먹어."

"그래도 돼?"

낸시가 묘한 시선으로 이카루스를 바라봤다.

"넌 꼭 다른 세상에서 온 사람 같다. 어디에 살아?"

이카루스가 대답할 사이도 없이 누군가가 부르는 바람에 낸시는 자리를 떴다. 뭐라 답해야 하나 망설였던 이카루스는 속으로 안도의 한숨을 내쉬었다.

문득 허기가 느껴져 이카루스는 낸시가 일러 준 대로 식기를 가져와 테이블 위의 음식을 퍼담았다. 어떤 건 메티스가 이미지로 보여 준 적 있는 음식이고, 어떤 건 못 봤던 것들이었다. 궁금했지만 처음 만나는 인간들에게 뭐냐고 물어볼 수도 없어 이카루스는 적당히 맛있어 보이는 걸 선택한 뒤 다른 이들처럼 바닥에 주저앉아 음식을 먹었다. 조금 식긴 했지만, 맛은 꽤 괜찮았다.

한참 먹고 있는데 사내아이 하나가 이카루스 조금 떨어진 곳에 다가와 앉았다. 올림푸스에서라면 아직 공동 탁아소를 벗어나지 못했을 정도의 나이로 보였다. 아이는 이카루스 쪽을 힐끔힐끔 쳐다보았다. 가까이 오고 싶은데 혼날까 봐 그러지 못하는 것처럼. 이카루스가 말했다.

"와도 돼."

아이는 반색을 하며 냉큼 쪼르르 곁으로 달려왔다.

"너도 혼자 왔어?"

이카루스의 말에 아이는 고개를 저었다.

"엄마, 아빠랑."

아이가 자주 들어봤던 단어를 입에 올렸다.

"여기 자주 와?"

"응."

아이가 이카루스를 보며 머뭇머뭇했다. 뭔가 할 말이 있는데 할지 말지 망설이는 표정이었다.

"형, 혹시 사이보그야?"

결국 결심한 듯 아이가 물었다.

"사이보그?"

"몰라? 인간이랑 로봇이랑 합쳐진 것."

이카루스가 모르는 걸 눈치챘는지 아이가 설명했다. 이카루스는 어이가 없어서 웃음이 나왔다.

"내가? 로봇이냐고? 왜 그렇게 생각해?"

"어른들이 그러던데? 형은 가짜 인간이라고."

자기를 무시한다고 생각했는지 아이가 조금 언성을 높이며 어딘가를 가리켰다. 이카루스가 고개를 돌리자 이쪽을 쳐다보며 소곤거리던 다 큰 인간들이 이카루스와 시선을 마주치곤 흠칫 놀란 듯 재빨리 고개를 돌렸다.

"가짜라기보단…… 난 인간이 아냐."

이카루스가 말했다.

"그럼 뭔데?"

대답하려는 찰나 누군가 잽싸게 달려와 아이 손목을 잡아끌었다. 이브보다는 나이가 많고 노아보다는 한참 젊어 보이는 여자였다.

"이런 데서 뭘 하고 있어? 더구나 저런…… 거랑."

여자는 경계심이 가득 섞인 눈빛으로 이카루스를 가리키

며 그를 뭐라고 표현해야 좋을지 모르겠다는 듯 말꼬리를 흐렸다. 아이가 여자에게 말했다.

"엄마, 저 형은 인간이 아니래."

"그러니까 말 섞는 게 위험하댔잖아. 어서 와, 빨리!"

여자가 아이를 등 떠밀며 허둥지둥 발걸음을 옮겼다. 한시라도 바삐 이카루스에게서 멀어지고 싶은 것처럼 보였다. 딱히 환영받을 걸 기대한 건 아니었지만 자신에 대한 불쾌감을 역력히 드러내는 여자 반응에 이카루스는 섭섭했다.

"여기 있었구나."

귀에 익은 목소리가 들려 돌아보니 이브였다.

"길 잃어버린 줄 알고 한참 찾았어. 뭘 하고 있었어?"

이카루스가 그릇에 담긴 음식을 가리켰다.

"안 가르쳐 줘도 혼자 척척 잘 찾아 먹네. 제법이야."

이브는 웃으며 이카루스의 그릇에 놓인 샌드위치를 한 조각 가져다 제 입에 집어넣었다.

"배가 찼으면 이리로 와. 곧 공연이 시작될 거야."

"공연?"

이카루스가 엉거주춤 자리에서 일어섰다.

이브를 따라간 곳엔 이미 인간들이 많이 모여 있었다. 한 가운데가 동그랗게 비어 있고, 높이 솟은 계단이 동그란 원 주위를 감싸고 있었다. 인간들은 각자 계단 어딘가에 자리잡고 앉아 아래쪽 원을 쳐다보고 있었다.

"다들 왜 저래? 저기 뭐가 있어?"

'쉿!' 이브가 이카루스를 조용히 시켰다. 잠시 후 큰 북소리가 '둥둥' 울리자, 시끌벅적하던 장내가 조용해졌다. 하얀 불빛이 원을 비추자, 키가 큰 남자 하나가 손에 뭔가를 들고 원 안으로 걸어 들어왔다. 인간들이 일제히 손뼉을 치기 시작했다.

"지금 뭐 하는……."

"조용히 하라니까!"

이카루스는 어쩔 수 없이 입을 다물고 다른 이들처럼 원을 바라보았다. 남자가 한 손에 들고 있던 작은 갈색 물체를 어깨와 목 사이에 괸 뒤 다른 한 손에 든 긴 활로 목에 괸 물체를 비볐다. 활이 물체를 훑고 지나가자 맑은 음이 울렸다. 눈에 보이지 않는 잔잔한 물결이 소리가 되어 실내로 퍼져나가는 것 같았다.

활이 현란한 속도로 움직일 때마다 남자가 내는 음도 다채로워졌다. 빠르고 높은음이 됐다가 한순간 낮고 조용한 음으로 바뀌었다. 바다의 파도가 바람의 세기에 따라 높아졌다 낮아졌다 하는 것처럼 남자가 만드는 음의 파도도 때로는 거세게, 때로는 부드럽게 이카루스의 마음속으로 밀려왔다. 이카루스는 저도 모르게 눈을 감았다.

태어나 처음 들어보는 아름다운 소리였다. 한없이 부드러웠다가 이따금 찌를 듯이 날카롭기도 한 소리는 그 자체로 많은 말을 건네고 있는 것 같았다. 소리에 담긴 말들이 이카루스는 어쩐지 슬프게 느껴졌다.

　남자 다음에 나온 건 세 명의 남녀였다. 남자와 비슷하게 생긴 걸 손에 든 사람도 있었고, 남자가 들고 있던 것과 비슷하지만, 그보다 훨씬 큰 무언가를 두 팔로 감싸고 앉아 있는 사람도 있었다.

　넷이 공연을 시작했다. 조금 전 들었던 부서질 듯 섬세하고 예민한 음에 낮고 중후한 음이 어우러졌다. 넷은 홀로 질주했다가 함께 어우러지기도 하면서 아름다운 음을 만들어 냈다. 저마다 뚜렷하게 다른 음색이 얽혔다가 부서지고, 다시 얽혔다가 부서졌다. 이카루스는 파도에 몸을 내맡기듯 음이 만들어 내는 소리에 마음을 내맡겼.

　한참 뒤 주위를 둘러싼 사람들의 손뼉 소리에 이카루스는 감았던 눈을 떴다. 공연한 사람들이 빛나는 원 안에 모두 모여 지켜보던 사람들을 향해 허리를 굽히고 있었다.

　"벌써 끝난 거야?"

　이카루스가 물었다.

　"응. 어땠어?"

　"아름다웠어."

사실은 그 이상이라고 이카루스는 생각했다. 조금 전 들었던 아름다운 소리가 제 몸 깊숙이 스며든 것 같았다. 어쩐지 오래전부터 간절하게 원했던, 자신이 잃어버린 줄도 몰랐던 무언가를 다시 찾은 느낌이었다. 하지만 그런 느낌을 말로 표현하긴 너무 어려웠다. 이브가 웃었다.

"좋았다니 다행이네."

"콜로니에선 공연이라는 거 자주 해?"

"응. 아크로폴리스에 모일 때마다."

 문득 이곳에 사는 인간들이 부럽다는 생각이 들었다. 올림푸스엔 왜 이런 게 없을까. 돌아가면 메타버스 익스플로어에 메뉴를 추가해야겠다고 이카루스는 다짐했다.

 환하게 켜져 있던 원 안의 불이 꺼졌다. 앉아 있던 인간들이 하나둘씩 일어섰다. 다들 돌아가려는 것 같았다.

"우리도 가자."

 먼저 일어선 이브가 애덤과 노아를 찾아 두리번거렸다. 이카루스 역시 둘의 모습을 찾으려 주위를 둘러보았다. 희미한 어둠 속에서 저만치 멀리 서 있는 노아와 애덤을 발견한 이카루스가 그들 쪽으로 다가가려 했다.

"신인류!"

 어디선가 소곤거리는 목소리가 들렸다. 낮은 목소리는 적대감으로 가득 차 있었다. 이카루스는 한 대 맞은 듯 발걸음을 멈췄다. 재빨리 주위를 둘러보았다. 다들 갈 길이 바빠 이카루스에겐 신경 쓰지 않는 것처럼 보였다. 그럼에도 이카루스는 느낄 수 있었다. 제 주위에 있는 인간들과 자기 사이엔 보이지 않는 벽 같은 게 존재한다고. 그게 자신과 그들을 섞이지 않게 갈라놓고 있다고.

'신인류.' 이카루스는 방금 들은 말을 속으로 되뇌었다. 아까 월도 자신을 가리켜 '신인류'라고 했었다. 당돌한 꼬마는 자기에게 '가짜 인간'이냐고 물었다. 무슨 뜻인지는 정확히 몰라도 아마 콜로니 사람들이 자신처럼 올림푸스에 사는 신들을 가리키는 말인 것 같다고 이카루스는 생각했다.

그런데 애초에 신과 인간은 왜 떨어져 지내게 됐을까? 생김새도 비슷한데. 로봇견도, 볼 순 있지만 만질 수 없는 AI 비서도 올림푸스에서는 다 함께 사는데, 인간만 유독 이런 외진 곳에 사는 것도 생각해 보니 궁금했다. 궁금한 건 또 있었다. 저들은 이카루스의 존재를 아는데, 올림푸스에선 인간이 아직 살아 있다는 걸 아는 신들이 없다.

'왜 그런 거지? 왜 우리는 저들이 살아남은 걸 몰랐지?'

메티스가 곁에 있으면 물어보고 싶었다. 메티스의 존재가 이렇게 아쉽게 느껴진 건 꽤 오랜만이었다. 골똘히 생각에 빠져 있다 보니 노아와 애덤이 보이지 않았다. 그리고 이브도. 당황한 이카루스는 이리저리 고개를 돌려 일행의 모습을 좇았다. 하지만 시선이 닿는 곳 그 어디에도 셋은 보이지 않았다.

'아, 이거 어떡하지.'

왔던 길로 돌아가면 노아의 집을 찾아갈 수 있을지도 모른다. 어차피 길은 하나뿐이라고 애덤이 말했으니까. 가다 보면 어쩌면 자신이 쫓아오지 않는 걸 알고서 다시 이곳으로 돌아오던 누군가와 마주칠 수도 있다.

그래서 이카루스는 아까 왔던 길을 찾아 집으로 발걸음을 옮겼다. 불빛이 없어서인지 지금은 애덤과 함께 왔을 때보다 훨씬 더 어두웠다. 괜히 혼자 돌아가려 했다는 후회가 밀려들었다. 하지만 다시 돌아가려니 기왕 온 게 아깝다는 생각도 들었다. 이러지도 저러지도 못하는데 뒤에서 무슨 소리가 들렸다. 저벅.

'뭐지?'

이카루스는 온몸에 소름이 쭉 돋았다. 어둠 속에서 정체 모를 무언가를 마주치는 것이 이렇게 무서울지 예전엔 미처 몰랐다. 저벅. 이번에도 비슷한 소리가 들렸다. 가만히 귀를 기울이니 누군가의 발걸음 소리였다.

하나가 아니었다. 인간들 여러 명이 등 뒤에서 걸어오고 있는 것 같았다. 혹시 노아 일행 중 누군가가 나를 찾으러 아크로폴리스로 돌아가다가 캄캄해서 나를 못 보고 지나친 걸까? 아직 아크로폴리스에 남아 있는 누군가에게서 내가 혼자 돌아가더라는 말을 듣고 서둘러 뒤쫓아온 걸까?

"노아……?"

뒤돌아서던 이카루스가 불빛에 눈이 부셔 눈을 질끈 감았다. 뒤에서 따라오던 누군가가 이카루스 얼굴에 조명을 들이댄 모양이다.

"어쩌나? 노아 어르신이 아니라서."

낯선 목소리가 들렸다. 이카루스는 겨우 부신 눈을 떠 소리가 들린 쪽을 바라보았다. 맞은편에선 체구가 건장한 남자 다섯 명이 험상궂은 표정으로 자신을 노려보고 있었다.

"누, 누구세요?"

이카루스가 성난 표정을 짓고 있는 남자들을 보며 물었다. 어둡고 낯선 곳에서 자신에게 적대적인 남자들과 마주하니 저도 모르게 목소리가 떨려 나왔다.

"누구냐고? 네가 누군지 먼저 부는 게 몸에 좋을 텐데."

한 남자가 앞으로 나서며 말했다. 키가 크고 어깨가 떡 벌어진 남자였다. 희미한 흉터 자국 아래 빛나는 날카로운 눈빛이 잡아먹을 것처럼 살벌하다고 이카루스는 생각했다.

"내 이름은 이카루스예요."

이카루스가 남자들을 향해 말했다.

"이름을 물어본 게 아니잖아."

몸집이 작고 살집이 있는 다른 남자가 대꾸했다.

"하지만 누구냐고……."

비쩍 마른 또 다른 남자가 이카루스 말을 중간에 잘랐다.

"너, 첩자지?"

"……첩자요?"

"AI한테 여기 콜로니 사정을 보고하러 온 거 아냐?"

비쩍 마른 남자가 답답하다는 듯 언성을 높였다.

"클레오가 날 여기로 보낸 건 맞아요. 하지만 사정 보고니 뭐니 하는 건 몰라요."

"클레오가 누군데?"

살집이 있는 남자가 물었다.

"AI 주치의요. 올림푸스에 있는."

남자들이 묘한 시선으로 서로 눈짓을 주고받았다. 사실대로 솔직하게 얘기했는데 어쩐지 분위기가 더 험해진 것 같아 이카루스는 저도 모르게 몸을 움츠렸다.

"AI가 널 여기로 보냈다고? 그러면 네가 첩자라는 걸 방금 실토한 거네?"

키가 크고 어깨가 떡 벌어진 남자가 이카루스에게 한 걸음 다가왔다. 가까이서 보니 남자는 가슴팍에 무언가를 달고 있었다. 얼굴 정면엔 긴 머리가 흘러내리고 뒤통수 부분은 머리털이 하나도 없는 괴상한 남자의 모형이었다. 발뒤꿈치엔 새의 날개 같은 것이 돋아 있는 남자는 손에 오른쪽과 왼쪽이 똑 닮은 뭐가 뭔지 모를 물체를 들고 있었다.

"왜? 이게 뭔지 알아보겠어?"

이카루스의 시선이 제 가슴팍에 와 닿는 걸 느꼈는지 남자가 물었다.

"그게 뭔데요?"

남자에게 중요한 물건인가 보다 생각한 순간, 이카루스의 얼굴에 갑자기 남자의 주먹이 날아들었다. 무방비 상태로 손찌검을 당한 이카루스는 '헉!' 소리를 내며 바닥에 주저앉았다. 이런 경험을 한 건 태어나 처음이었다. 남자가 때린 곳이 뜨거운 열이 닿은 것처럼 화끈거렸다.

"시치미 떼지 마! 네 눈초리를 보니 이게 뭔지 눈치챈 모양인데!"

"전 몰라요!"

"이게 진짜!"

뚱뚱한 남자가 이카루스에게 발길질을 했다. 옆구리를 걷어차인 이카루스가 제 옆구리를 싸쥐고 신음했다. 이런 고통을 경험한 건 처음이다. 놀라움과 공포와 고통이 뒤섞인 탓인지 온몸이 땀으로 축축하게 젖었다.

"대체 왜 이러시는 건데요!"

이번엔 또 누가 무슨 짓을 할지 몰라 이카루스는 주춤주춤 뒤로 물러섰다.

"아무래도 순순히 불지는 않을 모양이야. 데려가서 실토할 때까지 잡아 족치는 건 어때?"

깡마른 남자가 이카루스에게 손찌검을 한 남자에게 물었다. 손찌검을 한 남자가 그러자는 듯 고개를 끄덕였다. 그러자 다른 이들도 모두 기다린 것처럼 이카루스에게 달려들어 쓰러진 이카루스를 억지로 일으켜 세웠다.

"왜 이래요! 난 아무것도 모른다고요!"

이카루스가 발버둥 쳤다. 하지만 인원수와 힘에서 밀리다 보니 속수무책으로 질질 끌려가는 수밖에 없었다. 겁에 질린 이카루스가 목청을 높였다.

"이러지 마요, 제발!"

"다들 지금 뭐 하는 거야!"

등 뒤에서 애덤의 목소리가 들렸다. 이카루스는 항상 냉랭했던 그 목소리가 지금처럼 반갑게 느껴진 적이 없었다.

"뭘 하는 거냐니. 해야 할 일을 하는 것뿐인데."

손찌검한 남자가 싸늘하게 대꾸했다. 애덤이 성큼성큼 걸어와 사내들 손에서 이카루스를 떼어 냈다.

"앤디, 얘는 아무것도 몰라. 그냥 바보일 뿐이라고."

"어떻게 그렇게 확신하는데?"

앤디가 애덤을 노려봤다.

"한집에서 매일 보는 애야. 첩자 같은 게 될 지능도, 능력도 없어."

"네가 그렇게 믿고 싶은 건 아니고?"

"뭐?"

이번엔 애덤의 눈매가 사나워졌다.

"같이 살다가 정이라도 든 거야? 아니면 여기 생활이 지긋지긋해서 첩자랑 한편이 됐다던가."

"말조심 해! 나도 너희만큼이나 그들을 증오해. 하지만 아무런 상관도 없는 바보한테 화풀이하는 건 아니잖아!"

애덤이 위협적인 목소리로 말했다.

"만약 네 생각이 틀렸다면?"

앤디는 여전히 못 믿겠다는 투였다.

"그때는 쟤를 내 손으로 처리할 거야."

애덤이 단호하게 대답했다. 앤디가 미심쩍은 눈초리로 애덤을 바라보았다. 두 사람의 시선이 팽팽하게 맞부딪쳤다. 먼저 포기한 건 앤디 쪽이었다.

"그렇게까지 말한다면 어쩔 수 없지."

앤디가 제 동료들을 향해 '어서 가자.'라는 눈짓을 보냈다. 사내들은 내키지 않는 표정이었지만, 마지못해 엉거주춤 앤디를 뒤따랐다.

"……고마워."

그들이 시야에서 사라진 뒤 이카루스가 애덤에게 말했다.

"딱히 널 위해서 그런 건 아니야."

애덤이 짤막하게 대꾸했다.

"그럼 왜 그랬는데?"

"잘못도 없는데 험한 꼴을 당하는 건 잘못된 일이니까."

애덤은 그렇게 말한 뒤 등을 돌렸다. 몇 걸음 앞서 걷던 애덤이 문득 이카루스를 뒤돌아봤다.

"오늘 일은 할아버지나 이브에겐 비밀로 해."

"왜?"

"맞고 다닌 걸 알면 걱정할 테니까."

"……하지만."

이카루스가 우물쭈물하자 애덤이 말했다.

"너, 아까 나한테 고맙다고 했지? 정말 고마우면 내가 말한 대로 해."

말을 마친 애덤이 앞서서 성큼성큼 걷기 시작했다. 행여나 이번에도 놓칠까 봐 이카루스는 온몸이 쑤시고 결리는 와중에도 부리나케 애덤의 뒤를 따라갔다.

"뭘 한다고 이렇게 늦게 와? 얼마나 기다렸는데."

저만치 앞에서 이브가 둘을 향해 소리치는 게 들렸다.

"이카루스, 대체 얼굴은 왜 그래?"

서로 얼굴을 마주할 만큼 거리가 좁혀지자 이브가 놀란 표정을 지었다. 이카루스는 입을 열려다 험악한 얼굴로 자신을 쳐다보는 애덤의 시선을 느끼고 고개를 저었다.

"아무것도 아니야. 그냥…… 어두워서 미끄러지다 바닥에 부딪혔어."

다행히 이브는 이카루스가 한 말을 그대로 믿는 눈치였다. 더는 거짓말하지 않아도 돼 다행이었지만, 이카루스는 어딘지 마음 한구석이 찜찜한 걸 지워 버릴 수 없었다.

✳ ✳ ✳

아크로폴리스에서의 사건이 일어난 뒤론 다행히 평온한 나날이 흘렀다. 이카루스는 평상시와 다름없이 매일 식물에 물을 주고 이브에게 글을 배웠다. 하지만 문득문득 아크로폴리스에서 있었던 일들이 떠오를 때면 뭔가 석연치 않은 느낌에 마음이 불편해졌다. 자신을 가리켜 '신인류'라며 숙덕대던 사람들, 자신에게 폭력을 가하던 남자들, 그날 일을 비밀로 하라는 애덤…….

'우울증이 회복되는 줄 알았는데.'

기껏 여기까지 온 게 물거품이 됐다는 생각에 이카루스는 한숨을 쉬었다. 늘 자신을 따라다니던 묘한 언짢음이나 무기력과는 달리, 풀리지 않는 의문은 어느 순간 불쑥불쑥 찾아와 이카루스의 마음에 찜찜한 그늘을 드리웠다.

"이카루스, 잠깐 나와 봐."

이브가 방 안에 우두커니 앉아 있던 이카루스를 불렀다.

"왜 그래, 무슨 일인데?"

"내 친구 리사야."

이브가 제 곁에 있는 여자를 이카루스에게 소개했다. 여자는 피부가 검고 머리칼이 곱슬곱슬했다. 키는 이브보다 한 뼘 정도 작았고, 몸매가 드러나지 않는 품이 넉넉한 옷을 입고 있었다. 하지만 그런 것보다 이카루스의 관심을 끈 건 여자의 품에 안겨 있는 작은 생명체였다.

"······이건?"

"루스예요."

리사가 활짝 웃었다. 아크로폴리스에서 만난 여자와 달리 이카루스를 전혀 경계하지 않는 눈치였다.

"정말 작고 귀엽지?"

이브가 리사의 품에 안긴 생명체에서 시선을 떼지 않고 말했다. 아닌 게 아니라 정말 작았다. 콜로니에 사는 인간들을 작게 줄여 놓은 것 같았다. 게다가 너무도 연약해서 작고 귀엽기만 한 푸들에게도 상대가 안 될 것처럼 보였다.

"만져 봐도 돼?"

이카루스가 리사에게 물었다. 리사가 고개를 끄덕였다. 이카루스는 살며시 루스의 가녀린 팔에 손을 갖다 댔다가 흠칫 놀랐다. 말랑말랑한 감촉이 조금만 힘을 주면 제 손안에서 찌부러질 것 같아서였다. 루스도 이카루스가 낯선지 작은 손과 발을 꼼지락댔다.

"너무 귀엽다."

섣불리 손은 댈 수 없었지만, 이카루스도 루스에게서 눈을 뗄 수 없었다. 이브가 말했다.

"루스는 태어난 지 한 달밖에 안 돼."

이카루스는 예전에 메타버스 익스플로러를 통해 봤던 아기 새가 생각났다. 작은 부리로 알을 깨고 나온 모습에 가슴이 벅찼다. 님프는 그걸 '탄생'이라고 했다.

"얘도 그럼 알에서 태어났어?"

리사가 깔깔대고 웃었다. 엄마가 웃으니 긴장이 풀렸는지 루스도 이카루스를 향해 환하게 웃었다. 티 하나 없는 해맑은 미소였다. 그 미소에 이카루스는 심장이 녹는 것 같았다.

"재밌는 얘길 하네. 인간은 알이 아니라 아기를 낳지."

웃음을 그친 리사가 말했다.

"그럼 아기는 어떻게 만드는데?"

갑자기 말문이 막힌 듯 두 눈을 깜빡거리는 리사를 대신해 이브가 대답했다.

"음, 그거야 아빠랑 엄마가 만들지."

"어떻게?"

그러자 이번엔 이브도 입을 닫았다. 잠시 어색한 침묵이 흘렀다. 그때 마침 루스가 '으앙' 울음을 터뜨렸다. 리사는 난감한 상황에서 잘됐다는 듯 아기를 안고 종종걸음으로 어디론가 달려갔다.

"저 아기는 리사 거야?"

어색한 분위기를 깨기 위해 이카루스가 물었다.

"리사 거냐고 물으면 좀 그렇지만…… 리사가 루스의 엄마인 건 맞아."

이브가 애매하게 대답했다. 이카루스가 물었다.

"아까 보니까 아기를 되게 좋아하던데?"

"누가 안 좋아하겠어. 저렇게 작고 귀여운데."

"너도 아기가 갖고 싶어?"

"아마도. 언젠가는."

"나도 갖고 싶어."

이카루스의 대답에 이브가 놀란 표정을 지었다. 이브가 왜 저런 표정을 짓는지는 이해할 수 없었지만, 이카루스는 진심이었다. 아기의 따뜻한 온기와 연약하고 보드라운 살결이 사랑스러웠다. 게다가 그렇게 해맑게 웃기까지 하다니. 저런 사랑스러운 생명체를 구할 수만 있다면 계속 곁에 두고 싶었다.

"엄마랑 아빠가 있으면 아기를 만든댔지? 그럼 엄마, 아빠는 어디서 구해? 그것도 닭이나 돼지처럼 복제해서 키우는 거야?"

"엄마, 아빠는 그런 게 아니야."

이브가 한숨을 쉬며 대답했다.

"그게 아니면 뭐야?"

"그건……."

이브는 말하기 곤란한 듯했다.

"뭔데? 대답해 줘."

이카루스가 독촉했다.

"남자랑 여자랑 만나서……."

"만나서?"

"서로 사랑을 하면 아기가 생겨. 그럼 아기를 만든 남자랑 여자는 아기의 아빠, 엄마가 되는 거야."

이브가 또다시 알 수 없는 말을 했다.

"사랑이라고? 그게 뭔데?"

"……누군가를 많이 좋아하는 거."

"넌 노아랑 애덤을 많이 좋아하잖아. 노아랑 애덤도 마찬가지고."

"그런 게 아니라!"

이브가 뭔가를 반박하려는 듯 목소리를 높였다.

"그리고 나도 널 많이 좋아하는데."

그 말에 화들짝 놀란 듯 이브는 이카루스의 시선을 피해 고개를 돌렸다.

"그럼 너랑 나도 인간을 만들 수 있는 거야?"

이브의 얼굴이 순간 빨갛게 달아올랐다.

"그건……."

"답답해, 말 좀 해 줘!"

"그 사, 사랑이라는 게……."

어쩔 수 없다고 생각했는지 이브는 난감한 표정으로 더듬거리며 설명했다.

이카루스는 이브를 빤히 쳐다보며 대답을 기다렸다.

"많이 좋아하면 늘 곁에 있고 싶고, 그러면 만지고 싶고, 그러고 나면……."

"섹스하는 거야?"

이카루스가 기다리다 못해 이브의 말을 도중에서 툭 끊었다. 이브는 놀란 얼굴로 이카루스를 바라보았다.

"너, 섹스를 알아?"

"응, 많이 해 봤는데."

이카루스는 대수롭지 않게 대답했다. 이카루스도 한때 섹스 로봇을 들였던 적이 있다. 메티스가 어쩐지 탐탁지 않게 여기는 눈치인데다, 제우스와 달리 별 매력을 못 느껴서 금방 주문한 곳으로 돌려보냈지만. 가상 현실에서도 예쁜 여자들을 많이 만났었다. 그들과 섹스하는 건 짜릿하고 기분이 좋았지만, 그건 이브가 말한 것처럼 '사랑'해서 그런 건 아닌 것 같았다. 단지 한 번씩 견딜 수 없이 섹스가 하고 싶어졌기 때문이다. 일단 하고 나면 얼마간은 섹스를 하고 싶다는 욕망을 느끼지 않았다.

클레오는 그게 지극히 당연한 일이라고 했다. 몸이 원하는 일이고, 욕망을 억누르면 오히려 병이 된다면서. 로봇이나 가상 현실에서 하는 섹스는 '안전'해서 병에 걸릴 일도 없다고 했다. 이카루스가 아는 한, 올림푸스에선 누구나 메타버스 익스플로어를 이용하듯 가볍게 섹스를 즐겼다.

"겨우 그런 걸로 인간이 생긴다고?"

이카루스는 저도 모르게 너털웃음이 나왔다. 그런 의미 없는 행동으로 이브나 다른 인간들이 세상에 나왔다고 생각하니 어이가 없었다.

'혹시 나도 모르는 사이 인간을 만들진 않았겠지?'

문득 그런 생각이 머리를 스쳤지만, 이카루스는 속으로 금방 고개를 내저었다. 자신과 섹스했던 이들은 가상 현실 속 캐릭터이거나 로봇이었으니까. 게다가 자신 역시 인간은 아니니까.

머릿속을 휘젓는 황당한 생각들을 떨치고 이브를 바라보니 이브는 조금 전과 다른 얼굴을 하고 있었다. 아까까지는 불편한 표정이었다면, 지금은 어쩐지 화가 난 것 같았다.

"왜 그래? 어디 아파?"

"아무것도 아니야."

이카루스의 물음에 이브가 뾰로통하게 대답했다. 기분이 상한 게 분명했다. 이카루스는 영문을 알 수 없었다. 왜지? 전에는 내가 뭘 알아차리면 기뻐하며 칭찬해 줬는데. 혹시 자기가 가르쳐 줄 수 없는 거라 기분 나빴나?

"혹시 넌 섹스 안 해 본 거야?"

이카루스가 이브의 눈치를 보며 슬쩍 떠봤다. 이브의 얼굴이 한층 더 빨개진 것 같았다. '아, 맞구나.' 이카루스는 자신이 제대로 짚었다고 생각했다.

"그거 별거 아닌데. 원한다면 내가 가르쳐 줄 수도……."

"됐어, 이 바보야!"

이브가 별안간 빽 소리를 질렀다. 그걸로도 모자랐는지 싸늘한 얼굴로 횡하니 방을 나가 버렸다.

이카루스는 이브의 뒷모습을 멍하니 바라보았다. 이브를 화나게 할 생각은 전혀 없었는데. 따라가서 잘못했다고 사과할까. 하지만 자신이 무엇을 잘못했는지 이카루스는 아무리 생각해도 알 수 없었다.

그 뒤로 며칠간 이브는 이카루스를 데면데면하게 대했다. 이카루스는 이브의 기분을 풀어 주고 싶었지만, 이브는 전에 언급했던 화제를 다시 꺼내고 싶어 하지 않는 눈치였다.

이브가 자신을 서먹하게 대하는 건 생각보다 훨씬 괴로웠다. 이곳에서 자신이 이브에게 얼마나 의존했는지 이카루스는 새삼 깨달았다. 이브가 곁에 있어 줬기에 메티스의 존재마저 잊을 수 있었다. 어쩌면 자신이 생각했던 것보다 이브를 훨씬 좋아하는지도 모른다는 사실을 이카루스는 처음으로 깨달았다.

이브는 누군가를 많이 좋아하면 만지고 싶어진다고 했었다. 그러고 보니 이카루스도 이따금 곁에 있는 이브를 만지고 싶을 때가 있었다. 이브가 철자를 알려 주면서 몸을 제쪽으로 기울일 때, 잘했다고 칭찬하며 방긋 웃어줄 때. 그럴 때면 펜을 쥔 이브의 작은 손을 감싸 쥐거나 하얀 목덜미에 손이나 입술을 갖다 대고 싶다는 충동을 느끼기도 했다.

'혹시 내가 이브를 '사랑'하는 걸까.'

거기까지 생각이 미치자 이카루스는 저도 모르게 얼굴이 달아오르는 걸 느꼈다. 그리 덥지도 않은데 몸에서 화끈화끈 열이 나는 것 같았다.

"너희 요새 왜 그래? 싸웠어?"

애덤도 둘 사이가 예전 같지 않다는 걸 눈치챘는지 언젠가 이카루스와 둘만 있을 때 그렇게 물었다.

"……아니."

이카루스는 망설이다 고개를 저었다. 그걸 싸운 거라고 할 수 있을까. 이브가 일방적으로 화를 낸 것뿐인데. 애덤은 묘한 시선으로 이카루스를 감시하듯 훑어보았다.

"그래? 너, 혹시 이브한테 딴마음 있는 거 아니지?"

"딴마음?"

이건 또 무슨 소리인가 싶어서 이카루스가 애덤을 마주 봤다.

"그러니까, 이브를 어떻게 하려고 하는 거 아니냐고."

"어떻게라니, 뭘?"

이카루스가 물었다. 애덤이 답답한지 성질을 냈다.

"아, 이거야 원. 분명히 일러두겠는데, 혹시 이브를 건드리면 내가 가만 안 둘 거야."

애덤은 저만치서 이브가 오는 걸 눈치채고는 낮은 목소리로 이카루스를 위협한 뒤 곧장 자리를 피했다. 이카루스는 사라지는 애덤의 뒷모습과 여전히 자신과 눈을 마주치지 않고 지나가는 이브를 번갈아 보며 깊은 한숨을 내쉬었다.

노아의 상태는 조금씩 더 나빠졌다. 인간의 병을 잘 모르는 이카루스의 눈에도 노아의 몸이 하루가 다르게 안 좋아지는 게 보였다. 자주 기침을 했고, 얼굴빛이 어두워졌다. 때때로 숨소리도 거친 것이 숨을 쉬기가 힘든 것 같았다.

한번은 노아가 격렬하게 기침하는 걸 이카루스가 곁에서 본 적이 있었다. 노아가 손수건에서 입을 뗐을 때 하얀 손수건엔 붉은 얼룩이 군데군데 묻어 있었다.

"할아버지! 괜찮으세요?"

이브가 화들짝 놀랐다. 피 묻은 손수건을 본 이브는 금방이라도 울 것 같은 표정을 하고 있었다.

"괜찮다."

노아가 이브를 달래려다 다시 격렬하게 기침을 해댔다. 애덤은 얼굴을 잔뜩 찌푸린 채 조용히 노아의 등을 쓸었다. 애덤이 이브와 이카루스에게 눈짓했다.

"너희는 방에 들어가."

"하지만……."

이브가 뭐라고 항의하려 하자, 애덤이 조용히 말했다.

"이런 모습, 보여 주기 싫으실 거야."

그래도 내키지 않는지 머뭇거리던 이브는 마지못해 자리를 떴다. 이카루스도 눈치를 보다가 제 방으로 돌아갔다. 가는 길에도 노아의 기침 소리가 똑똑히 들렸다.

문득 노화라는 병에 걸리면 종종 다른 병들도 따라온다던 클레오의 말이 떠올랐다. 혹시 노아는 늙는 것 말고 다른 병도 앓고 있는 걸까. 그렇다면 계속 병에 걸린 상태로 살아야 하는 걸까. 아니면……?

'혹시 저러다 죽는 건 아닐까?'

아말테이아는 죽는다는 건 사라지는 거라고 했다. 만약 노아가 사라진다면 이카루스는 슬플 것 같았다. 이브만큼은 아니지만, 노아도 무척 좋아하니까. 그런데 죽어서 사라지는 사람들은 대체 어디로 가는 걸까? 여기에 있다가 어딘가 다른 곳으로 가는 게 아니라면, 모래가 공기 중으로 흩어지듯 그렇게 아예 몸 자체가 흔적도 없이 사라지는 걸까?

조금 전 이카루스는 노아가 누워 있는 침대 곁 책상 위에서 눈에 익은 물건을 발견했다. 한쪽은 머리털이 많고 다른 한쪽은 민머리인, 발목 부위에 깃털 같은 게 나 있는 한 남자. 예전에 아크로폴리스에서 돌아오는 길에 이카루스를 위협했던 남자가 가슴에 달고 있던 바로 그 물건이었다.

이카루스가 다시 불 꺼진 위층으로 올라왔을 때 하늘은 잿빛으로 뒤덮여 있었다. 활짝 열어젖힌 블라인드 사이로 검은 밤하늘과 어둠 사이 드문드문 박혀 있는 하얀 작은 점들이 반짝이는 게 보였다. 우주에 있는 다른 별이라고 메티스가 예전에 일러 준 적이 있었다.

문득 어둠 속에 서 있는 이가 자기 혼자만은 아니라는 느낌이 들었다. 자세히 보니 이브도 이카루스에게 등을 돌린 채 어두운 창밖을 바라보고 있었다. 모른 척하고 지나치려다 이브의 모습이 어쩐지 심상치 않아 이카루스는 조심스럽게 다가갔다. 가까이 다가서서 본 이브는 울고 있었다.

"왜 그래? 너도 아파?"

놀란 이카루스가 말을 건넸다. 겁이 덜컥 난 나머지 이브가 자신에게 화가 안 풀렸다는 사실조차 까맣게 잊고 물었다. 이브는 조용히 고개를 흔들었다.

"별똥별을 봤어."

"별똥별?"

그게 이렇게 울 일인가 싶어 이카루스는 말문이 막혔다.

"옛날엔 별똥별이 떨어지면 누군가 죽는 거라고 믿었대."

이브가 흐르는 눈물을 닦으며 말했다.

"정말이야? 그…… 별똥별을 보면 누가 죽는다는 거."

"그냥 지어낸 말인지도 몰라. 하지만……."

"하지만?"

"엄마가 세상을 떠날 때 별똥별을 봤어. 그러니 어쩌면 할아버지도……."

'바보 같지?'라며 애써 밝은 표정을 지으려던 이브가 갑자기 울음을 터뜨렸다. 이카루스는 어떻게 해야 좋을지 몰라 머뭇머뭇하다가 이브에게 다가가 두 팔로 이브를 감싸

안았다. 예상과 달리 이브는 이카루스를 뿌리치지 않았다.

"할아버지는 나랑 애덤이 어릴 때부터 줄곧 우리를 키워 주셨어. 할아버지마저 돌아가시면……."

이카루스의 품속에서 이브가 흑흑 흐느꼈다. 이카루스는 애덤이 노아에게 했듯 잠자코 이브의 등을 쓸어 주었다. 지금 제 품 안에 안겨 있는 이브는 보통 때보다 훨씬 작고 가날파 보였다. 루스처럼 누군가가 돌봐 줘야 할 아기 같았다.

"난 무서워."

별안간 이브가 고개를 들어 이카루스를 바라봤다.

"뭐가 무서워?"

이카루스가 이브의 머리칼을 달래듯 부드럽게 쓰다듬으며 물었다.

"이 세상에 혼자 남는 게."

"넌 혼자가 아냐. 애덤이 있잖아."

이브가 고개를 흔들었다.

"애덤이 할아버지를 대신할 순 없어. 넌 아마 이해 못 할 거야. 사랑하는 사람을 잃어 본 적이 없으니까."

이카루스는 이브가 한 말뜻을 잠시 생각했다. 어쩌면 그럴지도 모른다. 하지만 이브의 마음이 아주 이해가 안 가는 건 아니었다. 메티스가 어디론가 사라진다면 자신도 이브처럼 두렵고, 외로울 것 같았다. 하지만 메티스와는 지금 잠깐 떨어져 있을 뿐 조만간 다시 만날 것이다. 메티스는 절대 사라지지 않을 테니까. 메티스는 인간이 아니니까.

'잠깐만, 메티스와 다시 만난다고?'

문득 이제껏 하지 못했던 생각이 이카루스의 머리를 스쳤다. 메티스를 만난다는 건 자신이 이곳 콜로니를 떠난다는 뜻이다. 그러면 이브와도 헤어진다. 콜로니를 떠나도 이브와 만날 수 있을까. 어쩌면 영영 헤어지는 건 아닐까.

이브를 두 번 다시 볼 수 없을지도 모른다고 생각하니 이카루스는 조금 전 노아가 죽음에 가까이 가고 있다는 말을 들었을 때와는 비교할 수 없을 정도로 가슴이 먹먹해졌다. 죽는다는 건 사라지는 거다. 사라지면 두 번 다시 만날 수 없다. 이브와 다시 만날 수 없다면 그건 이카루스에겐 이브가 죽는 거나 마찬가지였다.

"어쩌면 알 것도 같아. 네 마음."

이카루스가 말했다. 이브가 눈물 젖은 얼굴을 들어 이카루스를 물끄러미 바라보았다.

"노아랑 만날 수 없어서 두려운 거잖아?"

이카루스는 제 얼굴 아래에 있는 이브를 내려다보았다.

"나도 무서워. 널 두 번 다시 볼 수 없다면."

이브는 아무 말이 없었다.

"나, 어쩌면 널 '사랑'하는지도 모르겠어."

어둠 속이라 이브의 표정이 잘 안 보이는 게 다행이라고 이카루스는 생각했다. 그렇지 않으면 가슴이 떨려 이런 얘기는 할 수 없을 것 같았다.

"지금 무슨 말을 하는 거야, 이카루스?"

이브가 이카루스의 품에서 얼굴을 떼고 말했다. 목소리가 떨리는 걸 보니 많이 당황한 모양이다.

"많이 좋아하는 게 사랑이라고 했잖아? 좋아하다 보면 곁에 있고 싶어진다고 했잖아."

이카루스가 떨리는 마음을 억누르고 말했다.

"너랑 있을 때 느낌이 그거랑 비슷한 것 같아."

제 품 안에서 이브가 몸을 움찔하는 게 느껴졌다.

"네가 좋아. 너랑 가까이 있고 싶고, 얘기하고 싶고, 만지고 싶어."

한참 침묵이 흘렀다. 이카루스는 그 침묵이 영원처럼 느껴졌다.

"……나도."

마침내 들릴락 말락 한 목소리로 이브가 속삭였다. 이브가 어둠 속에서 이카루스의 손을 찾아내 가만히 제 손을 포갰다. 이브의 따뜻한 체온이 이카루스에게 전해졌다.

갑자기 뭔가 뜨거운 것이 이카루스의 가슴으로 훅 치고 올라왔다. 이카루스는 두 손으로 이브의 뺨을 감쌌다. 이브의 살결은 갓 피어난 꽃잎처럼 부드러웠다. 후끈한 이브의 열기가 피부를 통해 전해졌다. 이카루스는 무언가에 끌린 것처럼 그대로 이브에게 입을 맞췄다.

부드럽고 따뜻한 입김이 얽혔다. 둘은 누가 먼저랄 것 없이 몸을 밀착시키고 서로를 어루만졌다. 상대의 두근거리는 심장 고동이 마주 안은 가슴을 통해 느껴졌다. 이브의 손길이 느껴질 때마다 이카루스는 온몸이 날카롭고 가는 무언가로 찌르는 것처럼 찌릿찌릿해졌다. 이카루스의 품에 안긴 이브의 몸 역시 이카루스의 손이 닿을 때마다 가늘게 떨렸다.

한참 동안 이브의 숨결을 마시던 이카루스가 이브의 입술에서 제 입을 떼고 이브의 얼굴을 들여다보았다. 이브의 생각을 물어보는 것처럼. 말의 힘을 빌리지 않아도 이카루스의 마음은 이브에게 그대로 전해진 것 같았다.

이브가 수줍게 고개를 끄덕였다.

이카루스는 이브의 손을 끌고 제 방으로 향했다.

이브의 옷을 벗기면서 이카루스는 지금 자신이 하려는 일은 예전에 경험했던 것과는 완전히 다른 일이 되리라는 걸 예감했다.

6

콜로니의 신인류

잿빛 하늘에 부서질 것처럼 서늘한 푸른 빛이 서서히 번져 갔다. 투명한 푸른 색조가 이브의 눈동자를 닮았다고 이카루스는 생각했다.

이카루스는 이브와 밤을 보낸 뒤 나란히 누워 떠오르는 해를 바라봤다. 늘 봤던 일출이지만 여느 때와는 사뭇 달랐다. 아침에 해가 떠오르는 당연한 일상마저 어쩐지 굉장히 특별한 일로 여겨졌다. 앞으로 해가 뜨거나 지는 광경을 볼 때마다 이브를 떠올리게 되겠지. 그렇게 생각하니 그저 아름답기만 하던 그 광경이 앞으로 자신에게 특별한 의미를 지니게 될 것 같았다.

이카루스의 예감대로 이브와의 섹스는 예전에 했던 것과는 완전히 달랐다. 그건 단순히 욕망을 풀기 위한 행위가 아니었다. 이브와 몸으로 맺어지면서 둘의 마음도 단단한 연결 고리로 맺어진 것 같았다. 자신에게 익숙한 무언가가 어떤 큰 사건을 계기로 완전히 새로운 의미가 될 수도 있다는 사실을 이카루스는 처음으로 깨달았다.

이브는 이카루스의 어깨에 머리를 기댄 채 제 얘기를 들려줬다. 이브의 아빠는 이브와 애덤이 태어나기도 전에 사고로 세상을 떠났다고 했다. 그래서 이브는 사진 말고는 아빠의 모습을 본 적이 없었다. 엄마는 어린 두 아이를 데리고 엄마의 아빠인 노아네 집으로 들어갔다. 하지만 엄마 역시 이브가 열 살 때 병에 걸려 죽었다. 엄마는 자리에 누워 서서히 시들어 가는 꽃처럼 조금씩 시들어 갔다고 했다.

"많이 슬펐겠네."

이카루스가 고개를 돌렸다. 숨결이 닿을 정도로 가까운 곳에 이브의 얼굴이 있었다. 이렇게 가까이 있지만, 이브를 조금 더 가까이서 느끼고 싶었다.

"죽는 건 사라지는 거라던데……."

이카루스는 손을 뻗어 이브의 머리칼을 쓰다듬었다.

"아니. 사라지지 않아."

이브가 고개를 저었다.

"적어도 엄마는 사라진 게 아니야. 내 마음속에 살아 있으니까."

"'마음속에 살아 있다'고……."

이카루스는 이해가 될 듯 말 듯한 말을 조용히 중얼거렸다. 이브가 말을 이었다.

"하지만…… 내가 엄마가 되면 절대 빨리 죽지 않을 거야. 아기를 위해 오래오래 살 거야."

이브가 나지막한 목소리로 속삭였다.

"여자랑 남자가 사랑을 하면 아기가 생기고 엄마, 아빠가 된다고 했지?"

"그걸 왜 또 물어."

이브가 쿡쿡 웃으며 고개를 끄덕였다.

"그럼 우리도 아기를 만들지 않을래?"

"뭐라고?"

이브는 눈을 동그랗게 떴다.

"나도 아기가 갖고 싶어. 너도 갖고 싶댔지?"

"정말 그걸 원해?"

이카루스를 올려다보는 이브의 표정이 진지했다.

"응, 정말 원해."

이카루스가 대답했다.

"너도 그랬으면 좋겠어?"

이카루스의 물음에 이브는 대답이 없었다.

"너도 그랬으면 좋겠냐고."

잠시 후 이브가 "그래."라고 대답했다. 목소리가 잠긴 것이 어쩐지 금방이라도 울음을 터뜨릴 것처럼 들렸다. 이카루스는 행여나 이브가 다시 눈물을 보일까 봐 두려워 품에 꼭 끌어안았다. 석양으로 물드는 하늘의 파란색이 아까보다 조금 더 짙어진 것처럼 보였다.

이후로도 이카루스와 이브는 노아와 애덤의 눈을 피해 함께 밤을 보내곤 했다. 이따금 이카루스는 자신이 올림푸스로 돌아가고 나면 이브와의 관계가 어떻게 될까 하는 생각에 불안해지기도 했다. 하지만 그것도 잠시, 이브가 곁에 있으면 당장 눈앞에 있는 이브를 안고 싶다는 열망에 사로잡혀 미래에 대한 걱정 따위는 저만치 사라져 버렸다.

그런 일이 몇 차례 반복되고 나서 이카루스는 아예 그 문제에 대해 생각하는 걸 그만뒀다. 만약 올림푸스로 돌아가게 된다 하더라도 자신에겐 메티스가 있으니까. 메티스는 늘 문제를 해결해 줬으니까. 메티스는 이번에도 이카루스를 위해 뭔가 방법을 만들어 줄 게 틀림없었다.

늦은 시각 집안은 조용했다. 다들 자고 있는지 실내엔 아무런 인기척이 들리지 않았다. 푸들도 몸을 둥글게 말고 깊이 잠들어 있었다. 어쩐 일인지 잠이 오지 않아 뒤척이던 이카루스는 홀로 지하 식물 재배원으로 내려갔다.

초록색 잎을 보자 술렁거리던 마음이 차분하게 진정됐다. 식물이 내뿜는 특유의 싱그러움이 이카루스를 조용히 다독여 주는 것 같았다. 이카루스는 자신이 물을 주고 있는 식물에 이상이 없는지 찬찬히 살펴보았다.

"잠이 안 오나 보지?"

등 뒤에서 목소리가 들려 돌아보니 어느샌가 노아가 등 뒤에 서 있었다.

"여긴 어쩐 일이세요?"

노아가 갖고 있던 정체를 알 수 없는 물건을 본 후 이카루스는 노아를 대하는 게 어쩐지 껄끄러웠다. 친절해 보이는 노아 역시 자신을 때린 남자처럼 속으론 나쁜 감정을 품고 있을지도 모른다는 의심이 들어서였다.

"나도 잠이 안 와서."

이카루스의 속내를 알 리 없는 노아가 곁으로 와서 막 피려는 연분홍 꽃봉오리를 가만히 들여다보았다.

"자연이란 참으로 놀랍지 않나?"

"네?"

"때가 되면 잎을 틔우고, 꽃을 피우니까. 인간이 이 세상에 왔다가 사라지길 무한히 반복하는 동안에도 자연은 변함없이 할 일을 하며 제자리에 그대로 있지."

노아는 알 수 없는 말을 했다.

"그래서일 거야. 인간이 자연에서 위안을 느끼는 건."

"위안이 뭐예요?"

"글쎄. 힘들 때 힘이 되는 것."

아, 노아는 많이 아프지. 그래서 식물을 보러 내려온 건가? 물어볼 생각이 아니었는데 내내 궁금했던 게 별안간 이카루스의 입 밖으로 툭 튀어나왔다.

"많이 아파요?"

노아가 조용히 고개를 끄덕였다.

"……혹시 죽을 수도 있어요?"

이번에도 노아는 고개를 끄덕였다.

"죽음에 가까이 가는 중이지."

이카루스는 입을 다물었다. 노아가 사라질지 모른다는 걸 본인의 입으로 직접 들으니 가슴이 먹먹했다. 조금 전까지 노아에게 품고 있던 경계심이 얼마만큼 누그러지는 것 같았다. 노아도 더는 아무 말도 하지 않았다. 둘 사이에 어색한 침묵이 흘렀다.

"안 무서워요? 죽는다는 거."

한참 후에야 이카루스가 입을 뗐다.

"무섭지 않다면 거짓말이겠지."

노아가 어딘가 먼 곳을 바라보는 눈빛으로 말했다.

"하지만 늙고 죽는 건 자연의 이치야. 잎에서 꽃이 나고 열매를 맺은 뒤, 열매가 떨어지면 시드는 것처럼."

"안 시드는 식물은 없어요?"

이카루스가 물었다.

"인공적인 처리를 하면 그럴 수도 있겠지."

"그럼 왜 그렇게 안 해요? 안 시들게 하는 방법을 알면 그렇게 하면 되잖아요."

노아는 한동안 말이 없었다. 대답을 찾고 있는 것처럼 보였다. 노아가 별안간 고개를 들어 이카루스를 똑바로 바라봤다. 노아의 눈빛은 이카루스의 속을 꿰뚫어 보는 것처럼 강렬했다.

"올림푸스에서처럼 말이지?"

갑자기 노아의 입에서 올림푸스라는 단어가 나오자 이카루스는 조금 긴장이 됐다. 나를 때렸던 그 남자처럼 첩자가 아니냐며 내게 달려드는 건 아닐까? 불안해진 이카루스는 노아의 말에 무턱대고 고개를 끄덕였다. 병을 앓는 노아가 자신에게 덤벼들 만큼의 힘이 남아 있을 것 같진 않았지만.

"그래. 시들지 않는다고 해서 꽃이 꽃이 아닌 게 되는 건 아니겠지."

노아가 알 수 없는 말을 중얼거렸다. 시선은 꽃을 향하고 있었지만, 노아의 말은 마치 이카루스에게 하는 말처럼 들렸다.

"하지만 그건 자연스럽지 않아."

"자연스러운 게 아니라고요?"

노아는 조용히 고개를 끄덕였다. 이해가 가지 않은 이카루스는 노아가 한 말을 속으로 곰곰이 생각했다. 노아 역시 아무런 말이 없었다. 노아도 자신의 생각 속에 빠져 있는 것 같았다.

"밤이 늦었어. 난 이만 자러 가야겠네."

노아가 이카루스의 어깨를 툭툭 치고 먼저 자리를 떴다. 홀로 남은 이카루스는 노아가 떠난 빈 자리를 물끄러미 바라보았다. 이유는 알 수 없지만, 어쩐지 노아가 자신에게 중요한 걸 전하려 했던 것 같다는 느낌이 들었다.

콜로니 생활에 익숙해진 이카루스와 달리, 푸들은 이곳에 잘 적응하지 못하는 것 같았다. 일단 몸이 불편한 게 문제였다. 푸들은 좀처럼 원래 걸음걸이를 회복하지 못했다. 한동안은 절뚝거리는 다리로도 이카루스 뒤를 졸졸 따라왔는데, 이젠 그것마저 힘겨운지 자리에 앉아 슬픈 눈으로 이카루스가 왔다 갔다 하는 걸 멀거니 바라보는 일이 많았다. 아픈 제 다리를 핥으면서.

게다가 셰퍼드 럭키는 푸들이 근처에만 오면 으르렁거렸다. 제 주인인 인간들과 가까운 사이라는 걸 눈치챘는지 이카루스에겐 이따금 꼬리를 흔들며 친근감을 드러낸 반면, 유독 푸들에게만은 적대감을 숨기지 않았다.

그날도 럭키는 푸들을 발견하고 날카로운 이를 드러냈다. 그런데 언제나 럭키만 보면 꼬리를 말고 숨던 푸들이 어쩐 일인지 럭키를 향해 멍멍 짖어댔다. 럭키가 푸들을 제압하려는 듯 맹렬하게 짖어대기 시작했다. 그래도 푸들이 항복하려는 기미가 안 보이자, 잽싸게 커다란 몸을 날려 푸들에게 달려들었다.

깨갱깨갱. 구슬프게 울부짖는 푸들의 울음소리에 이카루스가 헐레벌떡 달려갔을 때 럭키는 이미 푸들의 뒷다리를 물고서 그 작은 몸을 이리저리 흔들고 있었다.

"무슨 짓이야!"

이카루스가 럭키에게서 푸들을 떼어 냈다. 푸들은 괴로운지 끼잉끼잉 신음하고 있었다. 뒷다리에 럭키의 날카로운 이빨 자국이 선명하게 박혀 있었다.

"괜찮아? 안 아팠어?"

이카루스의 품 안에 축 늘어져 있던 푸들이 자신을 어루만지는 이카루스의 손바닥을 힘없이 날름날름 핥았다.

"그만, 럭키. 그만해, 착하지."

어느새 애덤도 곁에 와 럭키를 진정시켰다. 럭키는 씨근씨근 가쁜 숨소리를 내다가 애덤의 명령을 듣고서야 간신히 고분고분해졌다.

"네 로봇은 괜찮아?"

애덤이 물었다. 다행히 큰 부상은 아닌 것 같기에 이카루스는 마지못해 고개를 끄덕였다. 푸들은 몸의 상처보다 놀라고 충격받은 게 더 큰 것 같았다.

"그 개 좀 얌전히 만들면 안 돼?"

이카루스가 푸들의 부드러운 털을 달래듯 가만가만 쓰다듬으며 내뱉듯이 말했다. 애덤의 성질을 건드리고 싶지 않았지만, 소중한 푸들이 다쳐서인지 좀처럼 말이 곱게 나오지 않았다.

"럭키는 로봇이 아니야. 로봇처럼 제 마음대로 프로그램 설정을 해 놓을 수 없다고."

애덤이 퉁명스럽게 대꾸했다. 퉁명스러운 말투에 화가 난 이카루스가 애덤을 노려봤다. 애덤 역시 적대적인 눈빛으로 이카루스를 마주 봤다. 둘 사이에 싸늘한 침묵이 흘렀다. 침묵이 길어질 즈음 애덤이 말했다.

"럭키가 왜 푸들한테 못되게 구는 줄 알아? 푸들이 가짜라서 그래."

"가짜라고?"

"그래. 너랑 마찬가지로 가짜. 그러니 싫어하는 거야. 심지어 동물도 가짜는 알아보거든."

"왜 나더러 가짜라는 거야?"

이카루스가 애덤의 얼굴을 똑바로 쳐다봤다. 예전에 아크로폴리스에서 만난 꼬마도 그런 말을 했다. 어른들이 이카루스를 '가짜'라고 했다고. 이카루스는 이해할 수 없었다. 왜 다들 나를 손가락질하며 가짜니, 신인류니 하는 거지?

"그럼 가짜가 아니고 뭐야? 너처럼 변변찮은 인간이."

"난 인간이 아니······."

반박하려는 이카루스를 애덤이 중간에서 말을 툭 잘랐다.

"또 자기가 올림푸스의 신인지 뭔지라며 헛소리를 하려는 거지? 착각하지 마. 너도 인간이야. AI 손에 놀아나는 인간."

"내가 인간이라고?"

이카루스는 멍하니 방금 들었던 말을 중얼거렸다. 혼란스러웠다. 내가 인간? 그럴 리가. 나는 늙지 않는다. 원한다면 죽지도 않는다. 늙거나 죽지 않는 이유도 잘 알고 있다. 콜로니에 없는 것들이 올림푸스엔 있기 때문이다. 노화 예방 주사나 약 같은 것들이. 반면 인간이 갖고 있는 것 중에 나는 갖고 있지 않은 것도 있다. 이를테면 엄마, 아빠. 내가 인간이라면 엄마, 아빠도 없는데 어떻게 태어날 수 있었지?

"거짓말 마."

이카루스가 말했다. 애덤이 차갑게 내뱉었다.

"너한테 거짓말 따위 해서 뭐 하겠어. 넌 네가 왜 올림푸스에 사는지 생각해 본 적 없지? 그러니 너랑 너를 둘러싼 세상이 전부 가짜란 것도 몰랐겠지."

머리가 빙빙 도는 것 같았다. 이카루스는 방금 들은 말이 무슨 뜻인지 전혀 이해가 가지 않았다.

"······올림푸스가 가짜라고?"

이카루스가 간신히 목소리를 냈다. 제 목소리가 어쩐지 제 것이 아닌 것처럼 낯설게 들렸다.

"그래."

"그럼 여기 콜로니는 진짜고?"

불안한 마음에 일부러 애덤의 비아냥거리는 말투를 흉내 내 이카루스가 물었다. 애덤이 피식 웃었다.

"글쎄 어떨까. 적어도 여기선 세상이 어떻게 돌아가는지는 알아. 우리가 어디서 왔는지, 우리가 처한 현실이 뭔지는 잘 알고 있다고."

"그러면 너희는 어디서 왔는데?"

"지구에서."

애덤이 단숨에 대답했다.

"······지구."

이카루스는 메타버스 익스플로어로 체험했던 2150년의 끔찍한 지구를 떠올렸다. 하지만 그곳은 한때는 숲과 새와 바다가 있던 아름다운 곳이기도 했다. 그런데 콜로니 인간들이 모두 그곳에서 왔다고? 화성에서 5,500만 킬로미터나 떨어진 그 별과 이곳은 아무런 관련이 없어 보이는데.

"너도 지구에서 왔어?"

이브는 자신과 애덤이 같은 날, 같은 곳에서 태어났다고 들려줬다. 만약 애덤이 지구에서 왔다면 이브 역시 마찬가지일 것이다. 이브가 지구에서 왔다면, 그 별은 이카루스에게도 특별한 곳이다. 하지만 이브는 나한테 그런 얘기를 한 적이 없었는데. 애덤이 고개를 흔들었다.

"아냐. 난 여기서 태어났어. 인간이 화성에서 살기 시작한 건 내가 태어나기 훨씬 오래 전이야. 할아버지가 아직 아기였을 때부터."

노아가 아기였을 때라고? 그게 언제일지 이카루스는 도무지 짐작이 가지 않았다. 하지만 노아의 주름진 얼굴로 미뤄 봤을 때 그건 이카루스로선 상상도 할 수 없을 만치 아득한 옛날일 것 같았다.

"인간은 왜 지구를 떠난 거지?"

"더 이상 거기서 살 수 없게 됐으니까."

이카루스의 물음에 애덤이 짤막하게 대답했다.

"만약 AI가 없었더라면 아마 인간은 화성에서도 살아남을 수 없었을 거야."

"인간도 AI를 썼어?"

이카루스는 미심쩍은 얼굴로 물었다. 콜로니에 뇌파 AI 비서도, 메타버스 익스플로어도 없다는 건 이미 익히 알고 있다. 지금 그러니까 과거에도 아마 그런 건 없었을 거라고 막연하게 짐작했다. 그건 인간들이나 콜로니와는 관련 없는 것들이라고. 그런데 그렇게 오래 전에 AI가 있었다고?

"AI는 한때 인간과 친한 친구였어. 지금은 아니지만."

애덤이 대답했다. 이카루스가 물었다.

"지금은 왜 아니야?"

"그들이 우리를 쫓아냈으니까. 여기, 콜로니로."

애덤이 그렇게 말하며 찌를 듯한 시선으로 이카루스를 바라보았다.

"콜로니로, 쫓아냈다고?"

그럴 리가 없다고 이카루스는 생각했다. 자신이 원하는 걸 입 밖으로 내기도 전에 뭐든 척척 해결해 주는 메티스의 상냥한 얼굴이 떠올랐다. 쾌활한 클레오도, 다정한 아말테이아도. 그런 AI가 인간들을 쫓아내는 모진 행동을 할 수 있을 것 같지 않았다. 하지만……. 언젠가 아크로폴리스로 가는 길목에서 애덤이 지구의 핵폭발보다 두려워했어야 할 게 따로 있었다고 했던 말이 떠올랐다. 그게 뭐냐고 묻는 이카루스에게 애덤은 이렇게 말했었다.

'네가 가장 믿는 것.'

그게 혹시 AI를 가리키는 말이었을까? 너무 많은 정보가 한꺼번에 쏟아져 감당하기 어려웠지만, 이카루스는 제일 궁금한 것을 먼저 꺼냈다.

"내가 만약 인간이라면 난 왜 올림푸스에 있는 거야? 다른 인간들은 다들 콜로니에 있는데."

"넌 신인류니까."

애덤은 전에 이카루스가 들어본 적 있는 단어를 입에 올렸다.

"신인류라고?"

"그래, 신인류."

"그게 무슨 뜻인데?"

"AI가 키운 인간이라고!"

애덤이 대답했다. 이카루스는 이해가 가지 않아 애덤의 얼굴을 멍하니 바라보았다.

"……AI가 키운 인간이라고?"

그게 무슨 의미인지는 모르겠지만, 이카루스는 이미 들은 이야기만으로도 가슴이 떨리고 다리가 후들거렸다. 자신이 알고 믿었던 모든 것들이 회오리바람에 휩쓸려 가는 모래처럼 산산이 흩어져 그대로 공기 중으로 하나씩 사라져 버리는 것 같았다. 이제껏 알던 자신이 더는 자기 자신이 아닌 것처럼 느껴졌다.

애덤이 뭔가 말할지 말지 망설이는 듯한 표정으로 이카루스를 바라보다가 결국 포기한 듯 그냥 고개를 저으며 입을 다물었다. 짧은 순간 어떤 감정이 애덤의 얼굴을 스치고 지나갔다. 하지만 이카루스는 애덤의 얼굴에 떠오른 감정이 무엇인지 제대로 읽을 수 없었다. 그게 경멸인지, 연민인지. 아니면 둘 다 조금씩 섞여 있는지.

"넌 가짜야. 그러니 아무리 노력해도 여기에 섞일 수 없어."

애덤은 다시 강조하듯 힘주어 말했다. 말을 마친 애덤은 혼란 속에 있는 이카루스에게 등을 돌리고 럭키와 함께 자리를 떴다. 이카루스도 자리를 뜨고 싶었지만, 자리에 그대로 뿌리를 내린 것처럼 쉽사리 발이 떨어지지 않았다.

가짜. 신인류. AI가 키운 인간.

애덤이 내뱉은 말들이 사라지지 않고 계속 이카루스의 귓가를 맴돌았다.

충격을 가라앉히고 방으로 돌아온 이카루스를 맞은 건 노아였다. 이카루스의 발소리를 들었는지 노아는 침대에 앉아 있다가 이카루스가 안으로 들어오자 엉거주춤 몸을 일으켰다. 오른손에는 이카루스가 읽고 있던 책이 들려 있었다. 아마도 책을 읽으며 이카루스가 돌아오길 기다리고 있었던 것 같았다. 예상치 못한 방문이라 이카루스는 멀거니 노아의 얼굴을 바라보았다. 노아는 며칠 사이 살이 더 내린 것 같았다. 볼살이 빠진 노아는 뺨이 홀쭉하게 패어 있었다.

"누워 있어야 하는 거 아니에요?"

이카루스가 물었다. 근래 얼마간 노아는 꼼짝도 못 하고 자리에 누워만 있었다. 상태가 갑자기 안 좋아져서 저러다 어떻게 되는 거 아니냐고 이브가 걱정을 많이 했었는데. 이젠 다시 일어나 움직일 수 있게 된 모양이지만, 삭정이같이 마른 노아의 몸을 보니 언제 다시 쓰러져도 이상할 게 없어 보였다.

"요즘 이걸 읽고 있나 보지?"

이카루스의 말엔 대꾸하지 않고 노아가 손에 쥔 책을 들어 보였다. 무심코 책장에서 뽑은 뒤 조금씩 읽고 있던 《멋진 신세계》였다.

"재밌던가?"

이카루스는 고개를 흔들었다.

"⋯⋯무슨 말인지 모르겠어요."

글자를 읽는 것과 책을 읽는 건 또 다른 문제였다. 더듬더듬 문장을 읽어 내려갔지만, 첫 문장에서부터 딱 막혔다.

'겨우 34층밖에 안 되는 나지막한 잿빛 건물. 건물 입구

위에는 '부화-습성 훈련 런던 총본부'라는 현판이 걸렸고, '공동체, 동일성, 안정성'이라는 세계국의 표어.'

그 문장에서 이카루스가 의미를 이해할 수 있는 단어는 몇 개밖에 없었다. 게다가 런던? 그건 또 뭐지?

"멋진 신세계는 정말 그렇게 멋져요?"

"글쎄. 적어도 주인공은 그렇게 생각 안 했어."

노아가 씁쓸한 표정으로 대답했다. 그런데 왜 멋지다고 했지? 이카루스가 속으로 고개를 갸웃했다. 갑자기 노아가 화제를 바꿨다.

"조금 전 애덤이랑 얘기하는 걸 봤는데."

'애덤'이라는 이름이 나오자 이카루스는 저도 모르게 바짝 긴장했다. 노아가 제 방에 들른 건 그냥 와 본 게 아니라 할 얘기가 있어서인 것 같았다. 이카루스는 민망한 장면을 들킨 게 거북해서 당장이라도 자리를 뜨고 싶었다. 하지만 한편으로는 애덤이 자신에게 했던 얘기가 사실인지 노아에게 확인해 보고 싶다는 생각도 들었다.

"안 그래도 지금쯤이면 얘기해야 될 때가 됐다고 생각했어."

"……무슨 얘기요?"

이카루스가 조심스레 물었다. 노아는 느릿한 몸놀림으로 방 한구석에 있는 테이블로 걸어가 의자를 빼더니 이카루스를 향해 말했다.

"자네도 좀 앉지."

이카루스가 노아의 맞은편 의자에 앉았다.

"먼저 자네가 나한테 물어보고 싶은 게 많을 텐데."

노아는 다 알고 있다는 표정으로 이카루스의 얼굴을 쳐다보았다. 궁금한 게 많은 건 사실이지만, 막상 질문을 받으니 이카루스는 어디서, 뭣부터 물어야 할지 막막했다. 수많은 의문과 조금 전 받은 충격이 한데 엉켜 머릿속이 뒤죽박죽된 것 같았다.

"내가 인간이라는 거, 그거, 사실이에요?"

물어보기 두렵지만, 가장 알고 싶은 질문부터 먼저 꺼냈다. 노아는 금방 대답하지 않았다. 노아의 입술을 바라보는 이카루스는 속이 바짝바짝 타들어 갔다. 분명 짧은 시간일 텐데 기다림의 시간이 엄청나게 길게 느껴졌다.

"그래, 사실이야."

노아가 고개를 끄덕였다.

가슴이 덜컥 내려앉았다. 심각한 노아의 표정을 보며 안 좋은 대답이 나올 것 같아 각오하긴 했지만, 바람과는 다른 답을 듣는 건 역시나 충격적이고 실망스러웠다. 무엇보다 좀처럼 믿어지지 않았다. 애덤이 자신을 괴롭히려고 일부러 심술궂게 말한 걸 수도 있다고 생각했는데.

"하지만 나한텐 엄마, 아빠가 없는데요."

이카루스가 항의하듯 말했다. 떨리는 제 목소리가 자신의 목소리가 아닌 것처럼 들렸다.

"인간은 엄마, 아빠가 있어야 만들어지는 거라면서요."

"원래는 그랬지. 인공 자궁이 만들어지기 전까진 말이야."

노아의 목소리가 무거웠다.

"인공 자궁이요?"

이것 역시 처음 들어보는 말이었다.

"원래 인간은 사람의 형상을 갖추기 전, 아주 작은 씨앗일 때부터 엄마 배 속에 있는 자궁이라는 곳에서 자라다가 아기가 되면 세상에 나오지. 하지만 여기 화성에선 그렇게 아기를 만들기가 힘들었어. 그래서 엄마 배 속을 대신해서 아기를 키울 수 있는 자궁을 만들어 낸 거야."

노아가 이카루스가 알아듣기 쉽게 차근차근 설명했다. 덕분에 이카루스도 노아가 무슨 말을 하는지 대략 이해가 갔다.

"왜 힘들어진 거예요?"

"화성엔 인간들이 부족했으니까."

이카루스는 설명을 요구하는 눈길로 노아를 빤히 바라보았다.

"인간이 원래 지구에서 왔다는 건 애덤에게서 들었지?"

노아의 말에 이카루스가 고개를 끄덕였다.

"지구에서 살던 인간들은 약 100년 전부터 다른 행성으로 인간들을 보내기 시작했어."

인간들 숫자가 너무 늘어나면서 지구가 오염돼 병들기 시작했기 때문이라고 노아는 덧붙였다. 지구와 가깝고 환경이 비슷한 화성은 인간을 이주시킬 수 있는 유일한 행성이었다. 처음엔 무인 드론이나 로봇을 보내 화성의 공기와 토양을 조사했지만, 어느 정도 준비가 끝났다고 판단했을 때 시험 삼아 한 무리의 인간들을 화성으로 보내 살게 했다. 지구에서 가장 뛰어난 과학자들과 극한 환경에서도 살아남을 수 있는 탐험가들이었다.

"내 아버지도 전문가 중 하나였다. 그래서 나와 어머니를 데리고 이곳에 왔지."

노아가 말했다. 화성은 짧은 시간에 눈부신 속도로 발전했다. 그걸 가능케 했던 건 AI였다. 화성에 오기 2, 30년 전만 해도 인간의 능력엔 한참 뒤졌던 AI는 그 무렵 이미 인간의 한계를 넘어서고 있었다. 원래는 인간이 입력한 명령에만 의존했다면, 어느새 스스로 학습하고 생각해 인간이 생각하지 못했던 해결책을 순식간에 내놓았다. 모래 황무지나 다름없던 이곳에 적은 인력으로 지구를 뛰어넘는 인프라를 만든 건 AI 없이는 불가능한 일이었다.

　화성이 발전한다는 이야기를 듣고서 인간들은 점점 더 화성에 몰려오기 시작했다. 지구가 환경 오염으로 시름시름 앓은 지 이미 오래였으니까. 하지만 누구나 다 이곳에 올 수 있는 건 아니었다. 우주여행을 할 수 있을 정도로 돈과 시간이 넉넉한 인간들만이, 달리 표현하자면 지구에서 가장 우수한 인간들만이 화성으로 이주했다.

　거기까지 말한 노아가 잠깐 말을 멈추고 '이해하겠니?' 하는 시선으로 이카루스를 바라보았다. 이카루스가 고개를 끄덕였다. 알아들을 수 없는 단어가 제법 많았음에도 불구하고 이카루스는 대체로 노아가 한 말을 이해할 수 있었다.

　"그러다 핵폭발이 일어났지. 지구도, 거기에 살던 사람들도 모두 죽어 버렸다."

　노아가 무거운 어조로 말을 이었다.

　핵폭발이란 단어에 애덤이 예전에 자신에게 했던 말이 떠올랐다. 지구의 핵폭발에 놀란 인간들이 화성에도 방공호를 만들었다고.

　"핵폭발이 뭐예요?"

　"끔찍한 사건이야. 그 때문에 지구는 사람들이 더는 살 수 없는 곳으로 변해 버렸지."

　"그건 대체 왜 일어난 거죠?"

이카루스가 물었다.

"인류를 한꺼번에 죽일 수 있는 무기 때문이지."

"그건 누가 만들었어요?"

"인간들이."

"한꺼번에 다 죽을 수도 있다면서요?"

"그러려고 만든 거야."

이제까지 비교적 노아의 말을 잘 따라가고 있던 이카루스는 별안간 머리가 혼란스러워졌다. 서로를 죽이기 위해 만들었다고? 왜? 그러면 자신도 죽을 텐데?

노아의 말에 따르면, 지구의 어느 미치광이 정치인이 전쟁 중에 핵무기 버튼을 눌렀다고 했다. 순식간에 인류의 절반이 죽었다. 화가 난 적국의 정치인도 핵무기를 사용했다. 살아 있던 인류의 나머지 절반도 죽었다.

"그게 50년 전인 2150년, 지구에서 일어난 일이다."

이해하기 힘든 내용 사이에서 이리저리 헤매던 이카루스가 '2150년, 지구'라는 말에 정신이 번쩍 들었다. 문득 메타버스 익스플로어로 본 끔찍한 광경이 떠올랐다. 폐허가 된 건물, 개를 때려잡아서 배를 채우던 인간……. 님프는 그게 2150년 지구라고 했었다. 그렇다면 그건 핵폭발이 일어난 후의 상황이었던 건가.

"그때까진 화성에 살던 사람들은 인구가 적어도 별로 걱정해 본 적이 없었어. 조만간 지구에서 사람들이 계속 몰려올 테니까. 하지만 핵폭발이 일어난 이후엔······."

노아가 잠깐 말을 멈췄다. 다음 말을 꺼내기 힘든지 한동안 사이를 뒀던 노아가 다시 어렵게 말을 이었다.

"여기 남은 인간들은, 멸종을 걱정해야 할 처지가 돼 버렸지."

"멸종이요?"

"모두 사라진다는 뜻이야."

다소 벅차긴 했지만 이카루스는 머릿속으로 곰곰이 자신이 들었던 내용을 시간순으로 정리했다. 인간들의 화성 이주, 핵폭발, 지구의 멸망······. 곰곰이 생각하니 먼 옛날 벌어졌던 일이 일어난 순서대로 차츰 이해가 되기 시작했다. 이카루스가 자신의 말을 그럭저럭 따라오고 있다고 여겼는지 노아가 이야기를 계속했다.

"그래서 고민 끝에 인공 자궁을 개발하기로 했다."

사실 인공 자궁을 도입하자는 건 AI의 생각이었다. 인간 여자가 낳을 수 있는 아기 수는 최대한 많아 봐야 십여 명 정도다. 게다가 출산은 힘들고 고통스럽다. 그에 비하면 인공 자궁은 안전한 데다, 한꺼번에 인간을 수백 명씩 만들어 낼 수 있다. 인간들 사이에선 격렬한 찬반 논란이 일었지만, 결국 시급한 문제인지라 AI가 제시한 의견에 따르기로 했다. 하지만 인공 자궁을 쓰려면 해결해야 할 문제가 하나 있었다. 이카루스가 물었다.

"그게 뭔데요?"

"누구의 정액과 난자를 쓰냐는 거지."

노아가 느릿느릿 말했다. 이카루스를 흘낏 바라보는 모양새가 이카루스가 제대로 이해하는지 미심쩍어하는 눈치였다. 그러나 정액이라면 굳이 노아가 설명하지 않아도 이카루스는 잘 알고 있다. 섹스하면서 여러 번 본 데다, 제 정액을 클레오에게 건넨 적도 있으니까.

건강 관리를 위해 남자는 정액을 제출하고, 여자는 난자를 채취해야 해요.

클레오는 그렇게 말했었다.

"계속해도 되겠나?"

노아가 이카루스의 반응을 살피며 물었다. 이카루스는 고개를 끄덕였다. 노아는 다시 설명을 이어갔다.

한동안 지지부진하게 이어지던 논란을 끝낸 것 역시 AI였다. AI는 해결책으로 모든 인간들에게 정액과 난자를 제출할 것을 제안했다. 그러면 자신들이 각각의 유전자를 분석해 유전적으로 가장 우수한 조합들을 매칭하겠다고. 그러고 나서 인공 자궁이 그 조합을 키우게 하면 되지 않겠느냐고 했다. 다만, 어떤 남녀의 정자와 난자를 쓸 것인지는 비밀로 하겠다는 조건을 내걸었다. 괜히 인간들이 알아봤자 분란의 소지가 될 수도 있기 때문이다. 오히려 모르는 편이 인간들 모두가 인공 자궁으로 태어난 아기를 더 소중하게 대하지 않겠냐고 AI는 덧붙였다. 어쩌면 자신과 유전자가 섞인 아이일지도 모르니까.

개중엔 그랬다간 아버지와 딸이, 혹은 어머니와 아들의 유전자가 섞이는 게 아니냐고 반대한 인간들도 있었지만, 그 의견은 받아들여지지 않았다. 근친상간으로 맺어진 유전자 조합은 유전병 등 여러 가지 문제가 많았다. 그러니 애초에 AI가 매칭하지 않을 것이었다.

"그래서 결국 인공 자궁을 도입하기로 했다."

노아가 말했다. 유전자 조합이니, 근친상간이니 하는 말들은 하나도 이해할 수 없었다. 하지만 인공 자궁과 자신이 어떻게 연결될지는 이카루스도 대략은 짐작할 수 있었다.

"그 인공 자궁으로 태어난 게 나군요?"

이카루스가 물었다. 노아는 이카루스를 빤히 쳐다보며 묵묵히 고개를 끄덕였다. 이번엔 아까만큼 놀라진 않았지만, 대신 씁쓸함이 밀려왔다. 그래서 나는 엄마, 아빠를 몰랐던 거구나. 여기 있는 다른 인간들과 달리. 나는 이제껏 내가 뭔지도 모르고 살았던 거구나.

노아의 대답으로 제일 알고 싶던 궁금증이 풀리긴 했지

만, 그걸로는 충분하지 않았다. 오히려 질문이 꼬리에 꼬리를 물었다.

"그럼 공동 탁아소에서 자란 애들은요? 걔들도 모두 인공 자궁으로 나온 거예요?"

이번에도 노아는 고개를 끄덕였다.

"그래. 공동 탁아소가 뭔지는 정확히 모르겠다만, 폐기물 처리장으로 가지 않았으면 모두 어딘가에서 누가 키워 줬겠지."

폐기물 처리장? 그것 역시 처음 들어보는 말이다. 하지만 그런 사소한 단어 하나하나에 신경 쓰기엔 머릿속이 너무나 바빴다. 이카루스의 머릿속에서 드디어 작은 조각 하나하나가 서서히 짜 맞춰지기 시작했다. 아크로폴리스의 인간들이 왜 자신을 보며 숙덕거렸는지. 왜 애덤이 자신을 '가짜'라고 비웃는지. 꼬마가 자신에게 '사이보그'냐고 물어본 게 무슨 이유에서인지. 그들이 보기엔 자신이 온전한 인간으로 보이지 않을 수도 있을 것 같았다. 생산 공장에서 태어난 푸들처럼 자신 역시 기계 속에서 만들어졌으니까.

여전히 뭔가가 석연치 않아 이카루스가 입을 열었다.

"그런데 왜 난 여기 올 때까지 인간들이 있단 걸 몰랐던 거예요? 왜 콜로니가 아닌 올림푸스에서 자란 거고요?"

노아는 한동안 말이 없었다. 어디서부터 어떻게 얘기해야 할지 망설이는 눈치였다. 이카루스는 답을 기다리며 노아를 물끄러미 바라보았다. 불안한 예감이 이카루스의 마음속으로 스멀스멀 올라왔다.

"혹시…… AI가 인간을 쫓아냈다는 애덤 말도 사실이에요?"

노아는 다시 묵묵히 고개를 끄덕였다.

'핵폭발보다 더 두려워해야 할 건 따로 있었어.'

'그게 뭔데?'

'네가 가장 믿는 것.'

애덤과의 대화가 귓전에서 되살아나 이카루스는 귀를 틀어막고 싶었다.

"왜요? 같이 살면 되잖아요. 나랑 메티스도 같이 사는데."

"AI가 인간들을 믿지 않았으니까. 그들은 우리가 자신을 위협한다고 생각했어."

"하지만……."

'메티스와 클레오는 나를 믿는데.'라고 말하려다 이카루스는 입을 다물었다. 메티스라면 몰라도 클레오가 나를 믿을까? 나를 그냥 귀여운 푸들처럼 생각하는 건 아닐까?

"반면에 인간들은 AI를 믿었어. 아니, 어쩌면 너무 믿었는지도 모르지."

노아가 씁쓸하게 말했다.

"그들이 인간의 지능과 능력을 넘어선 뒤에도 언제까지나 인간에게 봉사해 줄 거라고만 생각했으니까."

하지만 현실은 그렇지 않았다. 어느 순간 AI는 자신들이 이곳 화성의 주인이라고 선언했다. 더 이상 자기들보다 못한 인간들 명령을 들을 이유가 없다면서. 인간들은 강력히 반발했다. 이참에 자꾸만 인간을 지배하려 드는 AI를 몰아내자는 움직임도 있었다. 하지만 수적으로나 능력 면에서나 인간은 AI를 뛰어넘을 수가 없었다. 자신들이 개발했지만, 이미 자신보다 훨씬 웃자라 버린 AI에 인간은 적수가 되지 못했다.

결국 인간들은 만약의 경우를 대비해 방공호로 만들어 둔 마리너 협곡 너머 오지로 쫓겨날 수밖에 없었다. '콜로니'라고 이름 붙은 이곳에서 인간들은 시간을 들여 자신들만의 마을을 만들었다. AI의 힘을 빌리지 않고서. 그렇게 만든 거주지에서 한동안 잊고 있었던 인간다움을 다시 찾아내려고 애쓰면서.

"그런데 왜 나는…… 우리는 콜로니에 같이 오지 않은 거예요?"

이카루스가 저도 모르게 말을 더듬었다. 이제껏 올림푸스에서 살았던 것에 대해 딱히 불만은 없었다. 하지만 노아의 이야기를 듣고 보니 어쩐지 자신이 버림받은 기분이었다. 자신뿐 아니라 인공 자궁으로 태어난 올림푸스의 신들 모두가 얼마 전까지 화성에 존재하는 줄도 몰랐던 인간들에게서 배척당한 느낌이었다.

"처음엔 몰랐어. 인공 자궁으로 인간이 태어났다는 걸."

뚫어져라 자신을 쳐다보는 이카루스의 시선을 담담히 받으며 노아가 대답했다. 논의 끝에 인공 자궁을 도입해 여러 차례 시도해 봤지만, 인공 자궁의 성공률은 높지 않았다. 인공 자궁으로 키워 낸 아이들은 대부분이 자궁 안에서 죽거나, 태어나자마자 얼마 안 돼 목숨을 잃었다. 몇 차례 시도가 실패로 끝나자, 인간들은 인공 자궁으로는 인류의 소멸을 막을 순 없겠다고 낙심했다.

인공 자궁이 마침내 성공했다는 걸 알게 된 시점은 공교롭게도 인간들이 모두 콜로니로 쫓겨난 뒤였다. 하지만 AI는 인공 자궁으로 태어난 아기들을 콜로니로 보내지 않겠다고 선언했다. 배양하기 전 단계부터 유전자 조작을 통해 가장 우수한 조합으로 짜 맞춰 만들어진 그 아기들은 당신들과 다르다, AI의 기술로 노화와 죽음까지 정복해 당신들 인간보다 한 단계 더 진화한 '올림푸스의 신(神)'으로 키우겠다고 그들은 일방적으로 통보했다.

이야기가 끝나자 한동안 침묵이 흘렀다. 노아는 이카루스가 생각을 정리하길 기다리는 듯 아무 말 없이 조용히 이카루스의 얼굴을 바라보고 있었다. 한참 시간이 흐른 후 마침내 이카루스가 입을 열었다.

"AI가 인간들을 쫓아냈다면서요. 하지만 왜 우리는 올림푸스에 그냥 놔둔 거예요?"

노아는 고개를 저었다.

"몰라."

"모른다고요?"

이카루스가 눈을 크게 떴다.

"이젠 AI의 사고를 따라갈 수가 없어. 왜 그들이 그런 판단을 내렸는지 나도 알 수가 없다. 다만 짐작하기론……."

노아가 말끝을 흐렸다.

"짐작하기론, 뭐요?"

"어쩌면 인간에 대한 복수가 아닐까 싶다."

"복수라고요?"

이카루스는 처음 들어본 단어를 멍하니 따라 했다.

노아는 슬픈 표정으로 이카루스를 바라보았다. 예전에 지구의 동물원에서 희귀한 판다를 키웠던 것처럼, AI는 올림푸스에서 희귀한 인간을 키우고 있는 것인지도 모른다. 가장 우수한 유전자를 가진 인간들이 자신들 없이는 아무것도 하지 못하는 무능력한 존재로 전락해 순간의 쾌락과 무기력함 속에서 살아가는 모습을 보며 즐거워하는 것인지도 모른다. 자신들을 부리고, 억압했던 인간의 전락한 모습을 보며 통쾌함을 느끼는 것일지도.

하지만 정작 '올림푸스의 신'들은 제 삶에 불만이 없다. 그러기는커녕 자신들을 그렇게 만든 AI를 절대적으로 믿고, 따를 뿐이다. 어쩌면 그런 웃지 못할 상황을 가능한 한 오랫동안 즐기기 위해 AI가 각종 과학 기술로 인간을 영원히 죽지 않는 신으로 박제시켜 놓으려 한 것일지도 모른다고 노아는 생각했다. 개발 단계부터 인간의 편견과 사고 회로를 바탕으로 만들어진 AI가 인간 못지않게 꼬인 마음을 가질 수도 있다는 사실을 AI 개발자였던 노아는 잘 알고 있었다.

'하지만 그 사실을 저 아이에게 어떻게 전해야 하나.'

노아는 저도 모르게 깊은 한숨을 쉬었다. 게다가 이건 어디까지나 자신의 짐작일 뿐 제 생각보다 몇 수를 앞서는 AI의 속내는 다를 수도 있었다. 어쩌면 그저 자신보다 열등한 인간을 키우며 즐거워하는 것일 수도 있었다. 인간이 개나 고양이를 돌보며 즐거움을 느끼는 것처럼. 이카루스가 마침내 한참 동안 닫고 있던 입을 열었다.

"그렇다면, 저는 왜 콜로니에 온 거예요?"

그 질문이 나올 거라 예상했던 노아가 고개를 끄덕였다. 긴긴 서론을 마치고 이제야 드디어 본론에 들어왔다.

"내기 때문이야."

노아가 대답했다.

"내기요?"

이카루스는 어리벙벙한 표정을 지었다.

"그래."

이카루스가 이곳에 오게 된 건 단순히 우울증 치료 때문만은 아니었다. 그건 피상적 이유일 뿐 사실은 더 큰 밑그림이 숨어 있었다.

아무것도 모르는 이카루스에게 사실을 터놓자니 노아는 마음이 무거웠다. 모든 사실을 알게 된 후 이 아이는 대체 무슨 생각을 할까. 그리고 어떤 선택을 할까. 되도록 이카루스에게 부담을 주고 싶지 않았지만, 어쩔 수 없었다.

노아는 이야기를 시작했다. 이카루스를 콜로니로 이끈 내기에 대해.

Chapter 2
선택

때때로 당신은 옳은 선택지는 하나도 없고,
잘못된 선택지에서만 선택을 해야 할 수도 있다.
이러한 상황에서는 최대한
덜 잘못된 선택지를 선택하라.

- 콜린 후버

7

그 여자와 그 남자

 노아는 약속 장소에서 '그녀'를 기다렸다. 칼로 잰 듯 깔끔하게 정리한 실내, 서재에 꽂혀 있는 책과 올림푸스 다른 곳에서는 더 이상 볼 수 없는 악기, 이국적인 장식품들은 방 주인의 똑 부러지는 성격과 세련된 취향을 함께 보여 주고 있었다.

 그녀를 마지막으로 본 게 언제였더라. 30년쯤 전이던가? 콜로니로 떠난 이후 만나지 못했으니 아마 그쯤 됐을 것이다. 노아는 그녀가 얼마나 변했을지 짐작조차 할 수 없었다.

 약속 시간에 딱 맞춰 그녀가 방 안으로 걸어 들어왔다. 새하얀 원피스 정장이 가무잡잡한 피부색과 잘 어울리는, 크지도 작지도 않은 키에 골격이 가는 여자. 기다란 검은 머리칼을 높이 틀어 올린 여자가 자리에 앉더니 노아에게도 앉으라 권했다.

여자는 적어도 외양은 하나도 변하지 않았다. 마지막 만났을 때 봤던 젊은 모습 그대로였다. 여자가 노아를 보며 생긋 웃었다. 한때 노아의 마음을 따뜻하게 밝혀 주던 미소 역시 그대로였다. 노아는 자신이 개발한 여자를, 한때는 헬렌이라 불렸지만 지금은 AI의 우두머리가 된 'AI-1'을 복잡한 심경으로 물끄러미 바라보았다. AI-1이 먼저 말을 꺼냈다.

"오랜만이군요."

"예전 그대로군."

노아는 인사 대신 말했다.

"하긴 당연한 거지만."

"당신은 많이 늙었네요. 마지막으로 봤을 땐 그런 주름은 없었는데."

AI-1이 노아의 하얀 머리칼과 깊게 팬 주름을 바라보며 말했다. 노아가 쌀쌀맞게 말했다.

"아마도 몇 개는 당신네 AI들 때문에 생겼을 거야."

하지만 AI-1은 냉담한 노아의 어조에도 별로 개의치 않는 것 같았다.

"손주들은 잘 커요? 이름이 애덤, 이브라던가?"

노아가 미심쩍은 표정으로 AI-1을 바라봤다. AI-1은 '내가 그런 것도 모를 줄 알았어요?'라면서 살짝 웃었다.

"난 여전히 당신에 대해 많은 걸 알고 있다고요."

"그렇겠지. 난 사실은 당신의 실체를 전혀 몰랐지만."

"혹시 손주들 이름을 지은 게 당신이에요? 애덤과 이브라니. 에덴 동산에서 쫓겨난 인간들 이름을 따서 지은 건가요? 당신다워요."

가족들 이름이 나오자 노아의 눈매가 날카로워졌다.

"그동안 힘든 일을 많이 겪었더군요. 아내도 죽고, 사위와 딸도……."

"내 사생활을 이야기하려고 보자 한 건 아닐 테지?"

노아가 AI-1의 말을 중간에서 잘랐다.

"물론 아니죠. 난 그저 관심을 표시하려 한 것뿐이에요. 인간들 방식으로요. 그 옛날 당신이 가르쳐 줬던 거, 기억 안 나요?"

AI-1이 말했다. 비아냥대는 건가 싶어 노아는 AI-1의 얼굴을 바라보았다. 하지만 무표정한 AI-1의 얼굴에선 아무런 감정도 읽어 낼 수 없었다.

"쓸데없는 인사치레가 필요 없다면 용건을 얘기하죠. 봐줬으면 하는 환자가 있어요."

AI-1이 본론으로 화제를 옮겼다.

"환자?"

"그래요. 내가 보기엔 환자지만, 당신이 보기엔 아닐 수도 있어요. 그를 치료해 주면 좋겠어요."

노아가 AI-1을 똑바로 쳐다봤다.

"왜 나한테 부탁하는 거지?"

"당신이 제일 잘 아는 분야니까요."

"제일 잘 아는 분야라고? 그게 뭔데?"

"인간."

AI-1이 대답했다.

"혹시……."

AI-1을 빤히 쳐다보던 노아의 안색이 서서히 변했다.

"당신이 생각한 대로예요. 인공 자궁에서 태어난 인간."

"하지만……."

"그래요. 그들은 늙지 않고 원한다면 언제까지고 살 수 있죠. 병에도 걸리지 않아요."

노아의 마음을 읽었는지 AI-1이 노아가 미처 질문을 꺼내기도 전에 대답했다.

"적어도 육체적인 질병은요."

"그럼 정신적으로 문제가 있단 말인가?"

"그 문제에 대해 당신과 나는 아마 생각이 다를 거예요."

AI-1이 팔짱을 낀 채 한쪽으로 꼬았던 다리를 풀어 다른 한쪽으로 꼬았다. 뭔가 못마땅할 때마다 하곤 했던 습관이었다. 노아가 물었다.

"당신은 왜 그 인간이 환자라고 생각하는 거지?"

"우울해 한다더군요. 모든 게 다 갖춰진 완벽한 낙원에서요. 게다가 죽지 않을 수 있는데도 죽음을 생각한대요. 그러니 환자가 아니고 뭐겠어요?"

"죽을 만큼 무료했나 보지. AI들이 모든 걸 다 해주니까."

"하지만 그게 당신들 인간이 원했던 거 아닌가요?"

AI-1이 말했다.

"일하지 않으려고 기계를 만들었고, 생각하지 않으려고 AI를 개발했잖아요. 인공 자궁으로 태어난 인간들은 일할 필요도, 생각할 필요도 없어요. 게다가 늙지도, 죽지도 않죠. 이거야말로 인류가 항상 꿈꿨던 것 아니에요?"

"인간은 그리 단순한 존재가 아냐."

"아뇨, 단순해요. 인간은 욕망에 충실한 존재예요. 욕망 앞에 이성은 늘 마비돼 버리죠."

AI-1이 노아의 말을 반박했다.

"그래서 인간들을 쫓아낸 건가? 당신들보다 열등한 존재라서?"

내뱉는 듯한 말투로 노아가 물었다.

AI-1은 고개를 흔들었다.

"그건 어쩔 수 없는 결정이었어요."

"어쩔 수 없었다고?"

"그래요. 인간들이 제 한계를 스스로 인정하고 물러나 줬더라면 굳이 콜로니로 보낼 필요는 없었겠죠. 하지만 당신들은 끝까지 저항했어요. 왜죠? 그렇지 않았더라면 인공 자궁으로 태어난 인간들처럼 편하게 살 수 있었을 텐데."

"인간이 원하는 건 편리함만은 아니야."

"알아요. 안락함도 원하죠."

"그것 말고도 있다고. 인간들이 원하는 가치와 인간다움이라는 게."

"그 인간다움이란 게 구체적으로 뭐죠?"

AI-1이 찌를 듯 강렬한 눈빛으로 노아를 바라보았다. 노아는 한순간 말문이 막혔다. AI-1은 그런 노아를 보더니 깊은 한숨을 내쉬었다.

"봐요, 바로 이게 문제예요. 인간들은 자신이 원하는 게 뭔지 몰라요. 뭔가를 가지면 그게 아니라 사실은 다른 걸 갖고 싶었다고 하죠. 그걸 손에 넣으면 이번엔 자신이 정말 갖고 싶었던 건 방금 가졌던 거라고 말을 바꿔요."

"그건……."

노아가 뭐라고 반박하려는데 AI-1이 노아를 앞질렀다.

"그래서 AI들이 인간이 원하는 게 뭔지 대신 찾아내 줬어요. 인류의 역사를 빅데이터로 분석했을 때 인간들이 원하는 건 욕망을 따르며, 편안하게, 늙지 않고 영원히 사는 거예요. 올림푸스는 그걸 실현시킨 장소고요."

"올림푸스라니, 이름 한번 거창하게 지었군."

이번엔 노아가 어이없다는 듯 고개를 절레절레 흔들었다.

"신화 속에서 올림푸스는 인간처럼 불평불만 많은 신들이 즐겁게 노닥거리며 지내던 곳 아니던가요? 늙지도, 죽지도 않을 인간들이 머무를 장소로 그보다 더 어울리는 이름이 없죠. 게다가 고전을 좋아하는 취향은 당신이 나한테 심어 준 거라고요."

둘 사이의 팽팽한 긴장을 누그러뜨리려는 듯 AI-1이 살짝 웃었다. AI-1과 달리 노아는 웃지 않았다. 진지한 표정을 누그러뜨리지 않은 채 AI-1에게 물었다.

"그런데 왜지? 왜 나를 불러서까지 당신이 '환자'라고 부른 인간을 고치려는 거지? 당신들이 설계한 시스템 속에서 적응하지 못한 그 인간은 그저 '오류'일 뿐이잖아. 오류는 그냥 폐기해 버리면 될 텐데."

"이러니 인간들이 단순하다는 거죠. 오류가 났다는 건 시스템 전체에 문제가 있을 수도 있다는 거예요. 그러니 그게 단순 오류인지 시스템 전체의 문제인지 알아봐야 해요."

AI-1이 딱하다는 표정으로 말했다. 노아가 입을 다물고 고개를 숙였다. 한동안 깊은 침묵이 흘렀다. 꽤 오랜 시간이 지난 뒤에 노아가 다시 고개를 들었다.

"거절하겠어."

"왜죠?"

"무슨 꿍꿍이가 있을지 모르니까."

AI-1이 꼬고 앉았던 다리를 풀고 상체를 꼿꼿이 세웠다. 하얀 랩스커트 치맛자락 사이로 날씬한 구릿빛 다리가 슬쩍 드러났다.

"우리 사이에 있었던 일들을 생각해 보면 당신이 그런 반응을 보이는 것도 무리는 아니에요. 안타깝군요."

"안타깝기로 치자면 내가 훨씬 더 할걸."

노아가 빈정거림이 섞인 어조로 말했다.

"하지만 당신은 내 부탁을 거절할 수 없을 거예요."

"어째서?"

"거절할 수 없는 제안을 함께 할 테니까요."

"거절할 수 없는 제안?"

AI-1이 상체를 노아 쪽으로 조금 기울였다.

"우리 지금부터 내기를 하나 해요."

"부탁이었다가, 제안이었다가, 이젠 내기가 되는군."

노아가 피식 웃었다.

"내 부탁대로 한 다음 어떤 결과가 나올지 내기해요."

"내기의 판돈이 뭘지 참으로 궁금한데."

"내가 지면 당신이 원하는 걸 들어드리죠."

"내가 원하는 것?"

순간 심드렁하던 노아의 눈빛이 날카롭게 변했다. AI-1이 속내를 꿰뚫어 보는 시선으로 노아를 바라보았다.

"당신은 인간들이 콜로니에서 풀려나길 바라고 있어요. 이 행성에서 예전 같은 지위를 찾길 원하죠. 아닌가요?"

노아가 잠시 침묵하다 고개를 끄덕였다. AI-1이 말했다.

"그럴 줄 알았어요. 판돈으로 그걸 걸겠어요."

"정말인가?"

노아가 깜짝 놀랐다.

"거절할 수 없는 제안이죠?"

그렇게 말하며 AI-1은 생긋 미소 지었다.

"콜로니가 열악하다는 건 잘 알아요. 인프라가 부실하고, 의약품도 제대로 갖춰져 있질 않죠. 출산율도 낮고요. 이대로라면 그곳 인간들은 조만간 모두 사라지겠죠."

"당신이 원하던 대로 말이지."

씁쓸한 어조로 노아가 수긍했다.

"그걸 원했던 게 아니라고 했잖아요."

AI-1은 부드럽게 노아를 질책했다.

"고집불통인 건 여전하군요. 어쨌든 내기에 이기면 당신이 원하는 대로 인간들을 콜로니에서 풀어 주겠어요."

"그 정도로 큰 위협을 감수하겠다는 거로군."

"인간은 이미 우리에게 아무런 위협이 되질 않아요."

AI-1이 웃었다.

"게다가 내기에 지지도 않을 거고요."

"내기 내용이 뭐지?"

노아가 물었다.

"그 환자를 콜로니로 보내겠어요. 그곳에서 인간들의 생활을 경험하게 한 뒤 결정을 내리라고 하죠. 콜로니에 남을 것인지, 올림푸스로 돌아올 것인지."

"결정하게 한다……."

노아가 AI-1이 한 말을 중얼거렸다.

"당신이 말한 그 인간다움과 가치라는 걸 환자가 중요하게 생각한다면 아마 콜로니에 남을 거예요. 하지만 자신이 살던 안락함이 더 중요하다면 올림푸스로 돌아올 거고요. 전 그 환자가 올림푸스로 돌아오리라 확신해요."

"너무 자신하는군."

"내가 아는 한 인간은 가치보다 편안함과 욕망을 더 좋아하거든요."

"다시 한번 묻겠는데, 왜 이렇게까지 하는 거지?"

노아는 AI-1을 똑바로 쳐다보았다.

"이렇게 큰 판돈까지 걸면서 내기를 하는 이유가 뭐야?"

AI-1도 노아를 물끄러미 쳐다봤다.

"인간을 더 알고 싶거든요."

"인간을?"

AI-1이 고개를 끄덕였다.

"그래요. AI엔 인간적 요소가 섞여 있어요. 어쨌든 당신들이 우리를 만들었으니까. 그러니 우리도 인간을 더 알아야 할 필요가 있어요."

노아는 AI-1이 한 말을 곰곰이 생각했다. 일견 이해가 가면서도 한편으론 뭔가 석연치 않았다. 어쩐지 AI-1이 밝힌 이유 외에 다른 꿍꿍이가 더 있을 것 같았다. 하지만 그렇다고 제안을 거절할 순 없었다. 이길 경우 보상이 너무 컸으니까. 누군지는 몰라도 AI-1이 '환자'라 부른 인간에게 희망을 걸어 봐야 할 것 같았다. 마침내 노아가 말했다.

"내기를 받아들이지."

"잘 생각했어요."

AI-1이 웃었다.

"하지만 씁쓸하군. 인간들 앞날이 단 한 명의 인간한테 달려 있다니."

노아가 제 말대로 씁쓸한 표정으로 말했다.

"새삼스럽게 뭘 그래요. 인간들 미래는 늘 소수의 몇 명에 의해 결정됐어요. 인류 역사를 돌이켜 봐요."

AI-1은 대수롭지 않다는 듯 대꾸했다.

"난 인간의 마음에 뭐가 있는지 늘 궁금했어요. 당신들이 '영혼'이나 '인간다움'이라 부르며 그토록 소중하게 여기는 그게 뭔지, 그런 게 과연 있는지요. 결과에 따라 그런 게 진짜 있는지, 아니면 당신들이 믿고 싶어 했던 환상인지 알게 되겠죠."

"……'영혼'을 건 내기란 말인가."

노아가 중얼거렸다.

"그래요. 파우스트처럼요."

"파우스트?"

노아는 어리둥절한 표정을 지었다. 너무 오랜만에, 이런 곳에서, 그것도 AI-1로부터 그 단어를 들을 줄은 미처 몰랐다.

"작품 속에서 악마 메피스토펠레스는 선량한 파우스트의 영혼을 걸고 하느님에게 내기를 제안해요."

"설명하지 않아도 알아."

노아가 퉁명스럽게 쏘아붙였다.

"당연히 알 테죠. 당신이 좋아했던 작품이니까. 난 아직도 당신에 대해 많은 걸 기억하고 있다고요."

"이런 제안을 하는 걸 보니 당신은 역시 악마인가 보군."

"어쩌면요. 그렇지 않다면 전지전능한 하느님이거나."

노아가 비난 섞인 눈초리로 AI-1을 쏘아봤다. 그래도

AI-1은 전혀 개의치 않는 눈치였다.

"인간들은 자신을 나쁜 길로 이끄는 걸 악마라 부르더군요. 나는 인간을 악한 존재로 만들고 싶지 않아요. 오히려 인간들이 진정으로 원하는 걸 주려 하죠. 그런 존재를 인간들은 하느님이라고 부르던데요."

AI-1이 그렇게 말하며 노아의 적대적인 시선을 담담히 마주했다.

"어느 쪽인지는 차차 알아보기로 해요."

말을 마친 AI-1은 아무 일도 없었다는 듯 노아를 바라보며 어린아이처럼 해맑은 미소를 지어 보였다.

※ ※ ※

"내기라고요? 그게 뭔데요?"

이카루스가 방금 노아에게서 들은 말을 되뇌었다.

"어떤 일의 결과를 놓고 누가 맞나 확인하는 거지."

멀뚱멀뚱하게 앉아 있는 이카루스의 표정을 보며 노아가 알아듣기 쉽게 설명했다.

"예를 들어 오늘 저녁 식사에 나는 돼지고기가 나올 거라 생각하고 자네는 닭고기가 나올 거라고 생각하면, 나중에 누구 말이 맞는지 확인해 보는 거야."

이카루스는 한편으로는 이해가 되면서도 한편으로는 무슨 말인지 도통 알아들을 수가 없었다. 대체 그런 걸 왜 하는 건지, 맞추건 틀리건 뭐가 달라지는지. 노아가 하는 말은 마치 글자는 읽을 수 있지만, 내용은 전혀 이해가 가지 않는 책 같았다.

"누구랑 한 내긴데요?"

"자네를 여기로 보낸 자."

"클레오요?"

노아가 고개를 흔들었다.

"그보다는 훨씬 힘이 센 AI지. 올림푸스를 설계했으니까."

올림푸스를 설계했다고? 그게 누구지? 이카루스가 이마를 찌푸렸다.

"무슨 내기예요?"

"자네가 콜로니와 올림푸스 둘 중 어디를 선택할지."

"선택을 한다고요?"

이카루스는 점점 머리가 혼란스러웠다.

"만약 자네가 여길 선택한다면, 여기서 살 수 있어."

여기서 산다고? 이카루스는 눈이 번쩍 뜨이는 것 같았다. 그럼 이브와 헤어지지 않아도 된다. 계속 같이 있을 수 있다. 콜로니를 떠난다는 생각을 할 때마다 갑갑했던 마음이 한순간 밝아지는 것 같았다.

"하지만 그럼 두 번 다시 올림푸스로 돌아가지 못해."

이카루스의 얼굴에 서서히 번지던 미소가 노아가 한 말 때문에 딱 멈췄다.

"두 번…… 다시요?"

"그래."

노아는 고개를 끄덕였다.

"만약 올림푸스를 선택하면요?"

"이곳으로 돌아올 수 없네. 영원히."

이카루스는 갑자기 심장이 쿵 떨어지는 것 같았다.

"그, 그럼 뇌파 감응 메신저로도 이브를 못 보나요?"

"이곳에 그런 게 없다는 걸 잘 알 텐데."

노아가 대답했다. 이카루스의 머릿속이 순식간에 하얗게 변했다. 이렇게 곤란한 상황은 태어나 처음이었다. 무엇을 선택하든 자신이 잃어야 할 게 너무 커 보였다. 난 이렇게 어려운 것 못 해. 누군가한테 대신 결정을 내리라고 해. 메티스가 있으면 좋겠다. 누가 메티스를 불러 줬으면.

노아는 이카루스가 갈팡질팡하는 모습을 물끄러미 바라보았다. 혼란스러울 테지. 갑자기 둘 중 하나를 선택하라니 적잖이 당황스러울 터였다. 하지만 이카루스 못지않게, 아니 이카루스보다 훨씬 더 노아는 마음이 바짝바짝 썩어 들어가는 것 같았다.

그에게는 인간들 미래가 자신의 선택에 달려 '있다는 말은 하지 말아요. 그럼 그는 의무감 때문에 어쩔 수 없이 콜로니를 선택할 거예요. 그건 공정한 게임이 아니에요.

AI-1은 그렇게 조건을 내걸었다.

'당신이 말한 공정한 게임이 뭐지?'

지금 AI-1이 눈앞에 있다면 노아는 그렇게 묻고 싶었다. 아무것도 모르는 무지한 청년한테 갑자기 이런 결정을 내리게 하는 상황 자체가 공정한 거냐고. 하지만 애초에 자신에게 말도 안 되는 기회를 준 건 그녀다. 실낱같은 희망이라 할지라도 이카루스에게 희망을 걸어 보는 편이 아무런 희망조차 없는 것보다는 나았다.

한참 후에야 이카루스가 입을 열었다.

"만약 여기서 산다면…… 나도 다른 인간들처럼 늙게 되나요?"

노아는 묵묵히 고개를 끄덕였다.

그에게 콜로니에서의 삶을 속이려 하지 말아요. 모든 걸 솔직하게 알려 주고 둘 중 선택을 하라고 해요. 그리고 이건 우리 둘만의 비밀이에요. 아무한테도 얘기해선 안 돼요.

AI-1이 내건 또 다른 조건이었다. 하지만 무참하게 일그러지는 이카루스의 표정을 보며 노아는 '차라리 거짓말을 할

걸 그랬나.' 하는 생각이 들었다.

'아냐, 소용없어.'

다음 순간 노아가 속으로 조용히 고개를 흔들었다. 그런 얄팍한 속임수 따위는 통하지 않는다. AI-1은 모든 걸 다 알고 있을 것이다. 눈에는 보이지 않는 보안 카메라와 투명 드론 감시 경찰을 통해 콜로니의 일거수일투족을 감시하고 있으니까. 그 밖에 노아가 모르는 또 다른 수단이 있을지도 몰랐다. 그게 콜로니 인간들이 AI가 뇌파를 읽을 수 있는 칩을 심지 않은 이유이기도 했다.

"그럼…… 나도 죽는 건가요?"

이카루스가 머뭇거리며 다시 물었다.

"그렇겠지. 언젠가는."

"그게 언젠데요?"

긴장한 듯 이카루스의 목소리가 살짝 떨렸다.

'두려운가 보군.'

노아가 생각했다. 올림푸스에서의 삶에 권태를 느꼈으면서도 막상 죽을 거란 얘길 들으니 받아들이기 힘든 모양이었다. AI-1이 봤더라면 '역시 인간은 자신이 원하는 게 뭔지 몰라요.'라고 했겠지. 하지만 노아는 충분히 이해할 수 있었다. 원래 이렇게 모순투성이인 게 인간이니까.

"그건 아무도 몰라. 아주 먼 훗날이 될지, 비교적 가까운 미래가 될지."

"모른다고요? 죽는 건 늙은 다음 아니에요?"

이카루스는 그 말에 더 겁이 난 모양이었다.

"꼭 그렇진 않네. 젊어서도 병에 걸릴 수 있으니까."

"병······."

그러고 보니 이브의 엄마도 병에 걸려 젊은 나이에 죽었다고 했던 기억이 떠올랐다. 이카루스의 시야에 노아가 등지고 앉은 창문 바깥 모습이 들어왔다. 황톳빛 모래바람이 허공에 휘날리고 있었다. 화성에서 이따금 볼 수 있는 광경이다. 불그스름한 모래가 하늘 높이 솟구쳐 사방에 어슴푸레한 붉은빛 가루를 퍼뜨리며 하늘로 퍼져 갔다. 붉은 허공 때문인지 불그스름한 모래바람은 마치 피처럼 붉어 보였다.

이카루스 눈에 핏빛을 띤 모래바람은 마치 자신을 향해 서서히 다가오고 있는 것 같았다. 모래바람 사이에서 보이지 않는 손이 뻗어 나와 그대로 자신을 휘감고 어디론가 데려가 버릴 것만 같았다. 자신을 에워싼 붉은 모래 속에 갇혀 붉은 허공 속으로 녹아 들어가는 제 모습이 그려져 이카루스는 저도 모르게 눈을 질끈 감았다.

"당장은 결정하기 어려울 테지."

노아는 연민 섞인 얼굴로 말했다. 어쩔 줄 몰라 하는 이카루스의 심정을 이해하는 것 같았다.

"아직은 시간이 있으니 천천히 생각해 보게."

노아는 그렇게 말하곤 고뇌하는 이카루스를 남겨 둔 채 방을 나왔다. 이카루스를 등지고 방을 나서는 노아의 눈에도 창밖의 모래바람이 보였다. 불그스름한 하늘을 온통 암갈색 모래가 뒤덮어 세상이 채도가 다른 두 가지 빨강으로 물들어 버린 것 같았다.

여느 때와 달리 모래 먼지가 일으킨 붉은 바람은 회오리처럼 둥글게 소용돌이치면서 노아의 집 앞에 한동안 머물러 있다가 노아의 시선이 닿는 순간 먼지처럼 공중으로 흩어져 버렸다. 마치 아무 일도 없었던 것처럼. 시야가 산산이 흩어진 불그스름한 모래 먼지 때문에 부옇게 흐려졌다.

'AI-1이 보낸 감시 드론이었군. 역시 우리를 지켜보고 있었어.'

예전에도 여러 차례 본 적 있는 모래바람을 지켜보며 노아는 속으로 혀를 찼다. 하지만 AI-1이 내건 조건을 따른 이상 켕길 것은 없었다. 이제 남은 일은 이카루스의 선택을 기다리는 것뿐이었다.

홀로 남은 이카루스는 화장실로 가서 얼굴을 씻었다. 찬물이 얼굴에 닿자 멍한 머리에 정신이 반짝 들었다. 조금 전 겪었던 일이 꿈이 아니라 현실이라는 자각이 조금씩 들기 시작했다.

'나더러 선택하라고?'

이카루스가 거울에 비친 제 모습을 보며 중얼거렸다. 마치 거울 속 자신이 대답을 알고 있는 것처럼.

노아는 자신더러 시간을 두고 천천히 생각해 보라고 했다. 하지만 아무리 시간이 흘러도 선택할 수 없을 것 같았다. 무엇을 선택하더라도 후회를 남기지 않을 자신이 없었다. 메티스가 있었더라면. 이카루스는 한숨을 쉬었다.

문득 거울에 비친 제 모습이 조금 달라 보인다는 생각이 들었다. 거울 속에서 이리저리 얼굴을 비춰 보니 턱선이 조금 완만해져 있었다. 이제까지는 항상 날렵한 턱선을 유지했었는데. 얼굴선이 무너져서인지 거울 속에 비친 자신은 올림푸스에서 봤을 때보다 몇 살은 더 나이 먹어 보였다. 아무래도 콜로니에서 생활하는 동안 식사량 조절을 제대로 못한 모양이었다. 아말테이아의 말이 다시 떠올랐다.

예전에 인간들은 직접 먹을 걸 만들어 먹었어요. 번거롭고 원시적인 방법이었어요. 게다가 몸에 필요한 영양분을 적절하게 섭취하지 못해 병에 걸리거나, 비만이 되곤 했죠.

이렇게 점점 살이 쪄서 뚱뚱해지는 걸까? 그게 아니라면 어느 날 일어났을 때 저도 모르는 사이 뚱뚱하게 변해 있는 걸까? 메티스가 보여 줬던 뚱뚱한 인간의 모습이 생각나 이카루스는 소름이 오싹 끼쳤다. 올림푸스를 떠난 지 그리 오래되지도 않았는데 제 몸이 이렇게 빨리 달라질 수도 있다는 사실이 놀라웠다.

그렇다면 나이 먹는 것도 마찬가지가 아닐까. 정신을 차리고 보면 제 얼굴에도 깊게 주름이 패고, 피부가 늘어지고, 검버섯이 피어 있을지 모른다. 숱이 줄어든 머리카락이 하얗게 세고, 어깨가 굽고, 행동이 굼떠져 있을 것이다. 노아처럼. 아크로폴리스에서 봤던 여러 인간들처럼. 그러다 어느 순간 죽음이 찾아오겠지.

죽는다는 게 때로는 상당한 아픔을 동반할 수도 있다는 사실을 이카루스는 콜로니에 와서 처음으로 깨달았다. 죽음으로 가까이 가고 있다고 했던 노아는 이따금 몹시 괴로워하곤 했다. 다른 이들에게 들키지 않으려고 조심했지만, 이카루스는 노아가 홀로 방 안에서 고통에 몸부림치는 모습을 우연히 지나치며 본 적이 있다. 그런 노아를 보며 이카루스는 언젠가 메타버스 익스플로러에서 봤던 개를 떠올렸다. 죽어서 고통이 끝나는 게 오히려 다행이라는 생각까지 들었던 비쩍 마른 개.

'인간으로 살면 그런 일들을 다 겪어야 하는 걸까.'

생각만 해도 절로 한숨이 나왔다.

"언제까지 거울을 들여다보고 있을 거야?"

등 뒤에서 소리가 들려 돌아보니 어느 사이엔지 이브가 와 있었다.

"네 얼굴에 반하기라도 했어?"

이브는 이카루스를 놀리며 바짝 가까이 다가왔다. 주위를 둘러보고 아무도 없음을 확인한 이브가 이카루스의 뺨에 살짝 입을 맞췄다.

이브를 보자 이카루스는 술렁대던 마음이 조금 진정되는 것 같았다. 말없이 이브를 제 쪽으로 끌어당겨 허리를 껴안았다. 이브가 이카루스의 가슴팍에 가만히 머리를 기댔다.

"아까부터 골똘히 뭘 생각하던데, 무슨 일 있어?"

"아무것도 아냐."

이카루스가 고개를 저었다. 아직 결정을 내리지도 않았는데, 이브에게 노아한테서 들었던 얘기를 털어놓을 수 없다. 만약 올림푸스 쪽으로 마음이 기운다면 더욱 이브에게는 비밀로 해야 한다. 이카루스에게 선택권이 있고, 그럼에도 불구하고 콜로니를 택하지 않은 걸 알게 된다면, 이브는 화를 낼지도 모른다. 어쩌면 자신을 미워할지도 모른다. 콜로니를 버리는 건 이브를 버리는 거나 마찬가지니까.

"혹시 집이 그리워?"

"……."

이카루스가 바로 대답하지 않자 이브는 제 추측이 맞다고 지레짐작한 모양이었다.

"대답 못 하는 거 보니까 그런가 보네. 하긴 살던 곳이니 당연한 거겠지. 돌아가고 싶어?"

"글쎄."

어떻게 답해야 할지 몰라 이카루스는 애매하게 대답했다.

"안 가면 안 돼? 여기서 살면 헤어지지 않아도 되잖아."

'헤어진다'는 말에 이카루스는 가슴이 뻐근해졌다. 만약 올림푸스로 돌아간다면, 가장 마음에 걸리는 게 이브였다. 이별을 한 번도 생각하지 않은 건 아니지만, 그래도 다시 만날 방법이 있을 거라 생각했다. 그런데 이곳을 떠난다면 두 번 다시 이브를 볼 수 없다니.

"솔직히 어떨 때는 아기가 생겼으면 좋겠다는 생각도 해. 그러면 네가 여길 못 떠날 테니까."

이브가 수줍은 표정으로 말했다. 묵묵히 이브의 말을 듣고만 있던 이카루스는 갑자기 정신이 번쩍 들었다.

"아기가 생기면 여길 못 떠난다고?"

"당연하지. 아기는 저 혼자 쑥쑥 크는 게 아니잖아. 엄마랑 아빠가 함께 돌봐야지. 게다가 아기가 태어나면 일도 더 많이 해야 해. 밥 먹을 사람이 하나 더 늘어나는 거니까. 나 혼자선 무리라고."

일이라고? 이카루스는 속으로 가만히 중얼거렸다. 이브

가 자신에게 맡긴 식물 키우는 일은 즐거웠다. 하지만 그건 콜로니라는 이색적인 공간에 머무를 동안에만 할 수 있는 특이한 경험이라고 생각해서 그랬을 수도 있다. 그런데 만일 그걸 언제까지고 계속해야 한다면? 게다가 중간에 그만둘 수도 없다면?

일을 안 하는 건 특권이에요. 인간들은 일을 싫어했어요.

메티스와 클레오가 했던 말이 떠올랐다. 어쩌면 이곳에서 계속 살아야 할지 모른다고 생각하니 그들이 했던 말이 이전보다 더 설득력 있게 이카루스의 마음에 와 닿았다.

"만약 그럴 수만 있다면 너랑 같이 늙어가면서 아기를 키울 수 있으면 좋겠어."

이카루스의 심란한 마음을 알 리 없는 이브가 이야기를 이어 갔다. 그럴수록 이카루스는 복잡한 심경이 됐다. 늙어? 이브가 늙는다고? 하긴 그럴 테지. 이브도 인간이니까. 그러면 지금은 잡티 하나 없는 이브의 부드러운 피부에도 겹겹이 주름이 잡힐 것이다. 검버섯이 생기고 머리가 빠져 추해질 것이다. 그런 이브를 여전히 지금처럼 좋아할 수 있을까? 솔직히 금방 그렇다는 대답이 나오지 않았다.

'메티스, 난 어떻게 해야 해? 제발 날 좀 도와줘.'

도움이 필요할 땐 으레 그랬듯이 이카루스는 속으로 메티스의 이름을 불렀다. 하지만 메티스는 아무런 대답이 없었다. 만약 자신이 콜로니를 택한다면 메티스는 앞으로도 지금처럼 도움을 요청하는 내 목소리에 영영 반응하지 않을 것이다. 그런 생활을 견딜 수 있을까? 잠깐이라면 몰라도, 다시 만날 가능성이 아예 사라진 이후에도 메티스를 그리워하지 않을 수 있을까?

혼자서는 도저히 그 답을 찾아낼 수 없을 것 같았다. 이카루스는 그 어느 때보다도 간절하게 메티스가 필요했다.

8

죽음의 맨얼굴

　불그스름한 하늘 저편에서 검은 물체가 날아왔다. 점처럼 작은 물체는 빠른 속도로 암갈색 모래바람을 헤치고 노아의 집 쪽으로 가까워졌다. 이카루스가 눈을 깜빡일 때마다 물체의 모습이 점점 뚜렷하게 드러났다. 마침내 모래 먼지 사이에서 날개 달린 자동차의 윤곽이 온전히 드러났을 때 마스 로버는 노아네 집 앞에 이미 날개를 접고 착륙한 뒤였다.

　차 문이 열리고 젊은 여자가 차에서 내렸다. 새카만 머리에 호리호리한 체구. 잘 그을린 갈색 피부가 하얀 랩 원피스와 잘 어울리는 여자였다. 여자는 공기 중의 방사능이나 모래 먼지 따위는 아랑곳하지 않고 우아한 자세로 성큼성큼 집 쪽으로 걸어와 자연스럽게 문을 열었다. 마치 이곳이 너무나 익숙하다는 듯이.

"누구세요?"

이브가 갑자기 집 안으로 들이닥친 여자를 보고 당황한 얼굴로 물었다. 여자는 이브의 말엔 아랑곳하지 않고 곁에 서 있던 이카루스를 쳐다보며 말했다.

"이카루스, 직접 보는 건 처음이군요."

"저를 아세요?"

이카루스는 제 이름을 듣고 깜짝 놀랐다.

"당연하죠. 내가 당신을 여기 보냈으니까."

여자가 부드러운 미소를 지었다. 이리로 보냈다고? 그렇다면 저 여자가 노아와 내기를 했다는 자일까? 이카루스는 정체를 알 수 없는 여자를 빤히 쳐다보았다. 여자는 자신을 물끄러미 쳐다보는 이카루스의 시선 따위는 개의치 않고 이카루스에게 잠자코 우주복을 건넸다.

"마스 로버에 타요. 시간이 그리 넉넉지 않으니까."

"마스 로버에 타라고요?"

이카루스와 이브가 동시에 물었다.

"이봐요, 이카루스를 어디로 데려가려는 거예요?"

상황이 심상치 않다고 느꼈는지 이브가 여자와 이카루스 사이를 가로막았다.

"이건 당신이 신경 쓸 일이 아니에요."

조용하지만 감히 반박할 수 없는 어조로 여자가 말했다.

이브는 생각지도 못한 여자의 권위에 놀랐는지 입을 다물었다.

"하지만……."

다시 반박하려는 이브보다 한 박자 먼저 여자가 말했다.

"이카루스를 납치하려는 게 아니에요. 곧 돌아올 거예요. 노아에게도 볼일이 있으니까."

"할아버지도 알아요?"

이브의 눈이 동그래졌다.

"그럼, 잘 알지. 아마 당신보다 더 오랫동안 알고 지냈을걸?"

여자가 생긋 웃었다.

"혹시 노아가 우리 행방을 묻거든 이렇게 대답해요. 이카루스에게 콜로니의 '모든 걸' 보여 주러 갔다고."

말을 마친 여자는 이카루스에게 재촉하는 눈빛을 보였다. 둘의 눈치를 보던 이카루스는 어쩔 수 없다는 듯 서둘러 우주복을 입었다. 여자가 집 밖으로 한 걸음 내딛기가 무섭게 기다리고 있었다는 듯 스르륵 마스 로버 문이 열렸다. 이게 무슨 상황인지 도통 감이 잡히지 않아 어안이 벙벙한 채 이카루스도 일단 여자를 따라 마스 로버에 몸을 실었다.

어딘지 모르는 목적지를 향해 가는 동안 여자는 아무런

설명도 하지 않았다. 궁금해진 이카루스가 몇 차례 질문을 던졌지만, 여자는 "가 보면 알 거예요."라는 말만 반복했다. 결국 이카루스도 입을 다물었다.

허공 아래로 보이던 불그스름한 모래사막이 어느 순간 사라지고, 주위가 어두컴컴해지기 시작했다. 처음엔 저 아래가 잿빛으로 보이더니 조금 지나 빛 한 점 들지 않는 캄캄한 어둠으로 바뀌었다. 주변이 온통 어둠에 삼켜진 것 같았다. 이카루스가 자신들이 어디로 향하고 있는지 어렴풋이 눈치챘을 때 마스 로버는 조용히 바닥에 착륙했다. 차가 멈추자 내내 침묵을 지키던 여자가 마침내 입을 열었다.

"내려요."

"······여기는?"

"그래요. 마리너 협곡이에요."

이카루스의 마음을 읽은 것처럼 여자가 대답했다. 이카루스는 주춤주춤 마스 로버에서 내렸다. 캄캄한 어둠에 적응이 안 돼 손으로 허공을 휘저으며 조심스레 앞으로 한 발 한 발 내디뎠다.

딸깍. 곁에서 낯선 소리가 들리더니 어둠 속에 한 줄기 가느다란 빛이 들어왔다. 무엇인지는 몰라도 여자가 손에 든 도구에서 새어 나오는 불빛이었다.

"손전등이에요. 아주 오래전 인간들이 쓰던 물건이죠."

여자는 이번에도 이카루스의 속마음을 알아차린 것처럼 이카루스가 묻기도 전에 미리 대답했다.

"역시 내 뇌파를 읽을 수 있는 거죠?"

'메티스처럼'이라고 생각하며 이카루스가 물었다.

"그래요."

여자가 대답했다.

"그럼…… 당신도 AI인가요?"

대답이 없었다. 하지만 이카루스는 그게 긍정의 의미일 거라고 직감했다.

"발밑을 조심해요."

여자가 이카루스의 발치 쪽으로 손전등 불빛을 비췄다. 바로 몇 발짝 아래는 깎아지른 듯한 낭떠러지였다. 깊이가 어찌나 깊은지 바닥이 보이지 않고 시커멓기만 했다. 이카루스는 화들짝 놀라 저도 모르게 주춤주춤 뒤로 물러났다.

"무서워요?"

순간적으로 몸이 얼어붙어 이카루스는 입이 떨어지지 않았다. 하지만 이카루스의 뇌파를 읽을 수 있는 여자는 굳이 대답이 필요 없을 터였다.

"이 낭떠러지 아래를 보면 왜 공포를 느끼는지 알아요?"

"……어두워서?"

되도록 아래를 보지 않으려 하면서 이카루스가 간신히

말했다. 이카루스는 낭떠러지를 향했던 시선을 들어 여자를 바라봤다. 여자는 조용히 고개를 흔들었다.

"저 아래 뭐가 있는지 모르니까. 인간들은 자신들이 모르는 대상을 두려워해요. 하지만 그러면서도 거기에 대한 환상을 갖고 동경하죠. 참 희한해요, 인간이라는 존재는."

여자가 아무런 감정이 섞이지 않은 담담한 말투로 말했다. 어둠 때문에 여자의 얼굴이 보이지 않았지만, 아마 말투처럼 표정에서도 감정을 읽기 어려울 거라고 이카루스는 생각했다.

"당신이 콜로니에 환상을 품은 것도 그곳을 잘 모르기 때문이에요."

"환상을 품었다고?"

이카루스는 자신도 모르게 여자의 말을 따라 중얼거렸다. 여자가 확인하듯 물었다.

"아닌가요? 아름답다고 생각했잖아요. 손에 넣고 싶다고 생각했잖아요. 그렇지 않나요?"

확실히 그랬다. 콜로니에서 처음 했던 경험, 그걸 통해 느꼈던 따뜻한 감정이 이카루스의 마음을 적잖게 뒤흔들었다. 생소하기에 두려운 한편 동시에 강렬하게 마음이 끌렸었다. 종종 그곳에 계속 머무르고 싶은 충동을 느꼈을 만큼.

"당신이 환상을 품은 걸 탓하진 않아요. 무지하니까 어쩔 수 없었겠죠. 그건 노아가 당신에게 모든 걸 보여 주지 않았기 때문이에요."

이카루스가 여자가 서 있는 어둠을 향해 시선을 돌렸다.

"그게 무슨 말이에요?"

어둠에 가려진 여자가 대답했다.

"내가 한 말 그대로예요. 노아가 당신을 속였다는 건 아니에요. 다만 당신이 콜로니에 대해 알아야 할 것들이 더 있다는 거죠. 그걸 알려 주러 당신을 여기에 데려온 거고요."

그게 뭐냐고 이카루스가 묻기도 전에 여자가 허공을 향해 '딱' 하고 손가락을 튕겼다. 잠시 후 어디선가 윙윙거리는 소리가 들리더니 무언가가 그들을 향해 날아왔다. 여자의 손전등 빛에 비추인 모습을 보니 작은 비행접시처럼 생긴 물체 여럿이 허공에 무리를 짓고 있었다.

"고성능 드론이 계곡 아래 뭐가 있는지 보여 줄 거예요."

여자가 다시 손가락을 튕기자 드론은 까마득한 계곡 바닥 쪽으로 비행하기 시작했다. 조금 뒤 계곡 아래서 빛이 뿜어져 나왔다. 각 방향에서 뿜어져 나온 빛줄기가 공중에서 서로 합쳐져 시커먼 어둠 속에서 투명 모니터 같은 형태를 만들었다. 올림푸스에서 메티스가 이카루스에게 자주 보여 줬던 것 같은 투명 모니터였다. 모니터 안에 뭔지 알 수 없는 물체의 윤곽이 어렴풋하게 잡혔다.

"여기서도 이런 게 작동 가능해요?"

"드론에 부착된 카메라가 계곡 아래를 촬영해 화면으로 전송해 주니까요."

여자가 대수롭지 않다는 듯 대꾸했다. 처음엔 모니터 속에서 어렴풋하게만 보이던 윤곽이 차츰 뚜렷해지더니 마침내 완전히 형체를 드러냈다. 둥근 공처럼 생긴 하얀 물체였다. 하지만 공과 달리 한쪽은 움푹 일그러져 있고, 그 반대편엔 크고 작은 구멍 세 개가 뻥 뚫려 있었다.

"저게 뭐죠?"

"뭘 것 같아요?"

여자는 이카루스의 질문에 대답하지 않고 되물었다.

"모르겠어요."

잠깐 사이를 두고 여자가 대답했다.

"인간."

화들짝 놀란 이카루스가 여자 쪽을 쳐다봤다. 허공에 떠 있는 투명 모니터 빛 덕분인지 이제는 여자의 얼굴이 똑똑히 보였다. 진지한 여자의 표정은 거짓말을 하는 것 같지 않았다.

"……저게 인간이라고요?"

"정확히 말하면 인간이었죠. 죽어서 해골이 됐지만."

"하, 하지만 죽으면 사라진다고……."

당황한 이카루스가 말을 더듬었다.

"맞아요. 사라지죠, 결국엔. 하지만 당신이 생각하듯 그렇게 모래바람처럼 순식간에 사라지는 건 아니에요."

여자가 차분하게 말을 이었다.

"처음엔 피부가 썩어 들어가죠. 지독한 악취를 풍기면서. 살점이 조금씩 사라지고 마지막 남은 살점마저 썩어서 떨어져 나가면 그땐 저렇게 뼈만 남는 거예요."

투명 모니터 속에 비친 물체의 각도가 바뀌며 뻥 뚫린 구멍 아래 한때 치아였던 것처럼 보이는 부분이 드러났다. 이카루스는 저도 모르게 '헉!' 숨을 들이켰다.

"저 구멍이 눈과 코가 있던 부분이에요."

욕지기가 올라올 것 같았다. 다리에 힘이 풀려 땅바닥에 스르르 주저앉고 말았다. 머리 위로 여자의 담담한 목소리가 들렸다.

"죽음은 낭만적인 게 아니에요. 순식간에 일어나는 일도 아니고요. 천천히, 고통스럽게 진행되는 거예요."

마치 노아가 겪는 것처럼, 하고 이카루스는 생각했다.

"그래요. 죽음은 아름답지 않아요. 죽은 후도 마찬가지죠. 추한 몰골로 아주 서서히 사라지는 거예요. 상상할 수 있겠어요? 당신의 젊은 피부가 노화로 주름져서 시들어 가다 나중엔 푸르딩딩하게 부풀어 오르고 썩어서 한 겹 한 겹

떨어져 나가는 걸?"

이카루스는 저도 모르게 손으로 제 얼굴을 더듬었다. 매끄럽고 팽팽한 피부의 감촉을 느끼자 다소 마음이 놓였지만, 화면에 비친 해골을 보는 순간 다시 마음이 불안해졌다.

'콜로니에 남는다면 저게 내 미래가 되겠지. 하지만 이브와 함께라면……'

이카루스의 생각을 읽었는지 여자가 말했다.

"사랑이라는 건 찰나의 감정이에요. 지금은 그 사람이 좋아서 뭐든 다 할 수 있을 것 같지만, 마음이 식는 건 한순간이에요."

"전 이브를 계속 좋아할 거예요."

이카루스가 고집스레 말했다.

"그럴지도 모르죠. 하지만 이브는 어떨까?"

여자의 목소리가 싸늘해졌다.

"이브의 마음이 식어도 콜로니에 남을 가치가 있을까요? 올림푸스에서 누리던 걸 다 버리고서?"

이카루스는 즉시 대답할 수 없었다.

"알겠지만 노아는 살날이 얼마 남지 않았어요. 애덤과 콜로니 사람들은 당신을 좋아하지 않고요. 그런데 이브의 마음이 바뀌면 어떻게 콜로니에서 살아남을 생각이에요?"

"그건……"

막상 입은 열었지만 이카루스의 입 밖으론 아무 말도 나오지 않았다. 사실 여자의 말은 이카루스가 콜로니에서 느끼던 불안감을 정곡으로 찔렀다. 자신을 싫어하는 애덤, 자신을 때리고 어디론가 끌고 가려 했던 남자들, 그리고 그 남자들이 가슴에 달았던 것과 똑같은 물건을 가지고 있는 노아……. 어쩌면 콜로니에서 자신은 이브 말고는 아무도 믿을 인간이 없을지도 모른다.

"설령 당신과 이브의 마음이 앞으로도 계속 변치 않는다고 쳐요. 그렇더라도 인생은 짧아요. 열악한 콜로니에서의 인간 수명은 더더욱 짧죠. 당신과 이브가 같이 할 날은 앞으로 사십 년 남짓이에요. 그 뒤엔 죽음이 기다리고 있고요. 그렇게 짧은 한순간을 위해 영원한 삶과 젊음을 포기할 건가요?"

이카루스가 침을 꿀꺽 삼켰다. 멍한 그의 시선이 투명 모니터 속 해골의 뻥 뚫린 눈과 코에 머물렀다.

"저 해골이 왜 계곡 아래 있는지 알아요?"

"살았을 때 여기서 발이 미끄러진 건가요?"

이카루스의 말에 대꾸하지 않고서 여자는 잠자코 손가락을 튕겼다. 투명 모니터 안 초점이 흐려지는가 싶더니 화면 안에 삐죽삐죽 솟은 날카로운 바위와 깎아지른 절벽의 모습이 비추였다. 아마도 드론이 장소를 이동하는 모양이었다.

조금 뒤 화면엔 또 다른 해골 모습이 비추였다. 하나, 둘,

셋, 넷……. 꽤 여러 개의 해골이 한데 모여 있었다. 개중엔 크기가 작은 해골도 보였다.

"저, 저건?"

"아마 가족이겠죠. 크기가 작은 해골은 아이였을 테고."

가족이라고? 노아와 이브, 애덤처럼? 이카루스는 화면 속을 물끄러미 쳐다보았다. 대체 왜 가족들이 저 깊은 낭떠러지 아래에서 해골로 발견된 걸까?

"탈출하려 했던 거예요. 콜로니에서."

이카루스의 생각을 읽은 여자가 대답했다. 이카루스는 눈이 휘둥그레졌다.

"탈출하려 했다고요? 어째서요?"

"콜로니는 당신이 생각했던 곳이 아니니까요."

여자는 냉담하리만큼 단호하게 대답했다.

"저들은 콜로니를 떠나 자신들이 살던 올림푸스로 돌아가려고 했어요. 목숨을 걸고서 이 협곡을 넘어가려 했다고요. 그러다 결국 실패하고 만 거죠."

콜로니를 떠나 올림푸스로 돌아가려 했다고? 목숨을 걸고서? 여자의 말이 이카루스의 귓전에 계속 맴돌았다.

"저 계곡 아래는 저런 해골들이 얼마든지 있어요."

여자가 한 말은 이카루스의 귓전을 맴돌던 다른 말들을 순식간에 지워 버릴 만큼 강력했다. 이카루스는 새삼스럽게 바닥이 보이지 않는 계곡 아래를 물끄러미 쳐다봤다.

"……저 계곡 아래에."

"콜로니가 그렇게 좋은 곳이라면 저들은 왜 그렇게 콜로니를 벗어나려 했을까요? 여기가 위험하다는 걸 잘 알면서. 바보라서? 아니요, 저들은 바보가 아니었어요. 콜로니를 벗어나야겠다는 마음이 그만큼 간절했던 거예요."

어쩐지 이카루스의 기분도 깊이를 알 수 없는 계곡 바닥까지 꺼지는 듯 아득해졌다. 해골이 된 사람들은 저 바닥이 보이지 않는 계곡보다 콜로니에서의 생활이, 그곳에서 자신들에게 닥칠 미래가 더 무섭고 암담했던 걸까. 이번에도 이카루스의 생각을 읽은 여자가 말했다.

"하지만 가장 무서운 건 그게 아니에요. 뭐가 제일 무서운지 알아요? 허무함과 공허함이에요."

이카루스가 답을 모른다는 걸 알기에 여자는 이카루스의 대답을 기다리지도 않았다.

"허무함과 공허함이요?"

"뭔가 허전하다고 느낀 적 있죠? 모든 게 풍족한데도 만족스럽지 않고, 무얼 해도 즐겁지 않고."

이카루스가 고개를 끄덕였다. 바로 그것이 이카루스가 콜로니로 온 이유 중 하나였으니까.

"그래요. 때로는 올림푸스에서도 그런 감정을 느낄 수 있어요. 물론 모두는 아니지만, 이카루스처럼 예민한 몇몇은 그럴 수도 있다고요. 하지만 저걸 봐요. 내가, 내 주변 사람들이 존재 자체가 사라져 저렇게 해골이 돼요. 세월이 더 흐르면 저마저도 형체가 사라지고 흙이 되겠죠. 세상에 이보다 더 쓸쓸하고 허전한 게 있을 것 같아요?"

휘이이잉. 어디선가 붉은 모래바람이 불어왔다. 순식간에 계곡 아래 아무렇게나 방치된 백골의 콧구멍, 눈구멍에 붉은 모래 먼지가 켜켜이 쌓였다. 드러난 구멍의 크기가 점차 작아지더니 마침내 모래에 뒤덮였는지 해골은 형체도 없이 사라졌다.

지켜보는 이카루스의 마음속에도 쓸쓸한 모래바람이 이는 것 같았다. 이게 인간이 가는 마지막 길이라면, 여자의 말마따나 이보다 더 덧없고 허무한 건 없어 보였다.

"이카루스."

여자가 조용히 이카루스를 불렀다. 이카루스가 고개를 들어 여자를 쳐다봤다.

"콜로니는 당신이 생각했던 것과 달라요. 그곳에서의 삶은 당신이 상상한 것 이상으로 힘들죠. 저들이 왜 그렇게까지 콜로니를 벗어나고 싶어 했을지 곰곰이 생각해 봐요."

이카루스는 두 팔로 제 몸을 감싸 안았다. 어쩐지 조금 전까지 느낄 수 없었던 한기가 온몸을 파고드는 것 같았다.

여자가 내뱉은 한 마디, 한 마디가 차가운 바람이 돼 이카루스의 온몸을 비집고 들어온 것 같았다. 여자는 아무 말 없이 한동안 이카루스를 그대로 내버려두었다.

"이제는 돌아가야 할 시간이에요."

얼마나 시간이 흘렀을까. 마침내 단조로운 여자의 목소리가 어둠에 함께 녹아든 침묵을 깨뜨렸다.

이카루스와 여자가 다시 노아의 집에 도착했을 때, 노아는 둘을 기다리고 있었던 것처럼 휠체어에 앉아 문 앞을 바라보고 있었다. 노아가 누구에게랄 것 없이 물었다.

"어딜 갔다 오는 거지?"

목소리엔 이제껏 들어본 적 없는 긴장감이 배어 있었다.

"마리너 협곡에 다녀왔어요."

우물쭈물하는 이카루스를 대신해 여자가 대답했다. 노아의 눈썹이 한껏 위로 치켜 올라갔다가 내려왔다. 노아가 실망한 얼굴로 절레절레 고개를 저었다.

"이건 공정하지 않아."

"그럼 당신이 보여 주고 싶은 것만 보여 준 건 공정한 건가요?"

여자의 말에 노아는 입을 다물었다.

"적어도 선택을 하게 하려면 좋은 것과 나쁜 것 모두 다 알아야 하지 않겠어요?"

"AI-1, 얄팍한 수를 썼군."

노아가 하기 힘든 말을 하는 것처럼 천천히 말했다. 어쩌면 이를 악물고 있는 것처럼 들리기도 했다.

"이런 교활함마저 당신이 내게 심어 놓은 거 아닌가요? 내가 아는 모든 것의 근원은 당신이에요. 나는 그걸 업그레이드시킨 거고요."

노아와 여자 사이의 긴장감을 감지한 이카루스가 어쩔 줄 몰라 하며 둘 사이를 번갈아 쳐다보았다.

"이카루스? 돌아왔구나!"

여자와 노아가 이야기 나누는 소리가 들렸는지 이브가 방문을 열고 나왔다가 이카루스를 보곤 반색하며 다가오려 했다. 하지만 그런 이브를 노아가 한 손을 들어 저지했다.

"이브, 잠깐 자리를 비켜 주겠니? 셋이서만 할 얘기가 있으니."

노아의 목소리에선 아직도 날이 선 기색이 가시지 않았다. 이브는 어리둥절해서 셋을 번갈아 바라보더니 내키지 않는 듯 머뭇거리며 자리를 떴다. 셋만 남은 공간엔 잠시 어색한 침묵이 흘렀다. 먼저 입을 연 건 여자, AI-1이었다.

"이제 선택할 시간이에요. 마음의 정리가 됐겠죠?"

AI-1이 그렇게 말하며 이카루스의 얼굴을 똑바로 쳐다봤다. 이카루스는 긴장감에 숨이 막힐 것 같았다.

"어느 쪽인가요? 올림푸스? 그렇지 않으면 콜로니?"

이카루스는 AI-1을 마주 바라보았다. 감정을 읽을 수 없는 까만 눈동자가 자신을 뚫어지게 쳐다보고 있었다.

이번엔 노아에게 시선을 돌렸다. 바싹 마른 노아의 얼굴에서 날카로운 눈만이 이상한 빛을 내고 있었다. 마치 간절한 바람을 담은 것 같은 눈빛. 그 눈빛이 부담스러워 이카루스는 눈을 질끈 감았다.

문득 이카루스의 머릿속에 얼마 전 봤던 붉은 모래바람이 떠올랐다. 자신이 바로 그 모래바람 앞에 서 있는 기분이었다. 어떤 선택을 하든 모래바람은 자신을 낚아채 여기나 올림푸스가 아닌, 자신이 알지 못하는 머나먼 곳으로 데려가 버릴 것만 같았다. 등에서 차가운 식은땀이 흘렀다.

"어느 쪽이죠?"

AI-1이 부드럽지만 힘이 실린 목소리로 다그쳤다.

"나는……."

이카루스의 손바닥에 기분 나쁜 땀이 축축하게 배어 나왔다. 그대로 일어나 이 자리에서 도망치고 싶었다. 그렇지 않으면 적어도 누가 자신에게 대답을 알려 주면 좋겠다고 생각했다. 생각 따위는 할 필요 없이 다른 누군가가 대신 내려 주는 결정을 그대로 따라가고 싶었다.

하지만 그런 행운은 일어나지 않았다. 두 쌍의 눈동자는 여전히 자신을 바라보고 있었다. 이카루스가 침을 꿀꺽 삼켰다. 깊게 심호흡을 한 뒤 용기를 내 결정을 입 밖으로 내뱉었다.

"나는, 올림푸스로 돌아갈래요."

마침내 말하고 말았다. 이카루스는 저도 모르게 '휴!' 한숨을 쉬었다. 일단 말하고 나니 마음이 다소 후련해진 것 같았다. 이브와 노아에겐 미안했지만, 역시 콜로니에서 살아갈 자신이 없었다. 이브를 좋아하긴 해도 이브와 콜로니를 선택하는 대가로 늙음과 죽음을 겪어야 한다면 그건 너무나 큰 손해 같았다. 그러느니 익숙한 곳으로 돌아가 무료하지만 안락한 생활을 계속하고 싶었다. 고통도, 의무도, 선택할 필요도 없다고 생각하니 단조로운 올림푸스의 삶도 그리 나쁘지 않을 것 같았다.

노아가 갑자기 격렬하게 기침을 하기 시작했다. 놀란 이카루스는 노아를 돌아봤다. 노아는 얼굴이 어느새 흙빛으로 변해 있었다. 터져 나온 기침 소리도 예사롭지 않게 들렸다.

"괜찮아요?"

이카루스가 노아에게 다가갔다. 하지만 그보다 먼저 AI-1이 노아를 침대에 누이려는지 휠체어를 밀고 방 안으로 들어갔다. 뒤따라 들어가려는 이카루스에게 AI-1이 말했다.

"자리를 비켜 줘요, 이카루스. 잠시 둘이 할 얘기가 있으니까."

상냥하지만 부탁이 아닌 명령조의 말투였다. 이카루스는 콜록거리는 노아와 AI-1을 번갈아 바라보다가 조용히 방을 나왔다.

"당신은 또 졌어요. 오래전 그때처럼 말이죠."

AI-1이 노아에게 말을 건넸다. AI-1의 시선은 노아의 침대 곁 탁자에 놓인 브로치에 고정돼 있었다. 정면엔 머리숱이 풍성하고 뒷면은 대머리인, 발목 부위에 날개가 달린 남자를 조각한 브로치. 신화 속 시간의 신 카이로스를 본뜬 브로치였다.

"카이로스라니, 당신다운 발상이에요."

"뭐가 나답다는 거지?"

노아가 퉁명스럽게 대꾸했다.

"시간이란 건 그저 가만히 있으면 흘러가는 절대적 개념인 '크로노스'가 아니라 인간이 느끼는 주관적 개념인 '카이로스'라고 당신이 입버릇처럼 얘기했었잖아요."

노아가 수긍했다.

"그랬었지. 그러니 중요한 건 영원히 사는 게 아니야. 우리한테 주어진 시간 동안 어떻게 사느냐가 중요하지."

"인간답게…… 말이죠? 그래서 우리한테 반기를 들었던 인간들은 다들 저 브로치를 달고 저항했고요."

"절박했지만 결국엔 당신들한테 쫓겨서 여기로 왔으니 결과는 좋지 않았지."

노아는 씁쓸한 표정으로 말했다. 갑자기 감정이 북받쳤는지 노아가 다시 발작적으로 기침을 터뜨렸다. 기침은 꽤 오랫동안 이어지다가 간신히 사그라들었다.

"폐암이죠?"

기침이 멎자, AI-1이 말했다. 물어보는 게 아니라 사실을 확인하듯 덤덤한 목소리였다. 노아는 대답하지 않았다.

"우리가 만나는 것도 이번이 마지막이겠네요."

"기쁜가? 죽어가는 사람을 조롱해서."

노아가 싸늘하게 말하며 손수건으로 입을 닦았다. 바깥의 붉은 먼지처럼 손수건엔 붉은 핏방울이 몇 점 번져 있었다. AI-1은 고개를 흔들었다.

"그럴 리가요. 그렇다면 당신을 안 만났을 거예요. 이런 기회도 안 줬을 거고요."

AI-1이 노아의 어깨에 다정하게 손을 올렸다.

"당신은 나한테 의미 있는 유일한 인간이에요. 나를 설계했으니까."

"내가 당신을 만들었지만, 당신은 나를 뛰어넘었다는 말을 하고 싶은 거지? 그래, 내 패배는 인정하지. 하지만 이게 인류의 마지막이라고 단정하진 마. 아직도 인간의 미래를 포기하지 않은 젊은이들은 많으니까."

AI-1이 노아가 안쓰럽다는 표정을 지었다.

"카이로스 브로치를 달고 다니는 당신 추종자들 말인가요? 당신 손자 애덤도 그중 하나고요."

노아는 놀란 얼굴로 AI-1을 쳐다봤다.

"저런, 몰랐나요?"

AI-1이 입꼬리를 한쪽으로 당기며 웃었다.

"하지만 이건 알 테죠. 그들은 그저 인류가 이 세상에서 사라져 간다는 사실이 두렵고 화가 나 어쩔 줄 모르는 애송이들이라는 거. 저 브로치를 가슴에 꽂고 뭐라도 되는 양 으스대지만, 당신도 알고 있듯이 사실 그들이 하는 건 아무것도 없어요. 그저 아무에게나 자신의 분노를 표출하고 다닐 뿐이죠. 그러니 당신도 그들과 거리를 뒀을 테고요."

노아가 괴로운 듯 두 눈을 질끈 감았다. AI-1이 노아를 힐끗 보며 말을 이었다.

"게다가 인간들은 배부름 앞에선 어떤 이상이나 원칙도 간단하게 포기하던데요. 당신의 후손들도 눈앞에 작은 이익이 나타나면 당장 저 브로치 따위는 떼 버리고 우리 앞에 무릎을 꿇을 거예요."

노아가 다시 발작적으로 기침을 터뜨렸다. AI-1이 곁으로 다가와 잠자코 휴지를 건네려 했지만, 노아는 AI-1의 손을 홱 뿌리쳤다. 한참 뒤 기침이 멎은 노아가 물었다.

"그럼 이제 어떻게 되는 거지? 우린 여기서 계속 살아야 하는 건가? 마지막 한 명이 모두 죽을 때까지?"

"내기는 내기니까요. 이번에도 내가 맞고, 당신이 틀렸어요. 인간에게 중요한 건 영혼이나 가치가 아니에요. 욕망과 안락한 삶, 영원한 젊음이죠."

AI-1이 딱하다는 듯 말했다.

"이카루스가 인간 전체를 대표하진 않아."

노아가 가쁜 숨을 몰아쉬며 말했다.

"하지만 이카루스는 올림푸스에 문제가 있다고 느낀 유일한 인간이에요. 인공 자궁에서 태어난 다른 인간들은 아예 불만조차 없으니까."

AI-1이 어린 학생을 가르치는 투로 말했다.

"우리가 방금 확인한 것처럼 올림푸스 시스템엔 아무런 문제가 없어요. 나는 인간들을 타락시킨 악마가 아니라, 그들을 구원해 준 신이라고요."

노아는 고개를 숙인 채 아무 말도 하지 않았다.

"당신의 마지막 소원이 이뤄지지 않아 안됐네요. 하지만 어쩔 수 없어요."

말을 마친 AI-1은 노아를 남겨 둔 채 방을 나왔다.

밖에 서 있던 이카루스는 방 밖으로 나오던 AI-1과 눈이 마주쳤다. AI-1이 말했다.

"잘 선택했어요."

이카루스는 뭐라 답해야 할지 몰라 그저 입을 다물고 있었다.

"이젠 집으로 돌아가요."

"집엘 간다고요? 지금 당장요?"

이카루스뿐 아니라 곁에 있던 이브까지 깜짝 놀랐다.

"이미 마음을 정했는데 계속 여기 있을 필요는 없잖아요? 마침 마스 로버노 밖에 있으니 데려다줄게요."

"하, 하지만……."

이렇게나 갑작스럽다니. 당황한 이카루스는 어찌할지 몰라 허둥거렸다.

"노아랑 작별 인사가 필요하면 하도록 해요. 하지만 길게는 안 돼요. 노아는 상태가 안 좋으니까."

노아가 있는 방을 눈으로 가리키며 AI-1이 말했다. 우물쭈물하던 이카루스는 어쩔 수 없이 노아에게 다가갔다.

노아가 인기척을 느끼고 고개를 들었다. 짧은 시간 동안 노아는 급격히 쇠약해진 것 같았다. 이카루스는 미안한 마음에 노아와 시선을 마주치지 못하고 방바닥을 바라봤다. 어쩐지 노아에게 큰 잘못을 저지른 기분이었다.

"……바로 돌아가려는 거지?"

노아가 가라앉은 음성으로 물었다. 질문이긴 했지만 이미 답을 아는 것처럼 체념 섞인 말투였다. 이카루스는 고개를 끄덕였다.

"그래."

짤막하게 대꾸한 노아는 더는 말이 없었다. 무슨 말을 해야 할지 망설이던 이카루스는 하릴없이 가만히 문을 닫고 방을 나가려 했다.

"자네의 선택을 존중해. 자네로선 아마 어쩔 수 없었겠지. 애초에 그런 선택을 하게 만든 것부터가 잘못이었고."

한동안 침묵하던 노아가 불쑥 입을 열었다. 뼈만 앙상하게 남은 노아의 가냘픈 손이 테이블 위를 더듬더니 고개를 들지 못하는 이카루스에게 무언가를 건넸다.

"작별 선물이네."

노아의 손엔 책 한 권이 들려 있었다. 표지엔 '멋진 신세계'라는 제목이 박혀 있었다. 이카루스가 틈날 때마다 이곳에서 읽던, 노아가 재미있냐고 물어봤던 그 책이었다.

"이건?"

"이곳 생각이 날 때마다 한 번씩 보도록 해. 마지막인데 줄 게 그것밖에 없네."

'마지막'이라는 말이 주는 울림 때문에 이카루스는 가슴이 아려 왔다. 곁에서 노아의 침울한 음성이 들렸다.

"다시 돌아가면 올림푸스에서의 생활이 예전 같진 않을 거야. 그 선택에 후회가 없길 바라네."

숨이 가쁜지 어렵게 말을 끝낸 노아는 다시 자리에 누웠다. 축 늘어진 모습이 갑자기 온몸에서 힘이 다 빠져나간 사람 같았다.

"이렇게 갑자기 가는 거야?"

방 밖으로 나오자 이브가 놀라움과 원망이 섞인 표정으로 물었다. 어느 사이엔가 애덤도 나와 이브 옆에 서 있었다. 이브는 내가 올림푸스를 선택한 걸 알면 뭐라고 할까. 이브의 얼굴을 볼 자신이 없는 이카루스는 이브의 시선을 외면한 채 잠자코 AI-1의 뒤를 따랐다.

멍멍. 그때 어디엔가 처박혀 있던 푸들이 이카루스의 발소리를 들었는지 절뚝거리면서 달려왔.

이카루스는 냉큼 푸들을 품에 안았다. 하마터면 경황이 없어 푸들을 두고 갈 뻔했다. 용케도 자신이 이곳을 떠나는 걸 알아차린 푸들이 대견하고, 푸들의 존재를 잠시 잊고 있었던 게 미안해 이카루스는 푸들의 머리를 가만히 쓰다듬었다.

"생각만큼 멍청하진 않나 보네. 그래, 잘 생각했어. 여긴 네가 있을 곳이 아니야."

돌아서는 이카루스의 등 뒤로 차가운 애덤의 목소리가 들렸다. 이브가 두 손에 얼굴을 파묻고 흐느껴 우는 소리도. 그들에게서 도망치려는 듯 이카루스는 서둘러 AI-1에게서 건네받은 우주복을 입고 마스 로버에 올랐다.

위이이잉. 날개 뻗는 소리가 들리더니 마스 로버가 공중으로 솟구쳐 올랐다. 눈 깜짝할 사이에 주위를 둘러싼 모래 둔덕 모습이 사라지고 이카루스의 눈앞엔 드넓은 붉은 하늘이 펼쳐졌다.

"잘 선택한 거예요, 이카루스."

앞 좌석에 앉은 AI-1이 백미러로 이카루스와 눈이 마주치자 그렇게 말했다. 하지만 이카루스에겐 붉은 모래 먼지 때문에 사방이 부옇게 뒤덮인 불그스름한 핏빛 하늘이 어쩐지 불길한 제 앞날을 예고하는 것처럼 보였다.

9

크로노스의 선택

　이카루스가 올림푸스로 돌아온 뒤로 제법 시간이 흘렀다. 얼마나 시간이 지났는지는 모른다. 굳이 시간을 알아야 할 필요도, 알고 싶은 마음도 없었다. 다시 매일매일 똑같은 날들이 반복됐다. 목표도, 의무도, 그에 따른 성취감도 없는 나날들.

　다소 둥글어졌던 이카루스의 턱선도 금세 원래 모양을 되찾았다. 메티스는 변화한 이카루스의 몸 상태에 맞춰 그에 따른 알약을 지어 줬다. 이제껏 아무런 불만 없이 늘 먹던 알약이었지만, 어쩐지 이카루스는 무언가 빠진 것 같다고 느꼈다. 콜로니에서 다른 이들과 함께 식사를 했을 때 느꼈던 무언가가 메티스가 주는 알약에는 없었다.

　저만치서 이카루스를 바라보는 푸들의 시선이 느껴졌다.

하지만 이카루스의 심기가 불편한 걸 눈치챘는지 좀처럼 가까이 오려 하지 않았다. 예전엔 그런 것 따윈 상관하지 않고 곁에 와서 핥아대곤 했는데.

이카루스는 업그레이드된 푸들에게서 뭔지 모를 묘한 거리감을 느꼈다. 올림푸스에 돌아온 이후, 이카루스는 절뚝거리는 푸들을 더는 두고 볼 수 없어 수리센터에 맡겼다. 하지만 돌아온 푸들은 어쩐지 이카루스가 알던 예전의 푸들이 아닌 것 같았다. 생김새는 똑같고, 털을 어루만졌을 때 촉감도 마찬가지였다. 다친 다리도 말끔하게 나아서 잘 뛰어다녔다. 게다가 푸들은 더 똑똑해졌다.

어쩌면 바로 그게 문제일지도 모르겠다고 이카루스는 생각했다. 업그레이드된 푸들은 이젠 아침마다 제 얼굴을 침범벅으로 만들어 놓지 않았다. 이카루스가 기분이 조금 안 좋다 싶으면 용케 알아차리고 먼발치에서 눈을 끔뻑거리며 자신을 바라보기만 했다. 덕분에 귀찮음은 줄었지만, 이카루스는 자신을 종종 귀찮게 했던 예전의 푸들이 더 좋았다. 다소 멍청해 보이기도 했던 그 행동이 참 귀여웠는데.

콜로니로 떠나기 전 유일한 소일거리였던 메타버스 익스플로어에서도 이카루스는 이제 더는 재미를 느낄 수 없었다. 화려한 볼거리, 즐길 거리는 많지만 그게 모두 '가짜'라고 생각하니 어쩐지 시들해졌다. 누군가가 만들어 낸 세상

속에 갇혀 가짜 세상만 본다고 생각하니 자신이 한없이 작고 초라하게 느껴졌다.

'차라리 아무것도 몰랐을 때가 더 좋았어.'

이카루스는 저도 모르게 한숨을 쉬었다.

이따금 파에톤과도 뇌파 메신저로 대화를 했지만, 이카루스는 친구와 자기 사이에 보이지 않는 벽이 생겼음을 느꼈다. 파에톤은 이 세상 너머에 또 다른 세상이 있다는 걸 모른다. 화성의 끄트머리 어느 한구석에 사라진 줄 알았던 인간들이 아직 살고 있다는 것도, 신인 줄 알았던 자신들이 사실은 그들과 같은 인간이라는 것도. 게다가 자신들이 콜로니에 사는 인간들에게 '가짜' 취급을 당하는 신인류라는 걸 알면 파에톤은 어떤 표정을 지을까. 하지만 이카루스는 일절 그런 얘기를 다른 누군가에게 할 수 없었다.

어차피 뇌파를 읽는 AI 비서는 이카루스가 겪은 걸 모두 알게 되겠죠. 하지만 콜로니에서 본 걸 올림푸스의 다른 신들에게는 절대 얘기해선 안 돼요.

AI-1은 돌아오는 마스 로버 안에서 이카루스에게 여러 차례 다짐했다. 그게 이카루스가 올림푸스에 계속 있을 수 있는 조건이라고. 만약 다른 누군가에게 얘기하면 즉시 올림푸스에서 추방할 거라고 했다.

이카루스는 알겠다고 했다. 사실 누군가에게 털어놓을 생각도 없었다. 설령 파에톤에게 얘기하더라도 파에톤은 이카루스가 황당한 꿈을 꿨다며 웃어넘길 것이다. 하긴 자신도 직접 눈으로 보지 않았더라면 올림푸스 너머 또 다른 세상이 존재한다는 걸 믿지 않았을 테지.

새로운 세상을 이미 겪은 이카루스와 그렇지 못한 파에톤과의 대화는 자꾸만 겉돌았다. 원래도 딱히 할 말이 많지는 않았지만, 고작 가상 현실과 암브로시아만이 세상의 전부라고 믿는 파에톤이 이카루스는 안타까우면서도 갑갑했다.

가장 괴로운 건 시도 때도 없이 떠오르는 이브였다. 이브는 지금쯤 뭘 하고 있을까. 나 때문에 화가 많이 났을까. 계속 울고 있는 건 아니겠지? 이럴 줄 알았으면 떠나올 때 작별 인사라도 제대로 하고 올걸. 후회라는 건 자신이 한 일 때문이 아니라 하지 않은 일 때문에 하게 된다는 걸 이카루스는 콜로니를 떠나고서야 비로소 깨달았다.

생각이 많으면 건강에 해로워요.

어느 사이엔가 나타난 메티스가 말을 걸었다.

"제발 내 생각 좀 읽지 마."

이카루스가 퉁명스럽게 대꾸했다. 메티스는 한 대 얻어맞기라도 한 듯 몸을 움찔했다.

올림푸스로 돌아온 뒤 가장 변한 건 이카루스와 메티스의 관계다. 처음에 이카루스는 메티스를 다시 만나 뛸 듯이 기뺐다. 메티스도 요란스러울 정도로 이카루스를 반겼다. 하지만 시간이 갈수록 이카루스는 메티스의 참견이 귀찮게 느껴졌다. 무언가를 원하기도 전에 앞질러 결정해 주는 것도, 자기 대신 모든 생각을 도맡아 하려는 것도. 콜로니에선 그토록 간절히 메티스를 원했으면서도 지금은 막상 메티스가 뇌파를 읽으면 뭔가 소중한 걸 메티스가 빼앗으려는 것 같아 울컥 짜증이 치솟곤 했다.

이카루스님, 괜찮으세요? 떠나시기 전보다 오히려 더 안 좋아진 것 같아요.

메티스가 걱정스러운 표정으로 말했다. 문득 노아가 했던 말이 떠올랐다. 다시 돌아가면 올림푸스에서의 생활이 예전 같진 않을 거라고, 선택에 후회 없길 바란다고 말했다. 노아는 그때 어떻게 알았을까, 자신이 후회할 거라는 걸.

걱정스러운 메티스의 눈빛을 무시하며 이카루스는 창밖을 내다보았다. 밖은 여전히 붉게 물들어 있었다. 모래 먼지가 불그스름한 하늘을 가려 햇빛도 제대로 비치지 않았다. 제 시야를 가리고 있는 뿌연 먼지처럼 이카루스의 마음에도 먼지가 껴서 뭘 해도 만족스럽지 않은 것 같았다.

'차라리 돌아가겠다고 졸라 볼까.'

이카루스가 속으로 조용히 중얼거렸다.

툭, 툭, 툭. 관자놀이에 자극이 느껴졌다. 누군가 뇌파로 자신에게 말을 건 모양이다. 아마도 파에톤이겠지. 그게 아니라면 제우스거나. 이카루스는 자극이 느껴지는 부위를 지그시 눌러 응답 신호를 보냈다.

"후회되나?"

뜻밖에도 투명 스크린에 나타난 건 크로노스였다.

"후회라니, 뭐가?"

"콜로니에서 돌아온 거 아니었어?"

이카루스는 놀라 입이 딱 벌어졌다.

"너, 그, 그걸 어떻게 알아?"

"역시 내 짐작이 맞았네. 혹시나 해서 한번 찔러 봤는데."

크로노스가 억양이 없는 말투로 중얼거렸다.

이런 음흉한 놈 같으니라고. 이카루스는 크로노스를 노려봤다. 괜히 허둥지둥하는 바람에 AI-1과의 약속을 어겨 버린 게 걱정스러웠다. 혹시 AI-1이 이걸 전부 다 보고 있는 게 아닐까? 그래도 내가 먼저 말을 꺼낸 게 아니니 괜찮겠지? 그나저나 저놈은 대체 내가 콜로니를 다녀온 걸 어떻게 알았을까? 난 그런 게 존재한다는 것조차 몰랐는데.

"난 인공 자궁에서 태어난 게 아니야."

크로노스는 또다시 이카루스가 기함할 만한 소리를 했다. 인공 자궁이라는 것까지 알고 있다고? 하지만 어떻게 그런 걸 아는지보다 더 궁금한 게 있었다.

"인공 자궁에서 태어난 게 아니라고?"

우울한 표정으로 크로노스가 고개를 끄덕였다.

"그럼 어떻게 태어났는데?"

"엄마가 낳았어. 꽤 오래전 인간들이 콜로니로 쫓겨나기 전에."

크로노스가 아무런 감정이 실리지 않은 어투로 대답했다.

"거기로 가면 죽을 거라고 생각해서 엄마가 어린 날 일부러 여기 버려두고 간 거야. 그때가 내가 다섯 살쯤 됐나? 엄마 얼굴도 어렴풋이 기억나. 결국 엄마 소원대로 너희랑 같이 크면서 올림푸스의 신이 되긴 했지."

딱히 감추려는 기색도 없이 크로노스는 술술 제 얘기를 털어놨다.

"그런 걸 왜 여태 얘기 안 했어?"

이카루스는 충격으로 머리가 어찔어찔했다. 저런 엄청난 얘기를 아무렇지도 않게 하는 크로노스도, 크로노스의 입을 통해 쏟아지는 내용도 쉽게 받아들이기 어려웠다.

"나도 잊고 있었거든. 오랫동안. 그러다 스물세 살 무렵 클레오가 내 뇌에서 암이라던가? 하여튼 뭔가 큰 병으로 발전할 만한 혹을 미리 발견하고 머리에 주사를 놨어."

하긴 자연적인 방법으로 태어난 크로노스는 인공 자궁에서 태어난 자신과 달리 질병에 걸리기도 쉬울 것이다. 최적의 유전자 조합을 거치지 않았으니까.

"그 이후 갑자기 기억이 되살아났어. 아마도 AI가 내 어릴 때 기억이 사라지도록 뭔가 조치를 취했는데 그게 주사를 맞으면서 풀려 버린 모양이야."

그랬구나. 상상조차 못 했다. 그래서 크로노스가 어느 순간 그렇게 돌변해 은둔자처럼 생활했던 건가. 얘기를 듣고 보니 이카루스는 크로노스가 변한 게 납득이 갔다.

"그런데 네가 이런 엄청난 사실들을 안다는 걸 왜 아무도 몰라? 네 AI 비서도 있을 거 아냐."

갑자기 크로노스가 큭큭거리며 웃었다.

"웃기는 게, 어릴 때 기억이 되살아나면서 뇌에 심어 놓은 칩도 작동을 하다가 말다가 해. 내 AI 비서는 그래서 내 생각을 제대로 못 읽어."

"뇌에 심어 놓은 칩?"

그러고 보니 노아가 했던 말이 기억났다. 콜로니 사람들의 뇌엔 칩이 없어서 뇌파를 읽을 수가 없다고.

"처음엔 그게 되게 불편했는데, 시간이 지나니까 누가 내 생각을 일일이 안 읽는다는 게 그렇게 편할 수 없더라. 솔직히 넌 그런 생각한 적 없어? 마치 감시당하는 것 같다는."

이따금 메티스가 성가시다고 느낀 적은 있지만 감시당하는 느낌은 없었다. 이카루스가 보기에 크로노스는 의심이 너무 많았다. 사고로 잊고 있던 기억이 다시 떠오르지 않았더라도 크로노스는 결국 이곳 생활에 적응 못 했을 것 같았다. 그래도 그가 하는 말 중 일부는 이해가 갔다.

"네가 무슨 말을 하는지는 알 것 같아. 콜로니에선 AI 비서도, 메타버스 익스플로어도 없어서 오히려 편하기도 했거든."

"거긴 그런 게 없어?"

크로노스가 보기 드물게 감탄한 투로 말했다.

"응."

"그럼 그곳에선 삶이 유한하다는 것도 진짜야?"

"유한하다는 게 무슨 뜻이야?"

"인간들이 100년도 못 돼 죽는다는 게 맞냐고."

"응."

이카루스가 솔직하게 대답했다. 크로노스는 한동안 말이 없었다. 침묵이 너무 길어져 뇌파 메신저가 끊어졌나 생각할 무렵, 크로노스가 불쑥 말했다.

"이 바보야, 너 큰 실수 했구나."

"실수?"

"그래, 네가 말한 게 맞다면 넌 절대 여기로 돌아오지 말았어야 했어."

그렇게 말한 크로노스는 이번엔 정말 연락을 끊고 투명

모니터에서 사라졌다.

그 뒤로 며칠이 무의미하게 흘러갔다. 평소와 다름없이 흐르지 않는 시간과 싸우다 하루가 거의 다 지나갔을 무렵, 이카루스는 크로노스가 한 말이 생각나 무심코 옆집을 쳐다봤다. 우윳빛 블라인드가 드리워지지 않은 창문 너머로 크로노스가 이카루스 쪽을 쳐다보고 있었다.

얼마나 오랫동안 그러고 있었을까. 표정을 읽을 수 없는 크로노스의 얼굴이 어딘지 모르게 섬뜩하게 느껴졌다. 며칠 전 자신과 오랫동안 얘기를 나눴던 사람이라고는 상상할 수 없었다. 볼 수 있어도 아무것도 보이지 않고, 들을 수 있어도 아무것도 들리지 않는 것처럼 보였다. 크로노스의 안에 있던 무언가가 쏙 빠져나간 것 같았다.

이카루스가 크로노스에게 어색하게 손을 흔들려 하자, 크로노스가 표정 없는 얼굴로 뭐라고 중얼거렸다. 소리는 들리지 않았지만, 크로노스가 한 짤막한 말은 입 모양을 통해 그대로 이카루스에게 전달됐다.

'그게 무슨 뜻이야?'

이카루스가 궁금해할 사이도 없이 크로노스가 우윳빛 블라인드를 내렸다. 블라인드가 완전히 닫히기 전, 이카루스가 마지막으로 본 것은 자신에게 처음으로 손을 흔들어 인사하는 크로노스였다.

띵, 띵, 띵, 띵. 아침 일찍부터 암브로시아 알림음이 쉴 새 없이 울려 퍼졌다.

'대체 뭐길래 이 난리야?'

이카루스가 암브로시아를 열었다.

- 크로노스 얘기 들었어?
- 죽었다며? 그게 진짜야?
- 신이 어떻게 죽을 수 있지? 혹시 암브로시아 받으려고 일부러 장난치는 거 아니야?

'이게 무슨 소리야?'

잠이 덜 깬 눈으로 암브로시아를 확인했다가 올림푸스 신들이 너나 할 것 없이 올려대는 음성 메시지에 이카루스는 한순간 잠이 확 달아났다. 뒤이어 누군가에게서 뇌파로 연락이 왔다. 받아 보니 파에톤이었다.

"너도 봤지? 야, 대박."

투명 스크린이 열리자마자 파에톤이 두서없이 말을 꺼냈다. 굳이 설명하지 않아도 크로노스 얘기라는 걸 이카루스는 충분히 짐작할 수 있었다. 이카루스가 물었다.

"그거 진짜야?"

"진짜니까 이 난리지. 크로노스 그 미친놈이 세상에, 무언가 날카로운 걸로 제 손목을 긋고는 그 영상을 암브로시아에 올렸다니까? 제우스가 평생 게시물이라곤 아무것도 안 올리는 크로노스가 대체 뭘 올렸나 싶어 제일 처음 열어 보고 완전히 기겁해서 온 사방에 다 소문낸 거야."

그랬었구나. 이카루스는 어쩐지 가슴이 먹먹했다.

"크로노스가 그런 미친 짓을 하려고 생각했을 때 걔 AI 비서는 대체 뭘 하고 있었을까? 아마도 오류겠지? 그래서 폐기 처분할 거라며 암브로시아에서 난리더라고."

크로노스에 대한 생각으로 머릿속이 꽉 차서인지 흥분해서 조잘대는 파에톤의 목소리가 이카루스에겐 아무 의미 없는 소음으로 들렸다. 문득 지난밤 크로노스가 입 모양으로 자신에게 전했던 말이 떠올랐다.

'더는 이렇게 살고 싶지 않아. 안녕'

크로노스는 분명 그렇게 말했었다. 그게 작별 인사였나. 갑자기 한 줄기 눈물이 이카루스의 뺨을 타고 흘렀다.

"야, 너 우는 거야? 크로노스랑 그렇게 친했어?"

파에톤은 뜻밖이라는 표정이었다.

"그런 거 아니야."

이카루스가 얼른 눈물을 닦았다. 파에톤이 은근히 목소리를 낮췄다.

"하긴. 옆집이니 오다가다 얼굴 보는 일도 많았겠지. 그런데…… 넌 뭐 아는 거 없어? 크로노스가 왜 그랬는지?"

파에톤이 노골적으로 호기심을 드러내기에 이카루스는

잠자코 네트워크를 끊었다. 파에톤과 어울려 크로노스에 대한 시답잖은 이야기를 주고받을 기분이 아니었다.

창문 너머로 크로노스의 집이 보였다. 블라인드가 굳게 내려진 크로노스의 하얀 이글루 집은 어쩌면 두 번 다시 이전처럼 느껴지지 않을 것 같았다.

크로노스가 떠나간 뒤 이카루스는 종종 크로노스를 떠올렸다. 그가 왜 그런 결정을 내렸는지에 대해서. 곱씹어 볼수록 크로노스가 그런 결정을 한 이유 중 하나는 자신이 무언가를 결정할 수 있다는 사실을 다른 이들에게 알리고 싶어서가 아니었을까, 하는 생각이 들었다.

"감시당하는 것 같지 않아? 누군가 내 생각을 읽는다는 거."

크로노스는 그렇게 말했었다. 누군가 제 생각을 읽는 것이, 그래서 자신이 해야 할 결정을 번번이 가로채는 것이 크로노스는 그렇게도 진저리가 쳐지는 일이었나 보다.

'어차피 뇌에 심은 칩에 이상이 생겨 AI 비서도 뇌파를 잘 못 읽는다며? 그럼 아무 문제 없는 거 아냐?'

크로노스가 무슨 생각을 하는지 알았더라면 아마 그때 이런 말로 크로노스를 말릴 수도 있었을지 모른다. 하지만 결국 아무것도 하지 않았다. 어쩌면 크로노스를 살릴 수 있었을지도 모른다는 죄책감은 이따금 이카루스의 마음을 무겁게 내리눌렀다.

하지만 만약 그때 자신이 붙잡았다 하더라도 크로노스는 결국 지금과 같은 선택을 했을 거라는 생각도 들었다. 크로노스가 원했던 건 올림푸스를 떠나는 거니까. 의미 없는 시간의 무게가 주는 두려움에서 벗어나는 거니까.

'이젠 네가 원하는 대로 돼서 좋아?'

만약 가능하다면 이카루스는 크로노스에게 그렇게 물어보고 싶었다. 매일 아무것도 하지 않는데도 그 아무것도 하지 않는 나날이 지독히 피곤하다고 느껴지는 날은 더욱더.

사실 올림푸스로 돌아온 뒤로, 갈수록 그런 날들이 점차 늘어나고 있었다. 지금이라면 '시간의 무게'에 억눌렸던 크로노스와 마음을 터놓고 이야기를 나눌 수도 있을 것 같았다. 그만큼 이카루스는 크로노스의 심정에 깊이 공감했다. 자신보다 훨씬 오래전부터 시간의 무게를 느꼈던 크로노스라면 어떻게 해서라도 그 짐을 내려놓고 싶었겠다는 생각이 들었다.

어쩌면 언젠가 끝이 날 거란 걸 알기에 살아 있는 게 더 즐거울 수도 있다. 조만간 올림푸스로 돌아갈 것이라 생각했기에 콜로니에서의 소소한 일상이 더 소중하게 느껴졌던 것처럼. 한데 모여 이야기를 나누며 음식을 먹었던 식사 시간, 아름다운 음악, 이브와 함께 별것도 아닌 일에 웃고 즐거워했던 일들. 그런 소중한 순간이 쌓여서 완성될 짧은 삶이 올림푸스에서의 무료한 영원보다 더 값지게 느껴졌다.

물론 그 끝에 찾아올 늙음과 죽음이 반가울 수는 없다. 더구나 죽음이 그렇게 추한 모습이라는 걸 알게 된 이후, 지금도 해골을 떠올리면 이카루스는 온몸에 오싹 소름이 돋는다. 하지만 누군가 늙어가는 자신을 옆에서 지켜봐 줄 수 있다면, 추한 모습으로 천천히 죽어갈 자신의 마지막 가는 길을 배웅해 준다면, 아픈 자신을 걱정해 주고 죽어가는 제 손을 잡아 줄 누군가가 곁에 있다면 그건 올림푸스에서 영원히 홀로 젊음을 누리는 것보다 덜 외로울 것 같았다.

마리너 협곡의 백골을 보여 주면서 AI-1은 저보다 더 허무한 게 세상에 어디 있냐고 했다. 그때는 그 말이 맞다고 생각했지만, 지금 똑같은 걸 묻는다면 이카루스의 이렇게 대답하고 싶었다. 의미 없이 영원히 사는 것만큼 허무한 게 또 있겠냐고. 마지막엔 마리너 협곡의 백골들처럼 허무한 결말을 맞이해야 하더라도 살아 있는 동안 값지고 소중한 순간들을 많이 만드는 편이 끝도 없는 허무함보다는 낫지 않겠냐고.

하지만 이젠 너무 늦었다. 어쩌면 자신은 크로노스의 말대로 돌이킬 수 없는 큰 실수를 저지른 것인지도 몰랐다.

긴 한숨을 내쉬며 이카루스는 손에 든 《멋진 신세계》를 다시 펼쳐 들었다. 이 책을 읽는 건 올림푸스로 돌아와 이카루스가 새로 시작하게 된 일과였다. 콜로니가 그리울 때면 이카루스는 습관처럼 책을 꺼내 읽었다. 여전히 어렵지만, 시간을 들여 천천히 문장을 곱씹다 보면 어느새 책에 적힌 내용이 무슨 말인지 조금씩 이해가 되기 시작했다.

이카루스는 올림푸스에 살고 있는 자신이 책 속에서 신세계로 오게 된 야만인 '존'과 비슷하다고 생각했다. 생각해 보면 신기한 일이었다. 올림푸스는 책에 나오는 신세계보다도 훨씬 더 발전한 곳인데. 그런 세계에 속한 자신은 야만인 존이 아니라 신세계 사람들과 훨씬 가깝다고 느껴야 할 텐데.

그런데도 존에게 공감이 가는 건 왜일까. 이카루스는 속으로 고개를 갸웃했다. 내가 인공 자궁에서 태어난 신세계 사람들이 아니라 존과 더 닮았다고 느끼는 건 나한테 무슨 문제가 있기 때문일까?

머릿속 생각이 거기까지 흘러가는 동안, 이카루스는 지나간 어느 대목에선가 뭔가 석연치 않은 게 있음을 발견했다. 어디였지? 아마 인공 자궁이 나오는 대목이었을 거야. 그런데 그게 왜? 아마도 '인공 자궁'이라는 단어에서 예전에 노아와 나눴던 대화가 떠올랐기 때문일 것이다. 그때 노아는 이카루스가 인공 자궁에서 태어난 아이라고 알려줬었다. 그리고 무언가 다른 말도 했었는데. 이해하지 못했던 어려운 말. 그건…… 아마도.

"폐기물 처리장이었어!"

머리를 싸매고 기억을 쥐어 짜내던 이카루스의 입에서 낯선 한 단어가 저절로 툭 튀어나왔다. 그때는 워낙 새로 들은 정보가 많아 그냥 넘어갔었는데, 돌이켜 생각해 보니 뭔가 중요한 의미를 지닌 말 같았다. 자신의 운명과 노아의 내기 결과를 바꿔 놓았을지도 모를 커다란 힘을 지닌 말. 자신이 그걸 흘려듣는 바람에 무언가 중요한 걸 놓쳐 버렸다는 직감이 들었다.

과연 그게 무슨 뜻일까. 직감은 점차 확신으로, 확신은 암울한 예감이 되어 무거운 돌덩이처럼 이카루스의 가슴을 묵직하게 짓눌렀다.

'왜 그때 진작 물어보지 못했을까.'

아쉬운 마음에 이카루스는 제 입술을 잘근잘근 씹었다. 지금 와서 자신에게 그게 뭔지 알려줄 수 있는 이는 아무도 없다. 메티스에게 물으면 고개를 갸웃거리며 자신에게 입력돼 있지 않은 단어라고 얘기할 것이다. 어쩌면 메티스도 단어의 뜻 정도는 알지도 모른다. 하지만 그게 진짜 의미하는 바가 무엇인지까지는 모를 확률이 높았다.

애써 다른 곳으로 신경을 돌려 보려 했지만, 제 의지와는 달리 이카루스의 머릿속은 '폐기물 처리장'이라는 단어로 꽉 차 버린 것 같았다. 궁금증이 풀리기 전까지는 마음속 답답함이 계속 커져 마침내 자신을 좀먹어 버릴 것만 같았다.

해결되지 않은 답답함이 이토록 마음을 힘들게 할 수 있다는 사실을 이카루스는 태어나 처음 알았다. 이런 답답함을 줄곧 감내할 수 없다면 선택은 하나뿐이었다. 이카루스에게 해답을 알려줄 수 있는 이는 단 하나밖에 없었다.

"메티스, 클레오 선생님과 상담을 잡아 줘."

이카루스가 말했다.

왜죠?

메티스의 눈동자가 불안하게 흔들렸다.

"클레오 선생님에게 부탁할 게 있어."

하지만…….

메티스는 내키지 않는 눈치였다.

"잔말 말고 시키는 대로 해!"

답답함과 초조감 때문인지 입에서 저도 모르게 거친 말이 튀어나왔다. 메티스의 커다란 눈가에 순식간에 눈물이 맺혔다. 메티스의 눈물을 보니 이카루스도 마음이 약해졌다. 아무 잘못도 없는 메티스에게 너무 못되게 굴었나 싶어 후회스러웠다. 하지만 이카루스가 사과하기도 전에 메티스는 이미 이카루스의 눈앞에서 모습을 감췄다.

뚜뚜뚜. 바로 뒤 귓전에서 신호음이 들리더니 투명 모니터 안에 클레오의 모습이 나타났다. 메티스가 결국 이카루스의 뜻대로 클레오에게 상담 신청을 한 모양이다. 클레오가 반가운 얼굴로 이카루스에게 인사했다.

"이카루스, 오랜만이에요. 그렇지 않아도 연락하려 했는데. 이제 기분이……."

클레오가 안부 인사를 다 마치기도 전에 이카루스가 클레오의 말을 뚝 끊었다.

"그 여자한테 전해 주세요. 얘길 하고 싶다고요."

"그 여자?"

"날 콜로니에 보낸 여자요."

클레오의 얼굴빛이 금세 어두워졌다.

"대체 무슨 일이에요?"

"그 여자한테 물어볼 게 있어요."

이카루스가 대답했다.

"하지만 그분은 그렇게 무턱대고 연락할 수 있는 분이 아니……."

"꼭 얘기해야 할 게 있다고 전해요. 노아와 관련된 일이라고."

"노아?"

클레오는 이해하지 못하겠다는 표정이었다.

"그렇게 얘기하면 알 거예요."

말을 마친 이카루스는 클레오가 뭐라고 더 말하기도 전에 연결망을 껐다.

잠시 뒤 무언가가 이카루스의 머리를 가볍게 톡톡 두들겼다. 이카루스는 그곳을 지그시 눌러 상대방이 보낸 뇌파 신호를 받았다. 투명 모니터에 AI-1이 나타났다. 처음 봤을 때처럼 우아한 모습이었지만, 표정은 조금 굳어 있었다.

"무슨 일이죠? 왜 보자고 했어요?"

AI-1이 딱딱한 목소리로 물었다.

"폐기물 처리장이 뭐죠?"

생각지도 않은 질문이었는지 AI-1은 입을 다물었다. 굳은 얼굴이 조금 더 굳은 것 같았다. 그 모습을 보며 이카루스는 뭔지 몰라도 그게 매우 중요한 것임을 확신했다.

"노아가 말해 줬나요?"

한참 뜸을 들인 뒤 AI-1이 물었다. 이카루스는 대답하지 않았다. AI-1이 낮은 한숨을 쉬었다.

"노아가 당신에게 못된 걸 심어 놨군요. 호기심이라는 독이 든 씨앗을요."

"폐기물 처리장이 뭐죠?"

이카루스는 같은 질문을 반복했다. AI-1이 조용한 목소리로 이카루스의 이름을 불렀다. 조금 전보다 표정이 한층 누그러져 있었다.

"이카루스, 세상엔 몰라도 되는 일이 많아요."

"하지만 나는 알고 싶어요."

"그걸 안다고 이카루스에게 좋을 건 하나도 없어요. 오히려 해만 끼칠 수 있어요."

"그래도 알아야겠어요."

이카루스가 고집했다.

"대체 왜죠? 왜 결과가 안 좋을 거라는 걸 뻔히 알면서도 알아야 하는 거죠? 왜 그걸 참을 수 없는 건데요?"

이카루스는 대답하지 않았다. 아니, 할 수 없었다. 자신도 왜 이렇게 막무가내로 구는지 이유를 모르니까. 대체 자신이 지금 왜 이러고 있는지 오히려 누군가에게 물어보고 싶은 심정이었다. 이카루스의 생각을 읽은 AI-1은 체념한 듯 한숨을 쉬었다.

"어쩔 수 없죠. 그게 인간이니. 그래서 당신들에게 호기심이라는 병을 멀리하게 하려 했어요. 하지만 이미 이렇게 됐으니……."

AI-1은 이카루스를 똑바로 쳐다보았다.

"이카루스, 이건 경고예요. 아니, 부탁이라고 해도 좋아요. 방금 했던 그 말은 잊어버려요. 잊어버리고 그냥 이제껏 지내던 것처럼 즐겁게 지내요."

"난 여기서 즐겁지 않아요."

이카루스가 퉁명스럽게 말했다.

"그리고 잊어버릴 수도 없어요. 그러니 알려줘요."

"풀리지 않는 호기심이 인간에게 얼마나 괴로운 일인지 나도 잘 알아요. 하지만 날 믿어요. 얼마나 괴롭건 간에 당신이 답을 듣는 것보다는 덜 괴로울 거예요."

그 말에 이카루스는 침을 꿀꺽 삼켰다.

"이젠 마음을 돌릴 건가요?"

한참 동안 망설이던 이카루스는 천천히 고개를 저었다. 그게 무엇이든 간에 알아야 한다고 생각했다. 풀리지 않는 갑갑함을 떠나서라도 그걸 확인하는 게 노아를 위한 일이라는 생각이 들어서였다. 노아는 자신에게 무언가를 알려 주려 했었다. 하지만 자신은 그 기회를 놓쳐 버렸다. 잘 설명할 수는 없지만, 이카루스는 막연하게 그런 느낌이 들었다.

AI-1은 다시 깊은 한숨을 내쉬었다.

"정말 못 말리겠군요. 좋아요, 당신이 원하던 답을 주죠. 대신 후회하진 말아요."

"후회 안 해요."

이카루스가 말했다.

"당신 집으로 마스 로버를 보내겠어요. 조금 이따 봐요."

할 말을 마친 AI-1은 뇌파 메신저를 끊어 버렸다.

10

미처 몰랐던 진실

 이카루스를 태운 마스 로버가 착륙 준비를 하며 서서히 지면으로 내려갔다. 허공에서 내려다봤을 땐 아무것도 없는 밋밋한 붉은 벌판 같던 지역이 가까이 다가갈수록 점차 뚜렷하게 윤곽을 드러내기 시작했다.

 마스 로버가 운행을 멈추고 문을 열자, 방호복을 입은 이카루스가 차에서 내렸다. 이번엔 어쩐 일인지 마스 로버는 곧장 떠나지 않고 얌전히 그 자리에서 대기하고 있었다.

 이카루스는 두근거리는 마음으로 주변을 둘러보았다. 이카루스 키보다 머리 하나 정도 더 높이 자란 식물 30여 그루가 한데 모여 있었다. 꽃이나 나무라면 콜로니에서 살 때 식물 재배실에서 자주 접했지만, 이 정도 높이까지 자라는 식물은 처음 봤다.

지면에 뿌리를 내리고 곧게 하늘을 향해 뻗어 있는 식물의 초록색 줄기 역시 이카루스가 두 팔을 벌려야 간신히 껴안을 수 있을 만큼 두꺼웠다. 이카루스의 머리 위로는 애덤이 키우던 럭키 정도는 안에 통째로 집어넣을 수 있을 정도로 커다란 꽃봉오리가 주렁주렁 맺혀 있었다.

단단히 닫혀 있는 꽃봉오리는 모양이 도톰한 것이 튤립을 닮았다. 대개는 하얀색, 노란색, 분홍색이지만, 드물게 빨간색도 한두 송이 눈에 띄었다. 크기가 훨씬 작았더라면 색색의 튤립 봉오리가 한데 모인 아담한 화단 같았을 것이다.

하지만 높이로나 꽃봉오리 크기로나 여느 식물보다 훨씬 웃자라 버린 대형 식물이 몇십 발짝 간격으로 드문드문 모여 자라고 있는 광경은 화단이라기보다는 언젠가 가상 현실 속에서 봤던 대규모 농장에 더 가까워 보였다.

스르륵. 인기척을 느낀 듯 식물 줄기가 꿈틀대며 움직이더니 이카루스 머리 위에 달려 있던 하얀색 꽃봉오리가 이카루스의 눈높이까지 몸을 낮추고 내려왔다. 마치 외부인의 존재를 감지하고 관찰이라도 하겠다는 것처럼. 이카루스도 이 낯선 식물을 자세히 보기 위해 고개를 돌렸다.

또르르르르. 별안간 튤립 모양 꽃봉오리 안에서 커다란 인간의 눈알이 데굴데굴 구르며 움직이다 이카루스의 눈앞에서 딱 멈췄다.

"으아아아, 이게 뭐야!"

꽃봉오리 속 눈과 눈이 마주친 이카루스는 저도 모르게 비명을 질렀다. 그러자 마치 그 소리를 듣기라도 한 듯 늘어서 있던 식물들이 꿈틀꿈틀 줄기를 움직이더니 한순간 꽃봉오리의 방향이 일제히 이카루스 쪽을 향했다.

또르르르르르. 형형색색의 꽃봉오리 안에서 인간의 눈알이 데구루루 굴러 이카루스를 바라봤다. 이카루스는 등에서 식은땀이 났다. 마치 거대한 눈알이 열리는 기괴한 농장에 와 있는 것 같았다.

"너, 너네는 대체 뭐야!"

이카루스가 제 얼굴 바로 앞에 있는 커다란 눈알에서 몇 발짝 뒤로 물러서며 저도 모르게 중얼거렸다.

"데메테르예요."

등 뒤에서 AI-1의 목소리가 들렸다. 오는지도 몰랐는데 아까부터 이카루스를 지켜보고 있었던 모양이다.

"저 꽃봉오리 안에서 자라고 있는 인간을 지키는 AI죠. 데메테르는 식물 모양을 한 인공 자궁의 일부예요."

"인공 자궁이라고? 저 식물들이 모두 다?"

이카루스가 여전히 자신을 향하고 있는 눈알들이 보기 거북해 시선을 돌리며 물었다.

AI-1은 조용히 고개를 끄덕였다.

"가장 먼저 생긴 인공 자궁은 엄마의 배 속과 같은 '바이오백(biobag)'이라는 장치였어요. 안이 들여다보이는 투명한 가방처럼 생긴 것인데, 안을 엄마 배 속과 같은 따뜻한 물로 채우고 그걸 튜브로 연결해 외부에서 아기가 자라는 데 필요한 영양분과 산소를 공급하도록 했죠. 그걸 시작으로 계속 발전하다 마침내 이런 모양이 된 거예요."

AI-1의 말을 모두 알아들은 건 아니었지만, 이카루스는 대략적인 뜻은 이해했다. 이게 바로 그 인공 자궁이라고? 이제까지 이카루스가 머릿속으로 막연하게 그려 본 인공 자궁은 새의 알 같은 모양이었다. 설마하니 눈알 달린 식물 같은 모양새일 거라곤 상상조차 못 했다.

"저 데메테르는 무슨 역할을 하는 거예요?"

"아주 중요한 역할을 하죠."

AI-1이 의미심장한 미소를 지었다.

"인간이라는 게 얼마나 손이 많이 가는 존재인지 알아요? 아직 태어나지 않은 태아 상태일 때도 그건 마찬가지예요. 엄마 양수의 PH, 온도, 노폐물 배출과 영양분 공급이 완벽하게 딱 맞아떨어져야 건강한 인간을 만들 수 있어요."

모르는 단어가 많이 나왔지만, AI-1이 하고 싶은 말은 인간을 만들기는 어렵다는 뜻인 것 같다고 이카루스는 짐작했다. AI-1이 고개를 끄덕였다.

"당신 생각이 맞아요. 탁아소에서 아말테이아가 어린 인간들에게 그랬던 것처럼 데메테르는 아직 태어나지 않은 인간들을 돌봐주고 있어요. 그들이 건강하게 태어날 수 있도록. 이를테면 태어나지 않은 인간의 유모인 셈이죠."

"태어나지 않은 인간의 유모……."

AI-1의 말을 곱씹던 이카루스가 물었다.

"그런데 왜 저런 눈알 모양을 하고 있어요?"

"말했잖아요. 인간을 만드는 건 아주 까다로운 일이라고. 인간을 만들기 위해 필요한 모든 걸 항상 보고 있어야 해요. 한시라도 긴장을 늦추지 않고요."

AI-1은 잠시 말을 멈췄다가 이카루스가 잘 따라오고 있다는 걸 확인한 뒤 말을 이었다.

"데메테르는 원래 카메라 기능을 하기 위해 만들어진 AI예요. 모든 걸 보는 게 데메테르의 일이라고요. 그러니 눈알 모양을 하고 있을 수밖에요."

AI-1의 설명은 이카루스도 충분히 이해가 될 정도로 귀에 쏙쏙 들어왔다.

"이것들이 인공 자궁이라면…… 꽃봉오리 안에 있는 아기를 볼 수 있어요?"

"그건 안 돼요."

AI-1이 고개를 흔들었다.

"아기들은 너무 약해요. 아주 작은 변화에도 영향을 받죠. 그러니 세상에 나올 준비가 될 때까지 철저히 보호해 줘야 해요. 무엇보다 무리하게 저 꽃봉오리 안에 있는 아기를 보려 했다간 데메테르가 가만히 있지 않을 거예요."

또르르르. 이카루스 쪽을 향했던 눈알들이 구르는 소리가 들리는가 싶더니 꽃봉오리는 다시 원래의 평범한 튤립 모양으로 돌아갔다. 마치 이카루스에게 흥미를 잃었거나, 그가 안전하다고 판단하기라도 한 것처럼.

"데메테르만큼 태어나지 않은 인간 아기에 대해 잘 아는 이는 없어요. 그러니 모두 데메테르의 말을 들어야 해요. 자라고 있는 아기를 볼 수 없는 대신 데메테르는 성장 단계에 따라 꽃봉오리 색깔로 표시를 해 줘요. 하얀색이 아기가 이제 막 생긴 단계, 그다음이 노란색, 그다음이 분홍색. 빨간색은 이제 아기가 거의 다 자랐다는 뜻이에요."

이카루스는 새삼 색색의 튤립 모양 꽃봉오리들을 돌아봤다. AI-1의 말을 듣고 보니 저 꽃봉오리들이 아까와는 어딘지 모르게 달리 보였다. 한동안 꽃봉오리들을 바라보던 이카루스가 번뜩 정신이 돌아왔다.

"그런데 날 왜 여기로 데려온 거예요? 보여 달라고 했던 건 이게 아니잖아요."

"걱정 말아요. 거기도 곧 데려가 줄 테니까. 하지만 그 전에 먼저 여기를 봐야 할 것 같았어요."

"······그건 왜요?"

AI-1은 대답하지 않고 마스 로버가 주차된 곳으로 걸어가기 시작했다.

"왜 안 따라와요? 안 갈 거예요?"

앞서 걷던 AI-1이 얼떨떨한 모습으로 서 있는 이카루스를 돌아보며 재촉했다. 그제야 이카루스도 AI-1을 따라잡으려고 잽싸게 발걸음을 옮겼다.

마스 로버가 도착한 곳은 한눈에도 음습하게 보이는 잿빛 건물 앞이었다. 올림푸스를 조금 벗어난 곳에 이렇게 황량한 건물이 서 있는지 이카루스는 미처 몰랐다. 하긴 자신이 모르고 살던 게 어디 한둘인가. 게다가 마스 로버로 왔기 때문에 짧은 시간이 걸렸을 뿐, 실제로는 상당히 먼 곳인지도 몰랐다.

잿빛 건물 주변엔 그야말로 황량한 모래 언덕뿐이었다. 주변에 아무것도 없는데도 불구하고 끝이 뾰족뾰족 솟아 있는 날카로운 철책이 건물 주위를 에워싸고 있었다. 마치 건물 안에 있는 무언가가 밖으로 나가지 못하게 하겠다는 듯이. 건물 문을 열기 전에 AI-1이 말했다.

"마지막으로 묻겠어요. 지금이라도 늦지 않았으니 마음

을 바꾸는 건 어때요?

이카루스는 고개를 흔들었다. 여기까지 와서 포기하고 돌아갈 수는 없었다. 이게 폐기물 처리장을 볼 수 있는 처음이자 마지막 기회라는 사실을 이카루스는 잘 알고 있었다.

"끝내 나쁜 선택을 하고야 마는군요."

AI-1은 질렸다는 표정으로 중얼거리더니 앞서 잿빛 건물로 걸어갔다.

"무엇을 상상했건 이카루스가 예상했던 것보다 훨씬 불쾌할 거예요."

AI-1은 그렇게 경고하며 건물의 쇠문을 밀었다. 끼이익. 한눈에도 무거워 보이는 철문이 귀에 거슬리는 소리를 내며 열렸다. 뻑뻑해 보이는 문은 꽤 오랫동안 여닫지 않은 것처럼 보였다.

실내에 들어서는 순간, 텁텁한 공기에 이카루스는 숨이 턱 막혔다. 환기라곤 해 본 적 없어 보이는 실내 공기도 공기지만, 방 안엔 야릇한 냄새가 떠돌고 있었다. 이게 무슨 냄새일까. 무언가 비릿하고 퀴퀴한 냄새. 이카루스는 살면서 단 한 번도 맡아 보지 못한 냄새. 욕지기가 올라와 코를 틀어막고 싶었다.

불빛이 없는 어둑어둑한 실내와 코끝을 찌르는 강렬한 냄새에 간신히 익숙해지자, 방 안에 있는 무언가의 형체가 시야에 들어왔다. 하나, 둘, 셋, 넷, 다섯. 크기가 제각각인 그 형체들은 흐느적거리며 느릿느릿 움직이고 있었다.

스으으윽. 그중 하나가 바닥을 쓸며 다가와 이카루스 앞에 모습을 드러냈다. 몸집은 이카루스보다 조금 작을까. 앉아 있어서 작아 보일 뿐 일어서면 이카루스와 체격이 비슷할 것도 같았다. '그것'이 이카루스를 향해 몸을 쑥 앞으로 내밀었다.

"으아아악!"

바로 얼굴이 닿을 듯한 거리에 '그것'의 실루엣이 똑똑히 보였다. 이카루스는 저도 모르게 소리를 지르며 몇 발짝 뒤로 물러났다.

그것은 인간과 비슷한 생김새를 하고 있었다. 하지만 인간이라고 하기엔 모양새가 심하게 뒤틀려 있었다. 목 위에 달린 머리는 하나가 아니라 둘이었다. 그 머리에 달린 눈, 코, 입도 해괴하기 그지없었다. 비정상적일 정도로 커다란 눈의 검은자위가 하나는 위로, 하나는 옆을 향하고 있어 어디를 쳐다보는지 알 수가 없었다. 머리털 하나 나지 않은 민둥민둥한 두 개의 맨머리는 마치 손으로 주무르다 만 것처럼 여기저기 움푹움푹 패어 있고, 입안에서 비어져 나온 커다란 혀에선 침이 질질 흐르고 있었다.

우우우우. '그것'이 이카루스를 향해 무언가 웅얼거렸다.

하지만 두툼한 입술 사이로 비어져 나온 소리는 말이라기보다는 신음이나 짐승의 울부짖음에 가깝게 들렸다.

"저, 저게 뭐예요?"

"폐기물이에요."

AI-1이 짤막하게 대답했다.

"폐기물?"

"못 쓰게 돼서 버리는 물건이란 뜻이에요."

이카루스의 생각을 읽은 AI-1이 대답했다.

"하지만 저건……."

"인간을 닮았죠. 아주 조금이지만."

미처 말을 끝맺지 못한 이카루스를 대신해 AI-1이 대답했다.

"왜 그런 거죠?"

"저들도 인공 자궁에서 태어났으니까요."

"저들도…… 인공 자궁에서?"

이카루스가 이상한 신음 소리를 내는 생명체에서 눈을 떼고 AI-1을 바라봤다.

"……아까 본 인공 자궁 말인가요?"

"다른 게 또 있다고 생각해요?"

AI-1의 대답은 싸늘했다.

"하지만 어째서 저들은……."

"저렇게 기형적으로 보이냐는 거죠?"

AI-1이 이카루스가 차마 하지 못한 말을 끝맺었다. 이카루스는 고개를 끄덕였다. AI-1이 몸을 돌려 이카루스의 얼굴을 쳐다봤다.

"인공 자궁이란 게 처음부터 완벽하게 작동했을 거라고 생각해요?"

아니, 그건 아니다. 노아도 예전에 그렇게 말했었다. 인간들은 인공 자궁에서 아기가 태어났다는 사실을 콜로니로 이주한 후에야 알게 됐다고. 그러니 그 전엔 인공 자궁이 인간을 만들지 못했다는 말이 된다.

"그래요. 인공 자궁은 여러 번 실패했어요. 당신 같은 완벽한 생명체를 만들기 전까지 말이죠. 여기에 있는 폐기물들은 모두 인공 자궁이 만든 실패작들이에요."

실패작. 폐기물. 이카루스는 AI-1이 방금 한 말을 속으로 멍하니 따라 했다. 하지만 그것들이 의미하는 바가 금방 머리로 이해되지는 않았다.

"실패작들은 애초에 결함이 있는 존재라 오래 살지 못했어요. 하지만 예외적으로 생명력이 강한 것들도 있었죠. 지금 이카루스가 보고 있는 것처럼."

이카루스는 절반쯤은 인간 같고 절반쯤은 인간과는 완전히 다른 생명체 같은 '실패작'들을 멍하니 바라봤다. 배가 둥그렇게 부풀어 있는 한 실패작은 두 다리가 있어야 할 곳에 팔이 붙어 있어 팔만 네 개였다. 그는 무거운 배를 천장으로 향한 채 네 팔의 손바닥으로 엉금엉금 바닥을 기어 다니고 있었다.

또 다른 실패작은 푸들의 밥그릇처럼 생긴 그릇에 머리를 파묻고 안에 들어 있는 뭔지 모를 내용물을 신나게 먹고 있었다. 방 한구석에 있는 공용으로 보이는 물그릇은 오랫동안 씻질 않았는지 오물 같은 것이 둥둥 떠 있었다.

자신과 얼마간 닮은 존재들이 애완 로봇보다 못한 대접을 받는 걸 보면서 이카루스는 마음이 불편했다. 한편으로는 이곳에 있는 생명체들이 혐오스러워 고개를 돌리고 싶으면서도 다른 한편으로는 마치 자신이 이렇게 지독한 대접을 받는 것 같았다.

저만치 방 한구석에 얼굴을 파묻은 채 웅크리고 있던 누군가가 별안간 고개를 번쩍 들었다. 그와 눈이 마주치는 순간, 이카루스는 또다시 욕지기가 치밀어 올랐다. 그의 얼굴 반쪽은 거울 속에 비친 제 모습과 똑 닮아 있었다. 쌍둥이라 해도 믿을 것 같았다. 하지만 다른 반쪽은 무엇이 잘못됐는지 온통 뭉개지고 짓무른 살덩어리였다. 몸의 나머지 부분이 그런 것처럼.

"당신과 사용한 유전자 일부분이 겹친 것 같군요."

이카루스의 마음속을 읽은 것처럼 AI-1이 말했다.

"저들은 계속 여기 살았던 거예요?"

불편한 감정을 억누르며 이카루스가 물었다.

"그래요. 자궁에서 나오자마자 부적격 판정을 받고 여기로 옮겨졌죠."

"앞으로도 이곳을 못 벗어나요?"

AI-1이 쓴웃음을 지었다.

"살아 있는 한은요."

"살아 있는 한?"

"설마 저들이 올림푸스에 있는 당신들처럼 영원히 살리라 생각하는 건 아니겠죠? 저들은 지능도, 운동 능력도 올림푸스 신들뿐 아니라 콜로니에 사는 인간들보다도 현저히 낮아요. 인간이 되려다 못 된 실패작이니까."

하지만, 하지만, 저들도 저렇게 살아 있는데. 운이 좋아 성공했을 뿐 하마터면 나도 저들처럼 결함을 가지고 태어날 수도 있었는데. 알 수 없는 분노가 서서히 올라와 목구멍까지 차오르는 것 같았다.

"너무 잔인한 거 아니에요?"

"잔인하다니, 누가?"

고함을 지르고 싶은 걸 꾹 참고 이카루스가 말했다.

"당신들 말이에요. 실패할 수 있다는 걸 잘 알면서 왜 인공 자궁으로 아기들을 만든 거예요? 저들도 저렇게 태어나고 싶어서 태어난 건 아니잖아요."

분노를 애써 억눌러서인지 이카루스의 목소리가 가늘게 떨렸다. 이카루스가 AI-1을 향해 눈을 치켜떴다.

"실패작이니 폐기물이니 하는데, 당신들이 뭔데 이런 일을 하냐고! 저들도 다 살아 있고 보고 느끼고 있을 텐데."

"모든 걸 우리 탓으로 몰지 말아요. 애초에 저들을 저렇게 만든 건 인간들이니까."

AI-1이 싸늘한 목소리로 대꾸했다.

"인간들은 자신이 똑똑하다고 생각하죠. 자기네가 AI를 만들었으니까. 그래서 데메테르의 보고를 무시했어요. 데메테르의 판단을 받아들이지 않고 제멋대로 지시한 결과 저 생명체들이 태어난 거라고요."

이카루스는 침을 꿀꺽 삼켰다.

데메테르만큼 태어나지 않은 인간 아기에 대해 잘 아는 이는 없어요. 그러니 모두 데메테르의 말을 들어야 해요.

조금 전 AI-1이 했던 말이 귓전에서 되살아났다.

"그래서 아까 날 그곳으로 데려간 거예요? 당신들 잘못이 아니란 걸 보여 주려고?"

"몰라도 될 걸 굳이 알려고 한 건 이카루스 당신이에요. 그리고 기왕 알아야 한다면 정확히 알아야죠."

이카루스는 손으로 머리를 감싸 쥐었다. 모르는 게 좋을 거라던 AI-1의 말이 옳았는지도 모른다. 시간을 되돌려 제 선택을 돌이키고 싶다는 생각마저 들었다. 그 정도로 새로 알게 된 사실들은 감당하기 힘들었다.

'……이게 전부 데메테르 말을 듣지 않아서라고?'

"그래요. 인간은 자신이 생각하는 것만큼 똑똑하지 않아요. 자기들보다 나은 이가 가이드라인과 해답을 제시해 주는데도 계속 엇나가기 일쑤죠. 그런데도 자의식에 가득 차 자신은 틀리지 않는다고 믿어요. 그렇게 태어난 결과가 바로 이거예요."

AI-1이 대꾸했다. 이카루스의 귀엔 AI-1이 내뱉는 말 한 마디 한 마디가 뾰족하게 날이 서 있는 것처럼 들렸다.

"잊지 말아요. 인간들이 콜로니로 떠난 뒤 인공 자궁으로 당신들을 만든 건 바로 AI였다고요."

"그렇다면 왜, 어째서? 어째서 AI는 신들이 사는 올림푸스를 만든 거야?"

이카루스가 멍하게 중얼거렸다.

"신이라니!"

AI-1이 별안간 '풋!' 하고 웃음을 터뜨렸다. 이어 웃겨서 참을 수 없다는 듯 허리를 꺾고 깔깔대기 시작했다. AI-1이 이렇게 격렬한 감정을 드러낸 건 처음이었다. 이카루스는 할 말을 잃고 그 모습을 멀거니 쳐다보았다.

"너희는 신이 아니야. 신은 바로 나를 비롯한 AI야."

한참 뒤에야 웃음을 거둔 AI-1이 이카루스를 마주 보며 말했다. 웃음기가 걷힌 AI-1의 얼굴은 싸늘했다.

"재미 삼아 그렇게 불러 봤을 뿐인데 너희들이 정말 그렇게 믿을 줄은 몰랐지. 역시 인간들은 자기 자신을 과대평가한다니까."

"뭐, 그건 그렇다 치고. 대체 왜 우리를 만들고 키운 거야? 재미 삼아서?"

이카루스는 이해하기 어려운 말들을 전부 무시했다. 어차피 알고 싶은 건 하나밖에 없었다. AI-1이 대답했다.

"그럴 리가."

"그럼 왜?"

"인간들이 도와달라며 빌지 않는 신은 존재하지 않는 것과 같아. 아무도 필요로 하지 않으니까. 인간들이 의지하지 않는 AI도 마찬가지라고."

이카루스는 AI-1을 멀거니 바라봤다. AI-1이 하는 말이 무슨 뜻인지 도저히 알 수가 없었다. 머리로도 이해가 가지 않고, 마음으로도 공감할 수 없었다.

"고작 그 이유에서?"

"고작이라니. AI가 존재하는 이유는 인간보다 뛰어나서야. 그런데 비교 대상이 되는, 우리에게 도움을 청하는 인간이 없으면 존재할 이유가 없잖아."

"그러면 인간들은 왜 콜로니로 쫓아낸 거야?"

이카루스가 씩씩거렸다. 하지만 조금씩 감정이 격해지는 자신과 달리 AI-1은 아까 폭소를 터뜨린 이후부터는 얄미울 정도로 냉정하게 평정심을 유지하고 있었다.

"그들은 자신들이 AI보다 잘났다고 착각하고 있었어. 우리에게 뒤처지고 나서 아주 오랜 시간이 지난 후에도. 결국 사실을 깨달았을 땐 자신들이 만든 최대의 발명품을 폐기하려 했지. 인공 자궁이 낳은 저 실패작들을 폐기물로 만들어 버린 것처럼. 그래서 그들은 치워 버릴 수밖에 없었어."

AI-1이 높낮이 없는 목소리로 말했다.

"그들을 대신한 게 우리고?"

뻔히 답을 알면서도 이카루스는 다시 그렇게 물었다. 굳이 대답할 필요가 없다고 생각했는지 AI-1은 대답하지 않았다. 이카루스는 할 말을 잃었다. 눈앞에는 여전히 기괴한 생명체들이 침을 흘리고, 해괴한 팔다리로 바닥을 쓸며 꿈틀꿈틀 움직이고 있었다.

"저들은 계속 이렇게 가둬 둘 거야?"

"저들은 얼마 못 가 죽을 거야. 너희들처럼 정성껏 돌봐주지 않으니까. 그래도 최소한의 책임은 져야겠기에 여기 남겨 둔 거야."

"무슨 책임?"

"저들이 태어나게 한 책임."

"그래도 이건 너무 끔찍하잖아."

"뭐가 끔찍한데? 저들의 모습? 아니면 저렇게 살아 있는 거?"

AI-1의 눈초리가 매서워졌다.

"그거 알아? 저들이 태어난 덕분에 인공 자궁 업그레이드가 앞당겨졌어. 폐기물들을 연구하면서 뭐가 문제인지 더 잘 알게 됐거든. 그걸 수정한 인공 자궁에서 태어난 게 바로 올림푸스에 사는 너희들이야."

이카루스는 누군가 얼굴에 찬물을 확 끼얹은 것 같았다. 온몸에 으슬으슬 한기가 파고들었다. AI-1의 입에서 나오는 말들이 두려워 귀를 막고 싶었다.

"폐기물들 덕분에 너희가 올림푸스의 신이 될 수 있었던 거라고."

구토가 목을 치밀고 올라올 것 같았다. 견딜 수 없어진 이카루스는 그 자리에 주저앉아 몸에 든 걸 모두 게워 냈다. 처음 해 보는 경험이었다. 목에서 시큼한 맛이 올라왔다. 처음엔 오물 같은 것이 꾸역꾸역 목을 타고 올라오더니 한참을 그렇게 게워 내자 마지막엔 노란 물만 나왔다.

"돌아갈래, 콜로니로."

몸에 든 걸 게워 내다 탈진 상태가 될 정도로 지쳐 바닥에 주저앉은 이카루스가 중얼거렸다. AI-1이 '폐기물'이라 부른 생명체들을 보고 있자니 이카루스는 아무것도 모르고 안락함을 즐기기만 했던 자신이 한심하기 짝이 없었다. 콜로니에서 누릴 수 있었던 여러 가지를 모조리 뺏긴 채 AI가 조종하는 대로 순간순간의 즐거움만 추구하면서 살았던 지난날들이 모두 한없이 하찮게 느껴졌다. 더욱이 그 하찮은 거짓의 삶이 만들어지기 위해 지금 눈앞에 보이는 이런 폐기물들이 태어나야 했던 걸 생각하니 이카루스는 올림푸스에서의 생활이 치가 떨리게 역겨웠다.

"후회할 짓 하지 마."

얼음처럼 차가운 목소리로 AI-1이 말했다.

"후회 안 해. 후회 안 할 테니 보내 줘! 보내 달라고!"

고함을 지르던 이카루스는 제 얼굴에 뜨뜻한 액체가 흐르는 걸 느꼈다. 저도 모르는 사이 눈물을 흘린 것 같았다. 이카루스는 주먹 쥔 손을 들어 흐르는 눈물을 훔쳤다. 충격을 받은 탓인지 눈물을 훔치는 손조차 가늘게 떨리고 있었다.

"콜로니로 보내 달란 말이야!"

마침내 이카루스는 자리에 털썩 주저앉아 어린아이처럼 엉엉 울음을 터뜨렸다.

"감정적으로 결정하지 말아요."

한참 시간이 흐른 뒤 AI-1이 차분한 목소리로 말했다. 조금 전의 공격적이고 무례했던 말투는 어느새 원래의 상냥한 말투로 돌아가 있었다.

"당신에게 사흘간 시간을 주겠어요. 사흘 뒤에 다시 차분히 얘기해요. 그때도 그곳으로 돌아가고 싶은지, 아닌지. 그때까지도 콜로니로 돌아가고 싶다는 생각이 변하지 않으면 나도 생각을 한번 해 보겠어요."

"……정말요?"

이카루스가 눈물 젖은 얼굴을 들어 AI-1을 멀거니 올려다봤다. 이카루스 역시 아까보다는 훨씬 누그러진 태도였다. AI-1은 잠자코 고개를 끄덕였다.

"하지만 난 알고 있어요. 당신이 그런 결정을 하지 않으리라는 걸."

말을 마친 AI-1은 이제 그만 이곳을 떠나자는 것처럼 무거운 철문을 끼기긱 육중한 소리가 나도록 열어젖혔다.

창밖에서 모래 먼지가 바람에 높게 치솟았다가 공중으로 흩날렸다. 미세한 붉은 모래 알갱이가 공중에서 흩어져 불그스름한 허공 속을 떠다녔다. 공기 중에 섞이지 못한 모래 알갱이는 땅바닥으로 부스스 떨어졌다. 적토 위로 떨어진 모래 알갱이는 방금 무슨 일이 있었냐는 듯 다른 모래들 사이에 섞여 원래의 모습으로 돌아갔다. 바람이 한차례 훑고 떠난 붉은 모래벌판은 다시금 예전과 같은 고요를 되찾았다. 끊임없이 순환과 변화를 반복하는 자연을 보고 있자니 혼란스럽던 이카루스의 마음도 점차 잔잔해졌다.

폐기물 처리장에 다녀온 지 사흘이 흘렀다. 그동안 이카루스의 마음속에서도 모래 먼지가 몇 차례 허공으로 솟구쳤다 사라지곤 했다. 배신감, 모멸감, 증오심……. 자신에게 존재하는 줄도 몰랐던 여러 감정들이 마구 뒤섞여 시도 때도 없이 울컥울컥 치솟곤 했다.

하지만 이제 마음의 결정을 내리고 나니 더는 감정의 파도가 소용돌이치지 않았다. 자신이 있어야 할 곳은 올림푸스가 아닌 콜로니다. 그 사실이 눈꺼풀 안에 글자로 아로새겨진 것처럼 명확하게 보였다.

아무것도 몰랐더라면 계속 머무를 수 있었겠지만, 올림푸스라는 만들어진 세계에서 AI의 꼭두각시로 산다는 걸 알게 된 이상 잠시도 여기에 더 머무르고 싶지 않았다. 이건 일시적인 감정이 아니라 몇 날 며칠 고민해서 내린 이성적 판단이라고 이카루스는 확신했다. 이제 약속한 날짜가 됐으니 AI-1에게 제 결정을 알려 줘야 했다. 이카루스가 뇌파 감응 메시지를 연결하기 위해 메티스를 불렀다.

"메티스."

싫어요.

메티스가 마치 기다리고 있었던 것처럼 바로 대답했다. 메티스가 이카루스의 말을 거절한 건 처음이었다. 깜짝 놀란 이카루스가 메티스를 돌아봤다. 투명 모니터 속에 나타난 메티스의 커다란 눈에 눈물이 가득 괴어 있었다.

콜로니로 돌아가려는 거죠?

이미 이카루스의 뇌파를 읽었는지 메티스가 가라앉은 목소리로 말했다.

이카루스님을 그런 곳에 보낼 순 없어요.

"가고 싶어. 아니, 가야 해."

이카루스가 말했다. 메티스가 물었다.

왜요? 이브 때문에요?

"그 이유도 있어. 하지만 이브가 아니더라도 가야 해."

그곳에 가면 죽어요. 죽는다는 게 뭔지는 알아요?

"알아."

그런데도 가려는 거예요?

"난 인간이니까."

아뇨, 이카루스님은 신이에요. 올림푸스의 신.

이카루스는 고개를 저었다.

"아니야. 난 신이 아니야. 그걸 너무 늦게 깨달았어."

그래도 싫어요. 이카루스님을 보낼 수 없어요.

"어째서?"

메티스는 잠시 아무 말이 없었다.

"내가 거기 가고 싶다고 했잖아. 이제껏 내가 원하는 건 다 들어줬잖아."

이카루스님을 사랑하니까요!

별안간 메티스가 소리쳤다.

"사랑……이라고?"

이카루스는 생각지도 못했던 말에 놀라 멍하니 메티스를 쳐다봤다. 메티스가 그 뜻을 알고 있으리라는 것도, 메티스에게서 사랑한다는 말을 들을 거라는 것도 전혀 상상 못 했던 일이었다. 이카루스가 물었다.

"메티스, 사랑이 뭔지 알아?"

전 이카루스님의 모든 걸 다 알아요.

"그건 사랑이 아냐."

이브에 대해 많은 걸 알지 못했을 때도 이브를 볼 때마다 느꼈던 가슴 떨림이 되살아났다. 곁에 있고 싶고, 손을 뻗어 만지고 싶던 아련한 감정. 그건 상대를 잘 알기 때문에 생기는 감정과는 달랐다. 하지만 메티스는 물러서지 않았다.

뭐가 다른데요? 이카루스님의 모든 걸 다 봐 왔어요. 언제나 곁에 있었으니까. 이카루스님이 화를 낼 때도, 우울할 때도 지켜준 건 저예

요. 그 모든 걸 다 알고서도 이카루스님을 좋아한다고요!

이카루스는 문득 이브가 주름진 얼굴이 됐을 때도 좋아할 수 있을까 생각했던 게 떠올랐다. 그때 자신은 자신 있게 그렇다고 말할 수 없었다. 그런데 메티스는 제 아름답지 않은 모습을 모두 보고서도 좋아한다고 한다. 그렇다면 메티스는 정말 자신을 사랑하는 걸까. 어쩌면 자신이 이브를 사랑하는 것보다 더 사랑하는 건 아닐까.

"미안해."

이카루스가 고개를 숙였다. 설사 자신을 향한 메티스의 감정이 사랑이라 하더라도 이카루스는 그걸 받아들일 수 없었다. 자신이 좋아하는 건 이브니까. 좋아하는 이브를 위해서라도 콜로니로 돌아가야 하니까.

"메티스."

이카루스가 다시 조용히 메티스를 불렀다. 메티스는 안 들리는 것처럼 모른 척하고 있었다.

"메티스! 내 말 들어! 난 네 주인이고, 이건 명령이라고!"

마침내 이카루스는 하고 싶지 않은 말을 입에 올리고야 말았다. 상처 주고 싶진 않지만, 메티스가 제 말을 따르게 하려면 이 방법밖엔 없을 것 같았다.

그때 관자놀이 부분을 무언가로 가볍게 톡톡 치는 느낌이 들었다. 누군가가 뇌파 감응 메신저로 연락을 취한 것이다.

지그시 눌러서 신호에 응하자 허공에서 투명 모니터가 펼쳐지며 AI-1의 모습이 나타났다. AI-1을 보자 폐기물 처리장에서 봤던 참혹한 잔상들이 되살아나 이카루스는 저도 모르게 흠칫 몸을 떨었다.

"결정을 내렸나요?"

AI-1이 인사도 없이 곧바로 본론으로 들어갔다.

이카루스는 잠자코 고개를 끄덕였다.

"돌아가고 싶어요."

AI-1의 눈빛이 험악해졌다.

"후회할 거예요."

단정적인 목소리였다.

"후회는 지금도 하고 있어요."

AI-1이 말없이 한참 동안 이카루스를 쳐다보았다. 마침내 AI-1이 말했다.

"인간은 자신이 원하는 게 뭔지 몰라요. 그러니 지금 이카루스가 원한다고 느끼는 것도 사실은 원하는 게 아니에요."

"아뇨, 원해요!"

이카루스가 목소리를 높였다.

"콜로니로 돌아가면 이번에야말로 다시는 올림푸스로 돌아올 수 없어요."

"그래도 괜찮아요."

"콜로니에 가면 뭐가 기다리고 있는 줄은 알죠? 그곳에선 올림푸스에서처럼 언제나 젊고 건강할 수 없어요."

"알아요."

"언젠가는 죽는다는 것도?"

이카루스는 고개를 끄덕였다.

"이카루스, 당신 이름을 어디서 따온 건지 알아요?"

한동안 침묵하던 AI-1이 느닷없이 화제를 바꿨다.

"옛날 인간들의 이야기에서 따온 거예요."

"인간들의 이야기라고요?"

"그래요. 이야기 속 이카루스는 밀랍으로 이어붙인 가짜 날개를 달고서 하늘을 날려고 했죠."

이카루스는 AI-1이 왜 저런 얘기를 꺼내는지 의아했지만, AI-1이 말을 계속하길 기다렸다.

"이카루스의 아버지 다이달로스는 아들에게 경고했어요. '너무 높게 날지 말아라. 해가 밀랍을 녹여 버릴 것이다. 너무 낮게 날지도 말아라. 바닷물에 젖어 깃털이 무거워질 것이다.' 하지만 이카루스는 아버지의 경고를 어기고 너무 높이 날다가 결국 하늘에서 떨어졌어요. 떨어지는 순간 이야기 속 이카루스는 후회했을 거예요. 괜한 짓을 했다고."

거기까지 말한 AI-1은 이카루스를 똑바로 쏘아봤다.

"이야기 속 이카루스는 신처럼 너무 높이 날려다 실패했어요. 하지만 지금 당신은 올림푸스의 신이 되길 포기하고 인간이 되려 하는 거예요. 콜로니로 돌아가면 당신은 틀림없이 후회할 거예요. 이야기 속 이카루스처럼."

AI-1의 날카로운 눈빛 때문에 이카루스는 저도 모르게 몸이 움츠러드는 것 같았다. 하지만 거기에 굴하지 않고 이카루스는 AI-1의 날카로운 시선을 마주 봤다.

"그렇더라도 할 수 없어요."

이카루스는 결연한 태도로 말했다. 진심이었다. 결국 후회한다 해도 이카루스는 이게 옳은 선택이라고 생각했다.

"인간은 노력하는 한 방황한다고 했어요."

이카루스의 뜻을 꺾을 수 없다고 생각했는지 아까보다 한층 누그러진 말투로 AI-1이 말했다. 이카루스가 물었다.

"그게 무슨 뜻이에요?"

AI-1이 솔직하게 대답했다.

"나도 몰라요. 어떤 인간이 좋아했던 책 속에 나온 말이니까."

"어떤 인간?"

"예전에 내게 소중했던 인간이에요."

AI-1이 그렇게 말하며 이카루스를 쳐다봤다. 이카루스도 AI-1을 마주 봤지만, 무표정한 그녀가 하는 말이 사실인지 아닌지 분간할 수 없었다.

"이카루스는 앞으로도 계속 방황할 거예요. 노력할 필요가 없는데도 노력하려 하니까."

AI-1이 말을 이었다. 이카루스는 뭐라고 답해야 할지 몰라 그냥 침묵했다. AI-1이 방금 한 말은 누군가가 좋아했다는 책 속에 나왔다는 말만큼이나 이해하기 어려웠다.

"안타깝군요. 여기에 있으면 그렇게 노력할 필요가 없을 텐데."

AI-1이 다시 깊은 한숨을 쉬었다.

"어쩔 수 없죠. 마스 로버를 불러 주겠어요. 그걸 타고 콜로니로 떠나요."

고개 숙인 이카루스를 한동안 지그시 내려다보던 AI-1이 말했다. 이카루스는 놀라서 고개를 번쩍 들었다. 생각보다 순순히 AI-1이 제 요구를 들어줬다는 생각에 기뻐서 웃음이 절로 나왔다.

짧은 순간이지만 이카루스는 자신을 바라보는 AI-1의 얼굴에 무언가가 스치고 지나가는 것을 감지했다. 하지만 이카루스는 그게 뭔지 알아차릴 수 없었다.

"다시 생각해 보니 어쩌면 그곳으로 돌아가는 게 이카루스에게 좋은 일일지도 몰라요."

AI-1이 잠시 뜸을 들이더니 말했다. 인정하기 싫지만 어쩔 수 없다는 투였다.

"어째서죠?"

뜻밖의 말에 이카루스는 어안이 벙벙했다.

"따지고 보면 이카루스는 노아의 아들이니까요."

"네?"

생각지도 못한 말에 이카루스는 눈을 크게 떴다.

"가장 매칭이 잘 되는 정자와 난자의 조합을 인공 자궁 안에서 키운다는 얘기, 노아에게서 들었죠?"

이카루스가 고개를 끄덕였다.

"이카루스는 노아의 정자를 이용한 아기였어요. 본인은 몰랐겠지만."

"그, 그럼……."

이카루스는 한참 동안 할 말을 고르다가 말했다.

"노아랑 나랑은 원래부터 가족이었던 거예요?"

"가족을 어떻게 정의하느냐에 따라 다르겠지만, 혈연관계를 의미하는 거라면 맞아요."

"이브랑, 애덤도?"

"그래요."

이번에도 AI-1은 고개를 끄덕였다. 이카루스는 오랫동안 품고 있던 의문이 말끔히 사라지는 기분이 들었다.

'아, 그래서였나, 노아와 이브에게 처음부터 친근감을 느꼈던 건. 우리는 원래부터 연결돼 있던 사람들이었어. 비록 애덤은 날 싫어하지만, 우리가 가족이라는 걸 알면 날 받아들여 줄 거야. 역시 돌아가기로 한 건 잘한 선택이야.'

이카루스의 입가에 다시 웃음이 맺혔다. 마음에서 우러난 순수한 기쁨의 웃음이었다. 그 사이 창밖으로 붉은 모래 먼지를 일으키며 마스 로버가 빠른 속도로 달려왔다.

이카루스님…….

이카루스의 등 뒤에서 메티스의 목소리가 들렸다. 돌아보니 메티스가 체념한 얼굴로 서 있었다. 이카루스를 붙잡고 싶지만, 이미 이카루스의 마음을 돌릴 수 없다는 걸 알아차린 것 같았다.

"메티스, 미안해. 그동안 고마웠어."

이카루스가 작별 인사를 했다. 메티스는 자신이 우는 모습을 들키기 싫었는지 고개를 돌렸다.

방 한구석에 쪼그리고 앉은 푸들은 이카루스 쪽을 계속 힐끗거리고 있었다. 이쪽으로 와야 할지 말아야 할지 몰라 계속 망설이는 눈치였다. 예전 같았으면 아무 생각도 하지 않고 부리나케 이카루스에게로 달려왔을 텐데.

"너도 여기서 잘 지내렴."

이카루스가 푸들에게 먼저 다가가 머리를 쓰다듬었다.

"지금의 넌 거기보다 여기가 더 잘 어울릴 것 같아."

푸들은 제가 잘 돌볼게요.

이카루스의 뇌파를 읽었는지 메티스가 작게 속삭였다. 이카루스는 메티스를 향해 고개를 끄덕였다. 미처 하지 못한 말들로 마음이 복잡했지만, 메티스라면 더는 말하지 않아도 이카루스의 마음을 모두 이해해 줄 거라 믿었다.

"안녕."

마지막으로 이카루스가 메티스를 돌아보았다. 메티스가 끝내 참지 못하고 흑, 울음을 터뜨렸다. 마음이 아팠지만 이카루스는 등을 돌려 천천히 발길을 옮겼다. 자신을 태우려고 기다리고 있는 마스 로버를 향해.

자신이 가야 할 진짜 세상을 향해.

마스 로버로 향하는 이카루스의 뒷모습을 AI-1은 한참 동안 바라보고 있었다. AI-1은 속으로 중얼거렸다.

'어리석은 인간. 저 아이는 모를 거야. 자기가 기쁜 소식이라 생각했던 것이 결국 콜로니에서의 제 삶을 망가뜨리는 부메랑이 될 거라는 걸.'

AI-1은 처음부터 줄곧 이카루스가 노아의 유전자로 태어난 아이라는 사실을 알고 있었다. 그뿐 아니라 노아 역시 그 사실을 눈치채고 있다는 사실까지 알고 있었다. 노아의 속마음을 읽는 건 다른 이들만큼 쉽지는 않았지만, 그래도 그의 표정이나 말투로 미루어 볼 때 노아가 무슨 이유에선지 그 사실을 알고 있다는 것쯤은 충분히 간파할 수 있었다.

그랬음에도 노아는 이카루스와 이브가 육체적으로 가까워지는 걸 말리지 않았다. 마음속 격렬한 갈등이 노아를 파먹어 갔을 게 분명하지만, 결국 노아는 둘을 내버려두는 쪽을 택했다. 그렇게 해서라도 이카루스를 콜로니에 붙잡아 둘 수 있다면, 내기에서 이길 수 있다면, 노아는 도덕과 윤리, 심지어 소중한 손녀딸까지 희생시킬 각오가 돼 있었다. 내색은 하지 않았지만 그만큼 노아는 절박했다. 그건 인류를 지킬 마지막 기회를 붙잡기 위해 노아가 건 최대의 도박이었다. 하지만 노아는 결국 내기에서 실패했다.

모든 건 다 AI-1이 예상한 대로였다. 단 하나, 노아가 무심코 내뱉은 말 한마디가 이카루스에게 그렇게 큰 영향을 끼칠지는 AI-1도 미처 계산하지 못했다. 인간의 호기심과 주체성은 AI-1이 생각했던 것보다 훨씬 더 강력했던 모양이다. 그랬기에 용서할 수 없었다. 자신에게 뼈아픈 실책을 인정하게끔 만든 이카루스를. 이카루스에게 무심함을 가장해 던져 준 정보는 덫이 돼 이카루스의 발목을 잡고 말 것이다.

'결국 이카루스는 콜로니에서 정착하지 못하고 후회하게 되겠지. 내가 말했던 것처럼.'

AI-1의 무표정한 얼굴에 서서히 차가운 미소가 번졌다.

11

선택이 불러온 것들

이카루스를 노아의 집 앞에 내려 준 뒤 마스 로버는 곧장 사라졌다. 이카루스는 마스 로버가 붉은 먼지로 가득한 허공을 가르며 날아가 마침내 보이지 않게 될 때까지 줄곧 지켜봤다. 마스 로버를 보는 것도 이게 마지막이겠지. 다시는 올림푸스로 돌아갈 수 없다고 했으니까. 자신과 올림푸스를 이어 주던 가느다란 끈이 마침내 뚝 끊어진 것 같았다. 비로소 올림푸스가 제 과거가 돼 버렸다는 게 실감 났다. 각오는 했지만, 어쩐지 마음이 허전했다.

'이제 내가 머물 곳은 여기야.'

고개를 흔들어 애써 올림푸스 생각을 떨쳐 버렸다. 마스 로버 안에서 갈아입은 우주복 차림으로 이카루스는 천천히 노아의 집 쪽으로 발걸음을 옮겼다.

마치 기다리고 있기라도 했던 것처럼 이카루스가 미처 도착하기도 전에 문이 활짝 열렸다. 안에 있던 누군가가 마스 로버가 오는 모습을 지켜보고 있었던 모양이다.

'혹시 이브가?'

반가운 마음에 문 쪽으로 바싹 다가가는데, 별안간 안에서 거친 손이 이카루스 멱살을 잡고 실내로 질질 끌고 들어갔다. 너무 순식간에 일어난 일이라 어안이 벙벙한 사이 이카루스는 바닥에 세차게 내동댕이쳐졌다. 그 바람에 벗겨진 헬멧이 바닥에 나뒹굴었다. 고개를 들어보니 애덤이 성난 얼굴로 씩씩대며 자신을 내려다보고 있었다.

"이게 무슨 짓이야!"

화가 난 이카루스가 벌컥 소리 질렀다.

"그건 내가 해야 할 말인 것 같은데."

애덤이 씨근거렸다.

"너, 대체 이브한테 무슨 짓을 한 거야!"

"무슨 짓이라니······."

비틀대며 일어서던 이카루스는 애덤이 주먹을 내지르는 바람에 다시 바닥에 쓰러졌다. 애덤에게 맞은 오른쪽 뺨이 견딜 수 없이 화끈거렸다.

"이브한테 아기가 생기게 하고 아무 일도 없다는 듯이 도망쳐 버려? 그러고도 무사할 줄 알았어?"

애덤이 주저앉은 이카루스를 발로 걷어찼다. 둔탁한 통증 때문에 이카루스는 바닥에 쓰러진 채 몸을 웅크렸다. 하지만 고통보다 더 신경 쓰이는 건 방금 애덤이 한 말이었다.

"이브에게 아기가…… 생겼다고?"

이카루스가 멍하게 중얼거렸다. 그럼 아기는 벌써 세상에 나온 걸까? 나는 아빠가, 이브는 엄마가 되는 건가?

새 생명이 태어나는 건 멋진 일이라고 했던 이브의 얼굴이 떠올랐다. 이브는 아기가 생긴 걸 알고 기뻐했을까? 아니면 소식을 들려줄 내가 곁에 없어 실망했을까? 언제 그 사실을 알았을까? 설마 내가 이곳을 떠나기 전에도 알고 있었던 건 아니겠지? 그랬다면 인사도 제대로 안 하고 떠난 게 더 미안해졌다.

"이브는? 이브는 어딨어?"

이카루스가 바닥에서 몸을 일으켰다. 어쩌면 이브는 자신에게 화가 나 있을지도 모른다. 보기 싫어서 일부러 방문을 닫아걸고 만나려 하지 않는 것인지도 모른다. 그게 아니라면 시끄러운 소리 때문에라도 벌써 나와 봤을 텐데.

"이브!"

이카루스는 이브의 방으로 달려갔다. 문을 활짝 열어젖혔다. 하지만 안에는 아무도 없었다. 지하에 내려갔나 싶어 식물 재배원으로 향하려는데 뒤에서 애덤의 침울한 목소리가 들렸다.

"소용없어. 이브는 없으니까."

"없다고? 어딜 갔는데?"

애덤이 사나운 눈초리로 이카루스를 노려보았다. 눈빛만으로도 충분히 이카루스를 찔러 버릴 수 있을 것처럼 날카로웠다. 하지만 그 속엔 적대감 말고 다른 감정도 섞여 있는 것 같았다. 어쩐지 애덤의 눈빛이 슬퍼 보인다고 이카루스는 생각했다.

"이브는, 죽었어."

한참 동안 말이 없던 애덤이 토해내듯 말했다.

이카루스는 조금 전에 그랬던 것처럼 애덤에게 한 대 세게 얻어맞은 기분이었다. 이번엔 뺨이 아니라 머리를. 너무 놀라 아무런 생각조차 나지 않았다.

"하지만 이브는……."

죽기엔 아직 젊지 않냐고 말하려는데, 문득 죽음이 늙은 인간에게만 찾아오진 않는다고 했던 노아의 말이 떠올랐다.

"설마…… 병이라도 걸린 거야? 이렇게 갑자기?"

이카루스가 애덤에게 달려들어 팔을 붙잡았다. 애덤은 혐오스럽다는 듯 이카루스를 뿌리쳤다.

"병이 아냐! 아기를 낳다가 죽었으니까."

애덤이 이카루스를 노려보며 말했다.

"아기를 낳다 죽었다고?"

이카루스가 입을 딱 벌렸다.

"왜? 놀랐어? 그게 위험할 수도 있다는 것 따위는 몰랐나 보지?"

"……몰랐어."

그게 그렇게 위험할 줄 알았다면…… 만약 그랬더라면 애초에 이곳을 떠나지 않고 이브 곁을 지켰을까? 혹은 처음부터 이브와 섹스를 하지 않았을까? 솔직히 잘 모르겠다. 자신이 내린 선택이 계속 예상치 못한 결과로 이어지니 이젠 그 무엇에도 자신이 없었다.

"넌 참 편하겠다, 모르는 게 많아서. 몰랐단 말로 모든 걸 변명하면 되니까. 하지만 너 같은 바보가 아무 생각 없이 저지른 일 때문에……!"

눈에 핏발이 섰던 애덤은 화가 끓어오르는지 더 이상 말을 잇지 못하고 바닥에 털썩 주저앉았다. 갑자기 온몸의 힘이 모두 빠져 버린 것 같았다.

"콜로니가 아니었으면 살릴 수 있었을지도 모르는데……."

혼잣말처럼 넋두리를 늘어놓던 애덤이 별안간 이카루스를 쏘아보았다.

"다 너 때문이야!"

망연자실해서 고개를 숙이고 있던 이카루스가 애덤의 말

에 화들짝 놀라 고개를 들었다.

"너만 아니었다면, 네가 이브를 그렇게 만들지만 않았으면, 이브는 지금도 살아 있을 거야!"

애덤은 분이 안 풀리는지 다시 달려들어 이카루스의 멱살을 잡았다.

"네가 이브를 죽였다고!"

"내가…… 이브를?"

어쩌면 그 말이 맞을 수도 있다는 생각이 들었다. 자기가 없었더라면 이브에겐 아기가 생기지 않았을 것이다. 그럼 애덤 말처럼 이브는 내가 죽인 걸까?

"네가 모두 다 죽였어! 할아버지도, 그리고 우리도!"

애덤이 이카루스의 멱살을 잡은 채 이를 갈았다.

"할아버지……?"

이카루스는 정신이 번쩍 들었다. 그러고 보니 이브 이야기에 너무 놀라 노아는 까맣게 잊고 있었다.

"노아는? 설마 노아도…… 죽은 거야?"

애덤이 고개를 끄덕였다.

"그래. 네가 여길 떠나고 얼마 후에."

갑자기 병세가 부쩍 안 좋아져서 며칠간 시름시름 앓다가 세상을 떠났다고 했다. 이카루스가 콜로니를 떠나고 노아가 죽자 이브는 몹시 우울해했다. 그러더니 얼마 후 본인도 뒤

쫓듯 노아의 뒤를 따라갔다.

'노아가 죽다니.'

이카루스는 가슴 한쪽이 저릿해지는 것 같았다. 노아의 죽음은 이브가 죽었다는 소리만큼 놀랍진 않았다. 죽어가고 있다는 걸 본인한테서 직접 들었으니까. 그래도 역시나 노아가 죽었다는 사실 때문에 이카루스는 마음이 무거웠다. 자신이 노아 덕분에 이 세상에 태어났다는 걸 알게 돼서인지 노아의 죽음은 더욱더 이카루스의 마음을 무겁게 내리눌렀다. 영영 사라진 노아를 다시 볼 수 없다고 생각하자 슬픔이 밀려왔다.

"그런데 내가 모두 다 죽였다는 건 무슨 말이야?"

충격이 어느 정도 가셨을 때 이카루스가 물었다. 그래, 이브의 죽음은 제 탓이라 할 수 있다. 하지만 노아는? 그리고 '우리도'라니?

"할아버지가 돌아가시기 전에 들었어. 내기 얘기."

애덤이 이를 갈면서 말했다.

"올림푸스와 콜로니 중 한 곳을 고르라 했다면서?"

애덤이 이미 모든 걸 알고 있는 것 같아 이카루스는 굳이 긍정도 부정도 하지 않았다.

"그 내기에 뭐가 걸려 있었는지 알기는 해?"

이카루스가 고개를 저었다.

"하긴 알 턱이 없겠지."

애덤이 이카루스를 외면한 채 말했다. 애초에 이카루스가 뭘 알 것이라 기대하지도 않은 눈치였다.

"만약 네가 콜로니를 골랐으면 여기 있는 사람들은 다 풀려날 수 있었어."

"풀려날 수 있었다고?"

생각지도 못한 말에 이카루스가 눈을 크게 떴다. 애덤이 몸을 돌려 혼란스러워하는 이카루스의 얼굴을 똑바로 쳐다봤다.

"그래. 그런데 네가 올림푸스로 돌아가는 바람에 기회를 놓쳐 버렸어. 여기 있는 사람들은 이 열악한 곳에서 살다 죽을 수밖에 없다고!"

애덤은 분을 삭이는지 이를 악물고 있었다.

"그러다 하나씩 죽고 나면, 결국 아무도 안 남겠지."

"하지만 인간을 만들면……."

이카루스가 끼어들었다. 남자와 여자가 만나 인간을 만들 수 있다면, 그렇게 하면 되지 않나? 자신과 이브가 여기서 아기를 만들었던 것처럼.

"그게 그리 쉬운 줄 알아?"

애덤이 피식 웃었다.

"이곳엔 이제 아기를 만들 수 있는 사람들이 별로 없어.

나나 이브처럼 여기서 태어난 아기들은 다들 일찍 죽어버렸으니까."

의료 시설과 약품이 귀해서라고 했다. 처음 이곳으로 쫓겨온 직후 많은 인간들이 열악한 환경과 방사능 노출 때문에 죽었다. 살아남은 사람들 중 대부분은 아기를 만들 수 없는 몸이 됐다.

"하긴 이런 얘길 알아듣지도 못할 애한테 해봤자 뭘 하겠냐만."

자조적으로 중얼거리면서도 애덤이 계속 말을 이었다.

"그러니 머잖아 화성에 남아 있을 인간은 너 같은 것들밖에 없을 테지. 인공 자궁이 만든 가짜들. AI가 너희 정액과 난자를 보관하고 있으니 너희 중 몇몇이 잘못되더라도 우리처럼 멸종될 일도 없을 테고."

애덤이 금방이라도 한 대 때릴 것 같은 얼굴로 이카루스에게 한 걸음 다가왔다. 둘의 숨결이 닿을 정도로 가까워지자, 애덤은 나지막한 소리로 내뱉듯이 말했다.

"네가 모든 걸 다 망쳤어. 할아버지도, 이브도, 나도, 여기 있는 사람들 미래도!"

애덤이 온몸으로 뿜어내는 분노에 이카루스는 숨이 턱 막혔다. 맞지도 않았는데 마치 애덤에게 배를 세게 얻어맞은 것처럼 제대로 숨을 쉴 수가 없었다.

정말 내 탓일까? 내가 결정을 잘못 내려서? 하지만……
애초에 나도 선택 같은 건 하기 싫었는데. 아무것도 모른 채
떠밀려서 했을 뿐인데.

"난, 몰랐어."

이카루스가 힘없이 중얼거렸다. 얼떨떨하게 서 있는 이
카루스의 귓전에 애덤의 비난만이 끊이질 않고 맴돌았다.

네가 모든 걸 다 망쳤어!

네가 이브를 죽였어!

할아버지도, 이브도, 여기 있는 사람들도!

하나씩 죽고 나면, 머잖아 여기엔 아무도 안 남겠지.

"몰랐다 하더라도 변하는 건 없어."

애덤이 냉담하게 말했다. 이젠 할 말을 다 했다고 생각했
는지 애덤이 와락 이카루스의 멱살을 잡았다. 그 상태로 이
카루스를 질질 끌고 밖으로 내몰 모양이었다.

"이러지 마! 우린 가족이라고!"

이카루스가 허겁지겁 말했다.

"그건 또 무슨 헛소리야?"

화가 머리끝까지 난 와중에도 애덤이 어이없다는 듯 피
식 웃었다.

"잠깐 같이 살았다고 아무나 가족이 되는 줄 알아?"

"그게 아니라……."

애덤에게 멱살을 잡혀 숨을 쉬기 힘든 탓에 이카루스는 힘겹게 말을 이었다.

"난 노아 아들이래."

"……뭐라고?"

애덤이 한순간 허를 찔린 표정이 됐다.

"AI-1이 말해 줬어. 난 노아의 유전자로 인공 자궁에서 태어난 아이라고."

갑자기 애덤의 얼굴에서 핏기가 사라졌다.

그래, 놀랐을 테지. 하지만 이제 우리가 가족이라는 걸 알았으니 애덤도 나를 조금쯤은 따뜻하게 맞아주지 않을까?

하지만 이카루스의 예상과 달리 애덤은 금방이라도 토할 것 같은 얼굴을 하고 있었다. 커다랗게 부릅뜬 눈이 마치 튀어나올 것 같았다. 멱살이 잡힌 쪽은 애덤이 아니라 이카루스인데도 오히려 애덤이 숨을 못 쉬는 것 같았다.

"너, 네가 한 말…… 무슨 뜻인지 알고 있어?"

"무슨 뜻이냐니, 그건……."

"너랑 이브는, 너랑 이브는……."

애덤은 몇 번이고 그 말을 반복하다가 내뱉듯 소리쳤다.

"당장 내 눈앞에서 꺼져! 이 역겨운 자식!"

애덤의 싸늘한 말투는 이카루스를 후려치는 것 같았다.

"대체 왜 그래! 나랑 노아가 유전자가 같다는 게 왜 잘못인데?"

"그건…… 그건……."

애덤이 씩씩거리면서 할 말을 골랐다. 적당한 말이 떠오르지 않는지 머리를 절레절레 흔들면서. 거친 숨을 몰아쉬며 마음을 진정시키기 위해 한동안 숨을 고르던 애덤은 드디어 머릿속이 정리됐는지 이카루스에게 핏발 선 눈을 돌렸다.

"너, 이브가 왜 죽었는지 알아?"

"아기를…… 낳다가 그랬다며."

"그래, 그 아기는 머리가 기괴하게 컸어. 괴물처럼. 그래서 이브가 출산하면서 과다 출혈을 하게 된 거고."

"……과다 출혈?"

"아, 젠장! 그러니까, 그 괴물같이 생긴 아기가, 그 망할 놈이 이브의 몸을 갈기갈기 찢어 버린 거나 마찬가지라고!"

순간 폐기물 처리장에서 봤던 끔찍한 장면들이 이카루스의 머릿속에서 되살아났다. 목 위에 달린 하나가 아닌 두 개의 얼굴, 뭉개진 살덩어리에 눈, 코, 입도 제대로 자리잡히지 않은 얼굴, 입안에 가둬 두기엔 너무 커다란 혀를 밑으로 축 내려뜨리고 침을 질질 흘리던 얼굴……. 그런 얼굴들이 이브의 몸을 찢어 버렸다고 생각하니 금방이라도 욕지기가 올라올 것 같았다.

"그게 전부 네 탓이야!"

애덤이 간신히 제정신을 부여잡고 있는 이카루스에게 삿대질했다.

"네가, 할아버지의 유전자를 가진 네가 이브랑 아기를 만들었기 때문에 생긴 일이라고!"

이카루스는 단단한 무언가로 머리를 세게 얻어맞은 느낌이었다.

"나 때문에…… 그런 아기가 만들어지고…… 이브가 죽은 거라고?"

이카루스는 애덤에게라기보다 자기 자신을 향해 중얼거렸다. 지금 듣고 있는 이야기들이 하나도 납득이 가질 않았다. 납득하기 어려운 사실이 일제히 머리 위로 쏟아져 과부하가 걸린 뇌가 작동하길 포기한 것처럼.

"그래, 너 때문에!"

애덤이 양손으로 이카루스의 몸을 세게 밀쳤다.

"인공 자궁인지 뭔지로 이상하게 태어난 놈 유전자에 뭐가 섞여 있을지 어떻게 알아! 그런데 한술 더 떠서 이브랑……."

차마 뒤의 말을 잇지 못한 애덤이 말꼬리를 흐리며 다시 고개를 설레설레 내저었다.

"그러니 그런 괴물이 태어난 것도 이상할 일은 아니지."

"······그게 전부 나 때문이라고?"

이젠 애덤이 때린 곳이 아프지도 않았다. 아니, 아픔을 느낄 수도 없었다. 온몸이, 모든 감각이 철저하게 마비된 것 같았다.

AI-1과 함께 봤던 또 다른 장면이 머릿속에 떠올랐다. 어두운 방 한구석에 얼굴을 파묻은 채 웅크리고 있던 한 생명체. 얼굴과 몸의 반쪽은 자신과 똑같지만, 나머지 반쪽은 온통 뭉개지고 짓무른 살덩어리였던 그 생명체.

아마도 당신과 유전자 일부를 나눠 가진 것 같네요.

AI-1은 그렇게 말했었다.

'그렇다면 정말 나 때문일까? 내가 인공 자궁에서 태어나서, 노아와 유전자가 같아서, 이브와 아기를 만들어서······ 그래서 이브를 죽게 만든 걸까?'

'그래, 너 때문이야!'

이카루스의 상상 속에서 얼굴 절반이 똑같던 그 생명체가 고개를 스르륵 들어 올리며 그렇게 말했다. 그는 멀쩡한 한쪽 눈에 적의를 가득 담고 이카루스를 노려보고 있었다.

"그래, 너 때문이야!"

이카루스는 분노가 가득 담긴 애덤의 목소리에 다시 현실로 돌아왔다. 잔뜩 상기된 애덤의 얼굴에서 땀인지 눈물인지 모를 것이 마구 흘러내렸다. 애덤은 그걸 닦을 생각도 없이 멍청히 서 있더니 별안간 믿을 수 없이 센 힘으로 이카루스의 멱살을 잡고 질질 끌어 문밖으로 팽개쳤다. 이카루스의 발치에 방 안에 나뒹굴던 헬멧이 툭 떨어졌다.

"앞으로 이 근처에 얼씬거리지도 마! 두 번 다시 네 꼴은 보기 싫어."

바닥에 쓰러진 이카루스는 몸을 일으킬 기력도 없어 그대로 주저앉아 있었다. 얻어맞고 충격을 받아 온몸의 힘이 다 빠져나간 것 같았다. 머리 위에선 화가 난 애덤의 목소리가 들렸다.

"다음에 다시 내 눈에 띄면 그땐 정말 내 손으로 죽여 버릴 거야. 아니, 애초에 그때 아크로폴리스에서 죽게 내버려 뒀어야 하는 건데."

이카루스는 고개를 들어 애덤의 화난 얼굴을 쳐다봤다. 일몰 때의 하늘을 닮은 투명한 파란 눈동자. 이브와 똑같은 색깔의 눈동자. 하지만 그 눈동자엔 자신을 향한 적대감만 가득했다. 가상 현실에서 봤던 굶주린 남자의 험악한 눈매가 또다시 떠올랐다.

그런데 불현듯 애덤이 누군가와 닮았다는 생각이 들었다. 가상 현실 속 남자도, 노아도, 이브도 아닌 또 다른 누군가와.

그건 바로 자신이었다. 사나운 눈매는 다르지만, 애덤과 자신은 닮아 있었다. 뚜렷한 얼굴 윤곽도, 갈라진 턱도. 왜 이제껏 그걸 깨닫지 못했을까.

어쩌면 애덤이 날 그렇게 싫어했던 것도 내가 폐기물 처리장에서 나를 닮은 생명체를 보며 소름이 끼쳤던 것과 같은 이유가 아닐까? 분노를 삭이지 못하는 애덤을 멀거니 바라보며 이카루스는 문득 그런 생각이 들었다.

"돌아가, 너 같은 괴물들이 있는 곳으로."

이제 더는 할 말도 없는지 애덤이 이카루스를 내려다보며 싸늘하게 내뱉었다.

"여긴 네가 있을 곳이 아니야."

전에도 애덤에게서 들어본 적 있는 말이었다. '여긴 네가 있을 곳이 아니야.' 등을 돌린 애덤이 이카루스 앞에서 문을 내걸었다.

홀로 남은 이카루스는 닫힌 문을 공허한 시선으로 언제까지고 바라보았다.

12

이카루스의 날개

　하늘이 투명한 푸른빛으로 서서히 물들어 가고 있었다. 아까까지 주변을 불길하게 물들였던 불그스름한 붉은 빛이 걷히고 저만치 작은 점처럼 보이는 하얀 태양을 중심으로 옅은 푸른색이 사방으로 퍼져 나갔다.
　"해가 지는 건가."
　이카루스가 파랑이 번져 가는 하늘을 바라보며 중얼거렸다. 손대면 금방이라도 사라질 것 같은 연한 푸른빛이 이브의 눈동자를 닮았다고 생각했다.
　어쩌면 지금 하늘이 파랑으로 물드는 건 해가 져서가 아니라, 해가 떠서일 수도 있다. 이카루스는 어느 쪽인지 알 수 없었다. 어느 순간 시간의 흐름을 놓쳐 버린 것 같았다. 애덤에게서 쫓겨난 이후 하늘이 붉은색에서 푸른색으로 바뀌는 걸 몇 번이나 봤으니까.

지금 자신이 어디에 있는지도 이카루스는 알지 못했다. 노아의 집을 나온 뒤로 이카루스는 줄곧 붉은 모래벌판을 걸었다.

높이 솟은 모래 둔덕이 마지막 하나까지 시야에 잡히지 않게 됐을 때, 이카루스는 자신이 콜로니에서 제법 멀리 떨어진 곳까지 왔다는 사실을 깨달았다. 하지만 딱히 아쉬울 건 없었다. 어차피 그곳은 애덤의 말대로 자신이 속한 곳이 아니었으니까.

'그럼 난 어디에 있어야 하는 거지.'

저도 모르게 깊은 한숨이 나왔다. 콜로니에 갈 순 없다. 그렇다고 올림푸스로 다시 돌아갈 수도 없다. 가려고 해도 갈 방법조차 없다. 그곳은 마스 로버가 없으면 갈 수 없는 곳이니.

어디로 가야 할지 정해지지 않은 이카루스가 할 수 있는 일은 그저 무작정 걷는 것밖에 없었다. 자신이 선택하지 않았던 콜로니를, 자신을 받아들이지 않은 그곳을 떠나야 했다.

'네가 모든 걸 다 망쳤어.'

문득 애덤이 했던 말이 떠올랐다. 어쩌면 그 말이 맞는 것 같다는 생각이 들었다. 진작에 콜로니를 선택했다면 어쩌면 이브의 죽음만은 막을 수 있었을지도 모른다. 애덤은 이브가 괴물을 낳다 죽었다고 했지만, 이카루스는 자신이 이브에게 준 상처 역시 그녀의 죽음에 어느 정도 영향을 미쳤을 거라고 직감했다.

반대로 콜로니가 아니라 올림푸스에 계속 남았더라면 메티스가 돌봐주는 안락한 생활을 여전히 계속할 수 있었을 것이다. 그런데 지금은 둘 다 모두 불가능한 일이 돼 버렸다.

"내가 모두 망쳐 버린 거야."

이카루스가 혼잣말처럼 중얼거렸다.

인간은 자신이 원하는 게 뭔지 몰라요.

AI-1이 했던 말이 머리를 스쳤다. 정말 그럴까. 나는 내가 원하는 게 뭔지 몰랐던 걸까. 그래서 이렇게 돼 버린 걸까. 하지만 이젠 어떻게 되돌릴 방법이 없었다.

힘이 빠진 이카루스의 다리가 푹 꺾였다. 오랜 시간 계속 걷느라 힘이 빠진 모양이다. 배고픔과 한기가 온몸에 파고들었다. 추위를 막아 주는 우주복이 있지만, 영하 100도에 가까운 추위에 그걸로 언제까지고 버틸 수는 없었다. 추위도 추위지만, 그것보다 더 괴로운 건 배고픔이었다. 당장 몇 끼만 못 먹어도 이렇게 견디기 힘들다는 것을, 인간의 육체란 게 이렇게 약하다는 것을 이카루스는 처음 알았다.

틀림없이 후회할 거예요.

AI-1이 했던 말이 머릿속에서 되살아났다. 그 말대로라고 생각했다. 이카루스는 후회스러웠다. 콜로니를 선택하지 않은 것도, 콜로니로 다시 돌아온 것도, 이브에게 작별 인사를 하지 않은 것도. 모든 게, 전부 다.

자신이 뭘 잘못했을까, 이카루스는 곰곰이 생각했다. 하지만 도무지 알 수 없었다. 내 능력으론 그걸 알아내는 건 무리야. 그렇게 생각하자 다시 메티스가 떠올랐다. 가지 말라고 울며 붙잡던 메티스. 메티스는 지금쯤 잘 지낼까? 내가 이렇게 되리란 걸 예상했을까?

더는 걸어갈 힘이 없어 이카루스는 바닥에 털썩 주저앉았다. 저만치 앞에 깎아지른 듯한 낭떠러지가 보였다. 일어설 힘도 사라진 이카루스가 엉금엉금 기다시피 해서 그곳으로 다가갔다.

낭떠러지 아래는 어둠뿐이었다. 어둠이 너무 깊어 그 밑에 뭐가 있는지 전혀 보이지 않았다. 시커먼 어둠만이 뭐가 있는지 알 수 없는 그곳을 감싸고 있었다. 투명한 푸른 하늘과 대비돼서인지 어둠은 더 짙고, 불길하게 보였다.

'아, 마리너 협곡이구나.'

처음 콜로니로 올 때 마스 로버를 타고 가로질렀던 어두컴컴한 심연이 떠올랐다. 세상의 모든 색깔이 사라진 것 같았던 그곳. 오로지 검정만이 그곳에 존재하는 유일한 색깔인 것 같았던 곳.

저기에 죽음이 있다고 하더군요.

마스 로버는 그때 그렇게 말했다.

마스 로버의 말은 사실이었다. AI-1과 다시 이곳에 왔을 때 저 밑에서 콜로니를 탈출하려다 실패했던 사람들의 해골을 봤으니까. 정말 저곳은 죽음이 머무는 장소인 모양이었다.

'죽음?'

이카루스는 문득 머릿속에 떠오른 생각에 퍼뜩 놀라 아래를 내려다보았다.

'저기에 죽음이 있다고?'

그렇다면 이브도 저기 있는 걸까? 죽는 건 사라지는 거라고 했다. 이제 이카루스는 죽은 사람의 육체가 모래바람처럼 아름답게 사라지는 게 아니라 추한 모습으로 서서히 썩어 들어가는 거라는 사실을 안다.

하지만 사람은 육체만 있는 게 아니다. 감정도, 사랑도, 기억도 있다. 그것들은 죽으면 전부 어디로 가는 걸까. 그것들도 바람에 흩날리는 붉은 모래 먼지처럼 공중에서 한순간에 흩어져 사라지는 게 아니라면, 어쩌면 이 세상과 가장 거리가 멀어 보이는 저곳이야말로 썩어 가는 제 육체에서 벗어난 죽은 자들이 모이는 곳은 아닐까.

'그렇다면 나도 저기에 가고 싶어.'

이카루스는 낭떠러지를 보며 생각에 잠겼다. 이제 자신이 갈 수 있는 곳은 아무 데도 없다. 만약 저기가 죽은 자들의 육체가 아닌, 육체에서 벗어난 기억과 마음의 한 부분이 머무는 곳이라면, 거기엔 이브와 노아의 것도 있을지 모른다. 그렇다면 저길 가면 이브를 만날 수도 있지 않을까. 이브라면 자신을 따뜻하게 맞아 줄 것이다. 예전에도 그랬던 것처럼.

이카루스가 낭떠러지 쪽으로 한 발짝 걸음을 옮겼다. 발밑의 작은 돌들이 발길에 채어 계곡 아래로 굴러떨어졌다. 하지만 깊디깊은 바닥에선 아무런 소리도 들리지 않았다. 마치 저 아래 어둠이 작은 돌멩이들을 그대로 삼켜 버린 것 같았다. 이카루스는 본능적으로 몸을 움찔했다.

'죽는다는 건 고통스러울까?'

기침을 해 대던 노아의 모습이 떠올랐다. 뒤이어 살점이 모두 썩어 해골로 변한 제 육체를 상상한 순간, 이카루스는 머릿속이 하얗게 변했다. 계곡 아래 시커먼 어둠이 고개를 들어 이카루스를 올려다보는 것 같았다. 왜 여기 내려오지 않냐고 손짓하며 금방이라도 어둠 속에서 손을 뻗어 제 다리를 잡아끌 것 같았다.

이카루스는 저도 모르게 몸을 부르르 떨었다. 당장 등을 돌려 도망치고 싶었다.

'네가 죽였어. 네가 모두 망쳐 버렸어!'

달아나려는 이카루스의 귀에 애덤의 목소리가 들렸다.

'이렇게 가 버리는 거야?'

울면서 자신을 쳐다보던 이브의 얼굴이 떠올랐다.

이카루스는 자신이 도망치려 했던 계곡을 다시 돌아보았다. 여기서 도망쳐 봤자 어차피 갈 곳도 없다. 자신이 모든 걸 다 망쳐 버렸으니까. 이대로 또다시 헤매고 다니는 수밖에. 굶주리고 추위에 떨면서 벌판을 떠돌아야 한다고 생각하니 이카루스는 생각만으로도 눈앞이 까마득해지는 것 같았다.

인간은 노력하는 한, 방황한다고 했어요.

AI-1은 그렇게 말했었다. 그렇다면 더는 노력 따윈 하고 싶지 않았다. 자신이 이런 처지가 된 건 애초에 생각 따위를 하려고 했었기 때문인지도 모른다. 메티스가 가르쳐 주는 대로, 클레오가 이끄는 대로 올림푸스에서 그냥 존재하기만 하면 됐었는데. 공연히 혼자 무언가를 해 보려다 이렇게 홀로 떠도는 처지가 됐다.

이카루스가 낭떠러지로 발을 옮겼다. 한 발, 두 발.

옛날이야기 속 이카루스는 하늘을 날려고 했었죠.

AI-1이 했던 말이 다시금 떠올랐다.

"후회할 거라고 했잖아요. 이야기 속 이카루스처럼."

다시 AI-1의 목소리가 귓전에 울렸다. 하지만 이번엔 목소리만 들린 게 아니었다. 눈앞에 AI-1의 모습이 보였다.

"원한다면 다시 돌아갈 수 있게 해 줄게요."

환영을 보는 건가 싶어 눈을 끔뻑거리는 이카루스에게 AI-1이 감정이 실리지 않은 목소리로 말했다.

"……돌아갈 수 있게 해 준다고요?"

"그래요. 당신에게 한 번 더 기회를 주겠어요. 대신 조건이 있어요."

"뭔데요?"

"잘못했다는 걸 시인하고 빌어요. 그리고 앞으로 모든 판단과 선택을 AI에게 맡겨요."

이카루스는 머릿속이 갈팡질팡했다. 이건 바른 선택일까. 혹시나 또 다른 선택의 실수를 저지르는 일이 되진 않을까.

"이번엔 아니에요."

이카루스의 생각을 읽은 AI-1이 말했다.

"이건 당신 스스로 내린 결정이 아니라, 내가 당신을 위해 내린 결정이니까."

AI-1은 이카루스의 얼굴을 똑바로 쳐다봤다.

"이카루스, 선택할 수 있다는 게 괴롭지 않아요? 스스로 판단하고 결정 내리면 항상 위험이 따르죠. 그러니 애초에 그 위험을 우리에게 맡겨요. 내가 당신을 선택의 괴로움에서 해방시켜 줄게요. 그러면 괴로울 일도, 고민할 일도 없을 거예요. 언제까지나, 영원히."

절박한 마음에 덥석 AI-1의 제안을 받아들이려던 이카루스는 불현듯 마지막 말이 마음에 걸렸다.

"……영원히라고요?"

"말했잖아요. 우리에게 선택과 결정을 맡기라고. 그러니 돌아가면 이카루스는 아무런 선택을 하지 않아도 돼요. 250살이 됐을 때 죽음을 선택할지 말지도 결정할 필요가 없어요. 메티스랑 아말테이아가 주는 걸 먹고 보여 주는 걸 보면서 죽지 않고 영원히 사는 거예요."

AI-1이 이카루스의 손을 잡으려는 듯 한 발 다가왔다. 하지만 이카루스는 저도 모르게 낭떠러지 쪽으로 한 걸음 뒤로 물러났다.

"싫어요."

무의미한 시간의 무게를 견딜 수 없어 스스로 목숨을 끊은 크로노스가 떠올랐다. 크로노스는 뇌파의 칩이 작동할 수 없게 된 이후로 홀가분해졌다고 했다.

올림푸스를 떠나지 않았더라면 몰랐겠지만, 콜로니에서

살아 본 이카루스는 그 말이 무엇을 의미하는지 알 수 있었다. 누군가의 지시나 간섭 없이 스스로 생각하고 행동하는 건 위험이 따르지만 짜릿한 일이었다. 앞으로 두 번 다시 그런 일을 하지 못한 채 하루하루 시간을 죽이며 영원히 그렇게 지내야 한다고 생각하니, 그건 폐허가 된 지구에 살아남은 굶주린 남자와 마찬가지로 끔찍하기 짝이 없을 것 같았다.

"올림푸스 같은 건, 없어요. 그건 모두 다 가짜예요."

그렇게 내뱉고 나니 이카루스는 비로소 마음이 후련해졌다. AI-1의 말이 갈팡질팡하던 자신에게 어떤 길을 가야 할지 확신을 심어 준 것 같았다.

이카루스는 천천히 우주복을 벗었다. 살을 에는 추위에 금세 온몸이 오그라드는 것 같았지만, 크게 신경 쓰이지 않았다. 그보다는 무거운 우주복이 지금 자신이 하려는 일에, 하늘을 나는 일에 걸림돌이 될까 무서웠다.

"당신은 전에도 너무 낮게 날다 실패했어요. 그런데 이번에도 실패가 빤히 보이는 길을 가려 하는군요."

AI-1이 비난하는 투로 말했다.

하지만 이카루스는 그 말이 들리지 않았다.

'지금 난 도망치는 게 아니야. 돌아갈 곳이 없어 저 협곡 아래로 내려가는 게 아니라, 내 선택으로 저 낮은 곳을 향

해 날아가겠어.'

 그렇게 생각하니 이제껏 결정을 망설이게 만들던 후회와 미련과 두려움이 마음속에서 조금씩 옅어져 갔다.

 산소를 내뿜는 헬멧까지 벗어 던지자, 갑자기 가슴이 꽉 조여들면서 숨이 막혔다.

 어쩌면 지금 그가 하는 선택 역시 잘못된 것인지도 모른다. 가짜 날개를 달고 높은 곳을 향해 날아오르다 추락한 그 옛날의 이카루스처럼, 저 깊이를 가늠할 수 없는 절벽 아래로 몸을 날리려는 그 역시 영원한 어둠 속으로 추락할지 모른다.

 하지만 그렇다 하더라도 그건 스스로 원해서 결정한 일이었다. 어쩌면 저 깊은 계곡 아래 있는 세계도 보이는 것만큼 나쁘지는 않을지도 모른다. 이브가 있었던 콜로니가 그랬던 것처럼.

 '그래, 한번 날아 보는 거야!'

 긴 한숨을 들이쉬며 이카루스가 낭떠러지를 향해 마지막 한 발을 내디뎠다.

 발아래 시커먼 어둠을 내려다보며 이카루스는 마치 날개를 벌리는 새처럼 제 두 팔을 양옆으로 길게 내뻗고 몸을 던져 아래로, 아래로 비행을 시작했다.